양파씨,
포도의 꿈을
꾸시나요?

양파씨, 포도의 꿈을 꾸시나요?

1판 1쇄 발행 2026년 2월 13일

저자 곽영승

편집 문서아

펴낸곳 (주)하움출판사 **펴낸이** 문현광

이메일 haum1000@naver.com 홈페이지 haum.kr
블로그 blog.naver.com/haum1000 인스타그램 @haum1007

ISBN 979-11-7374-332-0(03810)

좋은 책을 만들겠습니다.
하움출판사는 독자 여러분의 의견에 항상 귀 기울이고 있습니다.
파본은 구입처에서 교환해 드립니다.

양파씨,
포도의 꿈을 꾸시나요?

- 되고 싶은 것과 될 수 있는 것 사이에서 -

○●○ **차례**

희망의 깃발을 세우며

인생은 누구에게나 같은 질문을 던집니다. "어떻게 살아갈 것인가?"

우리는 사랑에 기뻐하다 상처받고, 꿈을 좇다 좌절하며, 다시 일어서기를 반복합니다. 때로는 어제의 그림자에 갇히고, 때로는 내일의 불안을 품은 채 오늘을 살아갑니다. 삶은 멈추지 않습니다. 쓰러져도 다시 일어나야 하고, 울면서도 다시 걸어야만 합니다.

운명은 정해진 길처럼 보이지만, 실은 우리가 매 순간 선택하며 새겨가는 발자국입니다. 태어날 때의 배경, 부모님이 물려준 재산과 위치, 타고난 재능은 사람들에게 다른 출발선을 만들어 줍니다. 그 차이가 내 인생의 좌표를 정하고, 거기에 순응할 수는 없습니다. 중요한 것은 길 위에서 얼마나 버티고, 어떻게 나의 길을 만들어 가는가 하는 것입니다.

누구는 태어날 때부터 세상이 부드럽게 품어줍니다. 부모님의 후광 덕분입니다. 그러나 우리 대부분은 빈손으로 태어나 거친 바람을 맞으며 하루하루를 버팁니다. 저도 그런 사람입니다. 특별한 배경도, 남다른 재능도 없지만, 그렇다고 인생에서 도망칠 수는 없습니다.

살아간다는 것은 불완전함을 껴안는 일입니다. 사랑은 흔들리고 열정도 식어갑니다. 우리는 그 흔들림 속에서 작고 소중한 희망 하나를 붙들고 살아갑니다. 불공평한 현실에 화가 나지만 소소한 웃음을 잃지 않고자, 애쓰며 하루를 건너갑니다. 그것이 인간이 가진 위대한 힘이겠지요?

같은 밤하늘인데 누구는 별을 보고, 누구는 기울어 가는 달을 봅니다. 시간은 화살처럼 흐르고, 날은 점점 추워 오는데 말입니다. 천사가 내려와 나를 건져 주기를 바라기도 하고, 횡재를 꿈꾸기도 합니다. 횡재의 바람은 눈(眼)이 없어 누구를 향해 불지 모릅니다. 횡재는 그 바람이 떨어트린 과일인데, 나는 왜 평생 그 과일 하나 줍지 못하나요?

운명의 여신은 강하고, 땀 흘리며, 저항하는 청춘을 사랑합니다. 우리 아이들이 여신의 사랑을 받기를 기원합니다. 나도 마지막으로 한 번 더 저항해 보려 합니다. 돈도, 빽도, 권력도 없지만 나의 인생에서 도망치지 않으려 애쓰고 있습니다. 그것이 한 번뿐인 내 인생을 지키는 유일한 길이며, 인간으로서 끝내 잃지 말아야 할 존엄이라 믿습니다. 이 고백과 다짐을 당신과 나누고자 합니다. 당신 또한 삶의 무게 앞에서 꺾이지 않고, 당신의 길을 끝까지 걸어가기를 기원합니다.

이 책은 성공의 기록이 아닙니다. 무너졌던 순간의 눈물, 끝내 포기하지 않으려는 몸부림, 도망치지 않겠다는 다짐들입니다. 그것은 개개인의 고백이지만, 모두가 공유하는 삶의 이야기입니다.

살기 힘들지 않은 사람이 있을까요? 뇌가 없거나 죽으면 모를까, 살아 있는 한 다들 힘들게 삽니다. 그저 정도의 차이가 있을 뿐이지요. 부부싸움을 안 하는 가정도 없을 겁니다. 불꽃처럼 타오르던 사랑도 시간이 흐르면 다투고, 아픕니다. 우리는 그 모든 것을 '인생'이라 부르며 살아갑니다. 그 인생, 삶의 이야기를 시작하겠습니다.

* 저는 이 책을 쓰며 많이 울었습니다. 저 스스로 다짐하며 강해지고자 했습니다. 극복 희망 꿈을 저의 가슴에 반복해서 주입하며 저 자신을 세뇌했습니다. 그렇게 하면 이 책의 효용성이 높아지리라 기대합니다. 이 책은 마음 가는 곳부터 읽어도 좋습니다.

1부

흔들리는
출발선에 서서

누구나 살면서 "왜 나는 이렇게 힘든가?"라고 한탄할 때가 있다. 돈도, 빽도, 권력도 없는 현실 속에서 부와 출세를 꿈꾸기도 한다. 그 소망 앞에는 현실의 벽이 존재한다. 그 벽을 허물지 못하는 원인은 나의 무능과 노력 부족일까, 아니면 세상을 지배하는 우연일까, 아니면 타고난 운명일까?

욕망과 좌절은 어쩔 수 없는 삶의 무늬다. 길이 막혀 보일 때, 사실은 또 다른 길이 열리고 있다. "인생은 자전거를 타는 것과 같다. 균형을 잡으려면 계속 움직여야 한다."(알베르트 아인슈타인)

사는 게 왜 이리 힘들까

○ ● ○

마리 퀴리(사진)의 인생은 찬란한 빛과 깊은 고통이 함께했다.

폴란드의 가난한 집에서 태어나, 어린 나이에 어머니와 언니가 돌아가시는 등 집안 사정이 너무나 열악했다. 여성이 고등교육을 받을 수 없던 시대여서 몰래 공부하며 꿈을 키웠다. 가정교사로 돈을 모았고, 홀로 파리로 건너가 학업을 이어갔다. 겨울에는 방이 너무 추워 이불을 뒤집어쓰고 공부했다. 돈이 없으니 수시로 굶어 영양실조로 쓰러지기도 여러 번이었다. 이방인 여성이라는 이유로 수많은 차별과 멸시를 견뎌야 했다.

연구실의 동지였던 남편을 잃은 뒤에도 어린 두 딸을 홀로 키우며 연구를 이어갔다. 실험실에서 방사능물질을 매일 다루었으나 그 위험성을 누구도 알지 못했다. 그녀의 몸은 서서히 병들어 갔다.

그녀는 수도 없이 "사는 게 왜 이리 힘든가? 끝없는 고통 속에서 내가 왜 이 길을 가야 하는가?"라고 자문했을 것이다. 때로는 손가락이 붓고 통증이 심해 실험기구를 잡기조차 힘들었다. 그녀는 끝끝내 포기하지 않았다. "인생에서 두려워해야 할 것은 아무것도 없다. 다만 이해해야 할 것뿐이다."

그녀는 노벨물리학상, 노벨화학상을 탄 위대한 영웅이다. 노벨상을 받은 최초의 여성이며, 노벨상을 두 번 받은 최초의 인물이다. 현재까지도 서로 다른 분야에서 노벨상을 받은 인물은 그녀가 유일하다.

그녀의 삶은 "사는 게 왜 이리 힘들까?"라는 질문에 대한 대답이다. 고통과 절망 속에서도 진리의 햇불로 세상을 밝혔다. 그 결과 인류는 방사능 치료와 물리·의학 분야의 발전 토대를 갖게 됐다. 퀴리 여사가 전한다. "사는 게 힘들더라도 그 고난 속에서 세상을 밝히는 길을 찾을 수 있어요."

사는 게 왜 이리 힘들까? 나는 종종 그 질문 앞에 멈춰 선다. 삶은 늘 시험지를 내민다. 그것도 정답이 없는 문제지다. 한 번의 선택이 길고 긴 후회를 낳고, 작은 실수가 눈덩이가 되어 더 크게 돌아온다. 나는 수없이 넘어지고, 깨지고, 마음이 찢어졌다. 그럴 때마다 묻는다. "이렇게 밖에 살 수 없나?" "다른 방법은 없을까?"

세상은 거대한 침묵으로 모든 걸 감싸 안지만 내 안에는 소음이 가득하다. 가난, 인간관계, 실직과 실연, 끝없는 비교와 경쟁, 솟구치려는 욕망…. 그 소음은 내 마음을 쉴 새 없이 흔든다. 나는 그 소리에서 힘을 얻기도 하고 그 소리와 싸우기도 한다.

사는 게 힘든 건, 기대와 현실이 서로 멀기 때문이다. 그 원인은 판단 잘못이거나 추진력 부족일 수 있다. 목표, 꿈을 이루기 위해서는 시대 상황, 본인의 여건과 노력 등이 맞아떨어져야 한다.

청소년 시절, 노력하면 성공할 수 있다고 믿었다. 하지만 살아보니 꼭 그렇지는 않았다. 땀은 흘렸으나 결실은 남의 손에 돌아가고, 모함을 받기도 했다. 그럴 때마다 세상이 나를 속이는 것만 같았다. 그런데 좀 더 세월이 흐르면서 무엇보다 중요한 건 선택이라는 생각이 들었다. 엉뚱한 길에서 아무리 달린들 무슨 소용인가? 누구나 노력하므로, 노력은 중요변수가 아니다. 나의 적성과 능력, 여건과 상황을 심사숙고해 제대로 길을 택해야 했다.

결국 삶은 나를 속이지 않는다. 나를 단련시킨다. 역경은 나를 무너뜨리려는 것이 아니라, 나를 조금 더 강하게 세우기 위한 시험 같은 것이다.

오래된 '삶의 상처'를 생각하다가 깨달았다. '이 삶의 자국은 내가 살아온 증거구나.' 상처는 피 흘린 흔적이지만 동시에 버텨낸 기록이기도 하다. 만약 아무 고통도 없었다면, 나는 지금보다 가벼운 존재였을 것이다.

사는 게 힘든 건, 살아 있기 때문이다. 죽으면 고통을 모른다. 숨 쉬는 한 기쁨과 슬픔을 함께 겪는다. 눈물이 있다는 건 희망이 남아 있다는 뜻이다. 절망이 있다는 건 기대가 꺼지지 않았다는 신호다. 그러니 "사는 게 힘들다"는 말 속에는 "나는 여전히 살아 있다"는 다짐과 의지가 숨어 있다.

힘들어서 아름답고, 무거워서 귀하며, 아파서 빛나는 것이 삶이다. 오늘도 버겁지만, 나는 한 걸음 내딛는다. 그것이 내 인생을 살아가는 유일한 길이기에.

정순씨는 올해 팔순이 넘었다. 두 손은 굳은살이 가득하다. 젊은 시절에는 노동에, 나이 들어서는 남편의 병간호에 매달려야 했다. 아이들을 키우느라 자기 이름 석 자조차 생각할 여유가 없었다. 세월을 돌아보면 가난과 일, 한숨뿐이었다.

그러나 그녀는 끝내 무너지지 않았다. 비 오는 날이면 건넌방에서 마른 강냉이를 털고, 겨울밤이면 내복을 꿰맸다. 삶이 어깨를 무겁게 누를 때도, 그녀는 희망의 불씨를 지켜냈다. "내가 버텨야 자식들이 산다." 그 각오가 그녀의 등불이었다.

이제 늦은 나이지만 책을 보며, 어린 시절 하지 못했던 공부를 하나씩 채워간다. 굵은 손가락으로 펜을 쥐고 한 글자씩 적어나가면서, 그녀는 속으로 뒤돌아본다. "그래, 힘들었지만 여기까지 왔다. 생각해 보니, 고된 농사일이 내 삶의 빛이었구나."

두려운 것은 고통이 아니라, 그것을 이해하지 못한 채 흘려보내는 것이다. 그
녀는 창문 너머 붉게 물든 노을을 바라보며 고요히 미소 지을 수 있다. '수 없
는 꽃잎이 떨어지고, 어깨에 세월이 내려앉았다. 눈물과 땀방울이 쌓였고, 흉
터와 후회는 지워지지 않지만 나는 발효됐다. 나의 길 끝에서 조용히 속삭이
리. "고된 삶이었으나 도망치지 않았다."

"고난은 인간을 단련시키는 가장 좋은 학교다."   - 괴테

"인간은 고통을 통해 배우고, 고난을 통해 지혜를 얻는다."   - 아이스킬로스

나도 횡재하고 싶다

↳ **운이란?**

○ ● ○

오마하의 현인, 워런 버핏은 어린 시절부터 투자에 관심이 많았다. 열한 살에 처음 주식을 샀다. 'Cities Service'라는 회사의 주식을 38달러에 샀는데 곧 27달러로 떨어졌다. 불안해하던 소년은 40달러가 되자마자 서둘러 팔았다. 그 주식이 바로 200달러까지 치솟았다. 그때 평생의 교훈을 얻었다. '조급하면 작은 이익은 얻을 수 있지만 인내하면 큰돈을 번다.'

젊은 시절, 그는 하버드경영대학원에 지원했다가 떨어졌다. 누구라도 낙담했겠으나 그는 다른 길을 찾았고, 컬럼비아대학에서 투자의 대가인 벤저민 그레이엄을 만났다. 그는 나중에 회상했다. "하버드에서 거절당한 것이 내 인생 최고의 행운이었다. 덕분에 나는 진짜 스승을 만났다."

버핏의 '횡재'는 인간관계에서 이루어졌다. 그는 평생의 파트너 찰리 멍거를 만난 것을 횡재로 꼽았다. 멍거와의 협업은 〈버크셔 해서웨이〉를 세계적인 투자회사로 키워내는 원동력이 되었다.

억만장자가 된 이후에도 버핏의 삶은 단순했다. 오마하의 오래된 집에서 살고, 출근길에는 드라이브스루에서 햄버거와 콜라로 아침을 때웠다. 사람들은 그의 검소함에 놀랐지만, 그는 말했다. "내가 매일 느끼는 행복이야말로 진짜 횡재다. 내가 좋아하는 일을 하고, 사랑하는 사람들과 시간을 보낸다. 그게 내 인생 최고의 당첨금이다."

나도 횡재하고 싶다. 어느 날 갑자기 손에 들어오는 큰 행운. 횡재라는 단어는 달콤하다. 돈일 수도, 기회일 수도, 사랑일 수도 있다. 나는 가끔 상상한다. 통장에 찍히는 엄청난 숫자, 권력과 영화(榮華)를. 하지만 살면서 알게 됐다. 횡재는 꼭 돈으로만 오지 않는다. 아침 창가로 스며드는 햇살, 우연히 들어간 카페에서 들은 노래, 아내와 자식들의 안부 문자. 그 모든 게 횡재라면 횡재다. 다들 "인생, 별거 있나"라고 하듯이. 행복은 무탈하게 살면서 느끼는 소소한 만족감이라는 걸 깨달았다.

젊었을 땐 큰 꿈을 꿨다. 나이 들어가면서 거대한 횡재보다 작은 횡재가 더 자주, 더 깊이, 나를 웃게 한다는 걸 알았다. 길모퉁이에서 맡게 된 꽃향기가 반가울 때가 있다. 그럴 때 문득 깨닫는다. 횡재는 우연이 아니라 나의 마음속에서 자라는 꽃이구나.

물론, 복권이 당첨된다면 행복하겠다. 그러나 그것이 전부는 아니다. 돈이 나를 웃게 하는 것도 좋지만, 사람과 시간과 기억이 주는 횡재도 오래도록 삶을 윤택하게 한다. 혹시 내가 매일 맞이하는 아침이 가장 큰 횡재가 아닐까?

70대가 말했다. "나이가 50이라고? 좋을 때다." 80대가 말했다. "70대도 좋을 때입니다. 살아 있으면 다 좋을 때예요. 죽는 것보다 낫잖아요." 아직 몸이 움직이고, 마음을 나눌 사람이 있고, 하루를 설계할 자유가 있다는 것. 그 모든 게 횡재다.

어느 부자가 말했다. "돈 버는 게 쉬우면 누구나 다 부자게요. 돈 벌기 쉽지 않습니다." 그의 말에 공감했다. 다 팔자고 운명이려니 하며. 그러나 노력하며 살고 있다. "행운은 준비된 자에게만 찾아온다(루이 파스퇴르)"

고 하니까.

횡재를 기다리는 사람이 아니라 횡재를 발견하는 사람으로 살고 싶다. 왜냐하면 발견하는 사람에게는 오늘도 내일도 매 순간이 횡재일 수 있으니까.

> 순일씨는 작은 분식집을 운영한다. 하루 종일 튀김 냄새를 맡고 살지만 통장은 늘 그대로다. 가끔은 복권에 기대고 싶었다. 하지만 매번 낙첨이었고, 그때마다 "나는 운이 없다"며 한숨을 쉬었다.
>
> 어느 겨울 저녁, 가게 문을 닫으려 할 때, 어린이 두 명이 들어왔다. 주머니를 뒤적이더니 잔돈 몇 개를 꺼내며 "떡볶이 두 개만 줄 수 있나요?"라고 말했다. 그는 김밥 한 줄과 어묵도 내줬다. 아이들은 눈이 동그래져 "고맙습니다!" 하고 씩 웃었다.
>
> 그날 밤, 집으로 돌아가는 길에 이상하게도 마음이 따뜻했다. 장사는 여전히 어렵고, 복권은 당첨되지 않지만, 아이들의 웃음이 하루의 피로를 지워 주었다. 그 순간 깨달았다. '하늘에서 떨어지는 돈뭉치만 횡재가 아니네. 내가 누군가의 '오늘'이 되어 주는 것도 횡재구먼.' '그래! 사람들과 웃으며 하루를 이어 가는 게 나의 횡재라고 생각하자.'

운이란?

살다 보면 묻게 된다. "도대체 운이란 뭘까?" 어떤 이는 운을 '하늘의 선물'이라 하고, 누구는 '우연의 다른 이름'이라고 말한다. 운은 '우연한 사건'이 아니라, 인간이 삶을 어떻게 이해하고 받아들이는가와 얽혀 있다.

고대 그리스 철학자들은 운명을 '모이라이'라는 여신들이 짜는 실에 비유했다. 인간의 생명의 실을 잣는 클로토(탄생), 실의 길이를 정하는 라케시스(수명), 실을 가위로 끊는 아트로포스(죽음) 여신이다. 인간은 그 실 위를 걸어갈 뿐이다. 스토아 철학자들은 다르게 보았다. 운명을 바꿀 수 없다면, 적어도 그것을 받아들이는 태도는 나의 몫이라고 했다.

흔히 말하는 "운이 좋다"는 건, 특정한 상황과 나의 준비상태가 교차할 때 생긴다. '준비 없는 나'와 '기회'가 만나면 불운이다. 유교에서는 성실과 덕행이 길운(吉運)을 부른다고 했고, 불교에서는 업(業)의 결과가 운으로 나타난다고 보았다. 결국 운은 외부에서 주어지는 사건이자, 나의 삶이 빚어낸 결과다.

인생은 예측할 수 없는 파도와 같다. 파도 자체는 나의 힘으로 막을 수 없다. 그러나 그 파도를 어떻게 타고, 어떻게 균형을 잡느냐는 나의 선택이다. 누구는 파도를 만나 쓰러지고, 누구는 그 파도를 타고 멀리 나간다. 그 차이를 두고 "운이 좋다. 나쁘다"고 말하는데 파도를 대하는 태도의 차이다.

운은 결국 우연과 필연이 버무린다. 전적으로 인간이 통제할 수 없지만, 전적으로 외부에만 맡겨진 것도 아니다. 운은 나를 시험하는 질문이자, 삶의 불확실성을 드러내는 장치다. 그리고 그 불확실성 속에서 인간은 더 겸손해지고, 더 용감해진다.

운은 하늘의 장난이 아니다. 운은 나의 준비, 나의 선택, 그리고 나를 둘러싼 세계가 우연히 맞닿은 순간의 이름이다. 그렇다면 운을 기다리기보다, 스스로 운을 부를 수 있는 삶의 자세를 다지는 것이 중요하다. 불확실성 속에서 끝내 쓰러지지 않는 힘, 그것이야말로 운을 넘어서는 인간의 지혜일 것이다.

"바람과 파도는 언제나 가장 숙련된 항해자의 편이다."　　　- 찰스 케일럽 콜턴

긍정심리학의 대가인 펜실베이니아대 마틴 셀리그먼 교수는 "행복은 순간적 쾌락보다 의미와 감사하는 태도에서 온다."고 했다.

나도 부자로 살고 싶다

↳ **돈은 무엇인가?**

이나모리 가즈오는 일본을 대표하는 기업가다. 가난한 도자기 상인의 아들로 태어나, 어린 시절 폐결핵으로 죽을 고비를 넘겼고, 가난 때문에 학업을 이어가기가 어려웠다. 그러나 포기하지 않고 교토대 공학부에 진학해 세라믹을 연구했다. 졸업 후 작은 회사에 들어갔으나 연구환경은 열악했고, 좌절과 냉대를 겪었다. 그는 "언젠가 내가 원하는 연구를 마음껏 할 수 있는 회사를 만들겠다"는 꿈을 키웠다.

1959년, 서른 살에 동료 몇 명과 작은 세라믹 회사를 세웠다. 자본금은 겨우 300만 엔이었으나 독창적인 세라믹 기술을 바탕으로 성장가도를 달렸다. 1984년, 일본의 통신자유화 바람 속에서 DDI(현 KDDI)를 창업해 일본 최대 통신사로 키워냈다.

65세에 경영 일선에서 물러나 스님이 되었다. 그의 치열한 삶은 여기서 멈추지 않았다. 2010년, 일본항공(JAL)이 법정관리에 들어가 국가적 위기가 발생하자, 당시 하토야마 유키오 총리의 요청으로 77세에 일본항공 회장으로 취임

했다. 나이와 은퇴를 이유로 거절할 수도 있었지만 "나라가 위기에 빠졌는데, 내가 필요하다면 피하지 않겠다"고 했다. 8개월 만에 회사를 흑자로 돌려세우고, 2년 연속 최고실적을 기록한 뒤 퇴임했다.

그는 평생 "경영은 곧 인간학"이라는 점을 강조했다. 기업의 목적을 단순히 이익 추구로 보지 않았다. "돈보다 더 중요한 것은 사람의 품성과 인격이다. 겸손과 성실을 잃지 않는 것이 진정한 성공의 길이다." 그에게 성공이란 재산을 쌓는 것이 아니라, 자신이 옳다고 믿는 일을 끝까지 추진하는 것이었다.

말년에 이렇게 말했다. "나는 평생 실패와 좌절을 겪었지만, 단 한 번도 도망치지 않았다. 포기하지 않는 마음이 나를 살렸고, 회사를 살렸고, 사람을 살렸다." 그의 삶은 한 인간이 어떻게 고난 속에서 꿈을 키우고 실현해, 세상에 빛을 비추는가를 보여준다.

나는 가끔 창밖을 바라보며 '나도 부자로 살고 싶다.'고 생각한다. 어린 시절, 우리 집은 가난했다. 새 신을 사기 어려웠고 좋은 반찬도 드물었다. 그때는 "부잣집"이라는 단어가 딴 나라 이야기 같은 시절이었다. 하지만 세월이 흐르고 나이 들어 다시 생각해 봤다. 마음껏 숨 쉬고, 두려움 없이 내일을 꿈꾸고, 오늘을 무탈하게 지내면 이 또한 부자가 아닐까.

가난은 죄도 아니고 부끄러운 것도 아니지만 아주 불편하고, 하고 싶은 걸 못 하게 만든다. 위대한 역사가 사마천은 〈사기〉에서 "부귀하지 않으면서 인(仁)을 말하면 세상 사람들이 비웃는다."고 일갈했다. 이런 말도 했다. "사람들은 자기보다 재산이 열 배쯤 많으면 시기하고, 백 배쯤 많으면 두려워하고, 천배쯤 많으면 그 밑에서 일을 하고, 만 배쯤 많으면 기꺼이 그의 노예가 된다.(의역)" 다들 그렇지는 않겠으나 멋들어진 말이다.

성경은 "가난한 자는 그의 모든 형제에게 미움을 받나니, 하물며 친구가 멀어지지 않겠느냐."고 했다. "가난한 집에서 현명한 사람이 나오고, 현명한 사람의 집에서 부자가 나오고, 부잣집에서 망나니가 나와 가난해

진다. 그렇게 돌고 돈다."(문광스님)

돈이 없으면 수많은 문제가 생긴다. 아파도 병원에 못 가고, 공부하고 싶어도 못 하고, 늙으신 부모님을 잘 모실 수도 없다. 돈이 없을 때 느끼는 결핍과 불안은 결코 가볍지 않다. 나는 이 사실을 몸으로 배웠다.

그래서 나도 부자가 되고 싶다. 더는 돈 걱정하지 않고, 무언가를 포기하지 않아도 되는 삶. 그 삶을 향한 갈망은 누구에게나 자연스러운 소망일 것이다.

그런데 지금 나는 가난하다. 그건 나의 능력의 결과, 삶의 퇴적물이기에 누구를 탓할 일이 아니다. 사회나 국가의 책임도 아니다. 어느 시대, 어떤 체제에서도 부자들은 있었으니까. 그래서 난 '어차피 부자가 될 수 없으면 생각을 바꾸자.'고 마음먹었다. 돈 벌 능력도 없으면서 언제까지 "돈, 돈"하면서 살 수는 없지 않은가?

부자가 된다는 것은 단순히 숫자를 쌓는 일이 아니다. 그것은 인생을 대하는 자세의 문제이고 삶을 대하는 태도의 문제다. 어떤 이는 수십억을 갖고도 가난을 두려워하며 산다. 내 주위에는 수전노(守錢奴 돈을 지키는 노예)로 사는 팔푼이 부자들이 꽤 있다. 수십억 원이 있으면서 한 푼도 쓰지를 못한다. 어떤 이는 부족함 속에서도 나름대로 여유 있게 사는데 말이다.

나 자신에게 물었다. "나는 부자가 아니다. 어떻게 살 것인가?" 다른 면에서 부자로 살겠다고 생각했다. 교양 배려 겸손 예의를 갖춘 인격부자로 살자. 그러면 사람부자가 될 것이다. 실패에도 불구하고 끊임없이 시도하는 도전의 부자로 살자. 성공하면 어려운 사람들을 도우며 살자.

나는 꿈을 이루지 못했다. 작은 사업을 하다 실패했고, 직장에서 잘리기도 했다. 때로는 욕심이 앞서거나 판단을 잘못해 손실을 봤다. 그 실패들이 나를 가르쳤다. 겸손하자. 심사숙고하자. 남의 경험에서 배우자. 판단을 제대로 하자. 결단했으면 포기하지 말고 밀어붙이자.

삶에서 도망치지 않고, 가난 앞에서도 무너지지 않고, 실패 속에서도 다시 일어나 꿈꾸는 사람. 그런 사람 역시 부자의 길을 걷고 있다. 마음속에 아직 포기하지 않은 희망이 있으니까.

돈은 무엇인가?

돈은 인간이 만든 강력한 상징이다. 교환을 위해 태어났으나 욕망의 도구로 변했다. 돈은 단순히 지폐나 숫자가 아니다. 인간의 결핍과 소유의 갈망을 드러낸다. 플라톤은 돈을 좇는 삶이 영혼을 타락시킨다고 했고, 아리스토텔레스는 돈 그 자체만을 증식하는 행위는 자연에 어긋난다고 비판했다. 돈은 욕망의 다른 이름이 됐다.

돈은 불평등의 그늘을 드러낸다. 어떤 이에게 돈은 하루의 생존을 지탱하는 마지막 끈이지만, 엄청난 부자에게는 숫자에 불과하다. 그러나 누구도 만족하지 못한다. 가난한 이는 갖기를, 부자는 끝없이 불리기를 원한다. 돈을 잡으려 할수록 갈증이 심해진다.

돈 즉 욕망을 무조건 악으로만 볼 수는 없다. 공자는 "정의롭게 얻은 재물은 부끄럽지 않다"고 했다. 욕망이 삶의 원동력이 될 수 있듯, 돈도 올바른 길을 따른다면 인간의 삶을 넉넉하게 하고 타인을 돕는 수단이 된다. 문제는 돈을 향한 인간의 욕심이 어디까지 확장되느냐에 달려 있다.

돈은 결국 욕망을 비추는 거울이다. 내가 돈을 어떻게 벌고, 쓰고, 나누느냐에 따라 욕심이 탐욕이 되기도 하고, 열망이 창조가 되기도 한다. 돈은 나를 지배하는 악마일 수도, 삶을 지탱하는 도구일 수도 있다. 욕망을 어떻게 길들이느냐가 나의 인간됨을 드러낸다.

　돈은 그릇이다. 그 안에 끝없는 탐욕을 담을 수도 있고 절제와 나눔을 담을 수도 있다. 결국 돈이란 욕망의 다른 이름이며, 그 욕망을 어떻게 다스리느냐가 곧 내가 어떤 인간인지를 말해준다.

> "돈은 좋은 하인이지만, 나쁜 주인이기도 하다." ─ 프랜시스 베이컨
>
> "나는 가난 속에서 충만한 삶을 배웠다." ─ 알베르 카뮈

　프린스턴대 대니얼 카너먼과 앵거스 디턴 교수의 연구에 따르면 연간 소득이 8~9천만 원에 이르기까지는 소득이 높아지면 행복도 늘어나지만 그 이상이 되면 행복은 다른 것에 더 좌우된다. 하버드대가 1938년부터 연구한 결과에 따르면 돈을 삶의 최우선 가치로 생각할수록 불안, 우울, 인간관계 단절이 늘어난다.

나도 출세하고 싶다

↳ **권력과 명예란?**

○ ● ○

　출세라는 단어를 입 밖에 내는 순간, 누군가는 속물 같다고 눈을 찌푸린다. 출세를 원하지 않는 사람이 있을까? 누구나 세상의 빛나는 무대 위에 서고 싶고, 자신의 이름이 사람들의 기억 속에 남기를 원하지 않을까?

　"나도 출세하고 싶다. 이름을 알리고 싶다. 세상 앞에 당당히 서고 싶다." 그러나 세월이 흐르면서 생각이 조금씩 바뀌었다. '출세를 못 하면서 계속 출세하고 싶다는 욕망을 갖고 있으면 나의 삶은 반쪽이 되고 마는 것 아닌가?'

　출세의 빛은 언제나 그림자를 동반한다. 친구 중 한 명은 고속 승진해 부러움을 샀다. 그러나 몇 해 지나지 않아 과로와 스트레스로 병원 침대에 누워야 했다. 또 다른 친구는 권력의 자리에서 영향력을 행사했지만, 어느 순간 잘못이 드러나 손가락질과 냉대 속에서 무너졌다.

　물론 건전하게 출세하고, 정직하게 그 자리를 유지하는 사람들도 많다.

출세의 양면을 보며 묻는다. "출세란 무엇일까. 내가 원하는 출세는 어떤 모습일까."

어느 날, 길을 걷다 마주친 장면을 잊지 못한다. 중년의 환경미화원이 쓰레기를 묵묵히 쓸고 있었다. 지나가는 사람이 "수고하십니다"라며 인사를 건네자, 미화원은 평온한 얼굴로 "수고는요. 제가 마땅히 할 일인데요. 감사합니다."라고 대답했다. 그의 이마에 흐르는 땀방울이 햇살을 받아 유난히 반짝거렸다.

'아! 높은 자리에 오르는 것만이 출세가 아니네. 자기 자리를 빛나게 만드는 것도 출세구나.' 내가 맡은 일을 당당하게 해내고, 누군가에게 기쁨과 도움을 줄 수 있다면, 그것 또한 출세가 아닐까?

돌아보면, 부모님이 보여주신 삶도 그랬다. 아버지는 이런저런 일을 하셨지만 늘 굴곡을 겪어야 했다. 큰돈을 벌지도 못했고, 유명하지도 않았지만, 노심초사 땀을 흘렸다. 어머니는 적은 돈으로 살림을 지키고, 자식들을 키우느라 힘겹게 버텼다. 아버지는 지병으로 고생하셨고 결국 일찍 돌아가셨다. 부모님은 항상 "너희만 잘되면 된다"고 하셨다.

나는 우리 부모님 역시 출세를 이루었다고 생각한다. 자식에게 희망 성실성 근면 건강을 물려주셨다. 가난 속에서도 우애와 웃음을 잃지 않도록 하셨다. 그것 또한 삶이 허락한 값진 출세 아닐까?

내가 바라는 출세는 화려한 자리가 아니다. 오늘 하루 나답게 살며, 내 곁의 사람을 존중하고, 내가 하는 일이 누군가에게 도움이 되면, 그것을 나는 출세라 하고 싶다. 가족이 내 이름을 떠올리며 미소 지을 수 있다면, 아이들이 내 발자취를 밟으며 희망을 품는다면, 그것으로 나는 충분히 출세한 사람이다.

나는 다짐한다. "나도 출세하고 싶다. 그러나 그 출세는 세상의 기준이 아니라, 내가 만든 빛으로, 내 자리에 당당히 서는 것이다."

블레즈 파스칼은 어린 시절부터 천재로 불렸다. 열두 살에 독학으로 기하학의 정리(定理)를 증명했고, 열여섯 살에는 원추곡선에 관해 중요한 논문을 썼다. 스물한 살에는 복잡한 셈을 대신해 줄 기계식 계산기를 발명했다. 젊은 나이에 학문적 명성과 사회적 성공, 즉 '출세'했다.

파스칼은 39세에 생을 마쳤다. 31세에 마차 사고를 당해 죽음을 직면한 그는 깊은 충격에 빠졌다. 그날 밤, 그는 "불, 불, 불. 나의 하나님이여…"라고 말했다. 세상의 성공보다 더 근본적인 삶의 의미를 묻는 계기가 된 것이다.

그는 이후 과학과 철학을 넘어 인간 존재에 대해 사색했다. 〈팡세〉에서 "인간은 갈대와 같이 연약하다. 그러나 생각하는 갈대이기에 우주보다 위대하다."고 했다. 그에게 인간의 위대함은 권력이나 부에서 나오지 않았다. 인간은 덧없고 나약한 존재이지만 그 나약함 속에서도 진리를 찾고자 하기에, 인생은 의미가 있다고 강조했다.

파스칼은 "신이 존재한다고 믿는 것이, 존재하지 않는다고 믿는 것보다 이롭다.(파스칼의 내기)"고 했다. 이것은 단순한 종교적 논증이 아니라 인간이 삶을 어떻게 선택할 것인가에 대한 성찰이었다. 삶을 긍정하자는 깨우침이다.

그의 삶이 보여준다. 출세란 사회적 명성과 업적만이 아니라, 자기 존재의 의미를 끝까지 묻고 진실을 붙드는 깊은 사색 속에서 이루어진다.

장훈씨는 서울 외곽의 작은 식당에서 서빙을 했다. 고등학교를 힘들게 마치고, 집안 형편 때문에 대학은 문턱도 밟지 못했다. 낮에는 식당에서 일하고, 밤에는 편의점 아르바이트를 하며 하루하루를 버텼다. 손님들의 무심한 눈길 속에서 접시를 나르며 늘 되뇌었다. "나도 언젠가는 출세하고 싶다. 이렇게 살 수는 없어."

월세가 밀려 쫓겨나기도 하고, 친구들과 비교하며 자존심이 무너지기도 했다. 하지만 포기하지 않았다. 틈틈이 독학으로 컴퓨터를 배우고, 자격증 시험에 도전했다. 작은 회사에 들어가 허드렛일부터 시작했지만, 누구보다 성실히 일했고, 늘 배우려는 자세로 버텼다. 그렇게 십여 년이 흐르자, 한 부서의 책임자가 되었다.

그의 삶은 화려한 성공담과는 거리가 멀다. 그러나 분명한 사실은, 그가 "출세"라는 말을 단순히 부와 지위가 아니라, "나의 힘으로 한 걸음 더 나아가는 것"으로 이해하고 실천했다는 것이다. 출세란 특별한 사람만의 이야기가 아니다. 평범한 사람도, 넘어지고 다시 일어서는 과정을 통해 자기만의 출세를 만들어 간다.

권력이란?

권력은 눈에 보이지 않으면서도 삶을 흔드는 힘이다. 한 사람의 말이 많은 이들의 길을 바꾼다. 흔히 권력을 정치나 권좌에서 찾지만 권력은 일상 속에서도 작동한다.

윗사람의 표정 하나에 공기가 무거워지는 순간, 권력은 발효 중이다. 권력의 본질은 관계다. 혼자서는 권력을 가질 수 없다. 누군가 내 말에 귀 기울이고, 따라주고, 인정할 때 권력이 성립한다. 권력 + 자발적 복종이 권위다. 따라서 진정한 권력은 인격을 갖춰야 가능하다.

권력은 단순히 지배자의 소유물이 아니라, 사회적 관계 속을 흐르는 에너지다. 미셸 푸코가 말했듯 권력은 특정한 손아귀에만 머무는 것이 아니라, 제도와 규율, 언어와 관습 속에 촘촘히 스며 있다.

권력은 양날의 칼이다. 과일을 깎기도 하고, 생명을 죽이기도 한다. 온기가 되기도 하고 억압이 되기도 한다. 플라톤은 철학자가 권력을 가져야 한다고 주장했는데, 이는 권력의 오용(誤用)을 경계해서다.

권력이 인간의 욕망과 만나는 순간 문제가 발생한다. 돈이 개인의 욕망을 드러낸다면, 권력은 집단적, 사회적 욕망의 얼굴이다. 사람은 인정받고 싶어 하고, 영향력을 행사하고 싶어 한다. 그 순간 권력은 단순한 관계의 힘을 넘어 욕심의 도구가 된다. 인간은 정치적 동물이기에 권력을 피할 수 없다. 권력은 쉽게 부패한다. 권력이 사람을 타락시키는 것이 아니라, 인간의 욕망을 깨우기 때문이다.

권력은 억압의 그림자이기도 하지만, 사회를 지탱하는 기둥이다. 법과 제도의 권력이 없다면 안전을 지킬 수 없다. 중요한 것은 권력 자체가 아니라, 권력을 어떻게 나누고 운용하느냐다.

권력은 목적이 되어서는 안 된다. 그것은 타인을 살리고 공동체를 성숙하게 만드는 수단이어야 한다. 권력이란 결국, 인간이 어떻게 서로를 바라보고 어떤 세상을 꿈꾸는가를 비추는 거울이다.

명예란?

명예는 삶을 지탱하는 기둥이다. 재산은 흩어져도 다시 모을 수 있고, 권력은 잃어도 되찾을 수 있다. 명예는 한 번 무너지면 다시 세우기 어렵다. 그래서 옛사람들은 명예를 목숨처럼 여겼고, 때로는 목숨보다 더 귀하게 여겼다.

명예는 인간이 생존을 넘어, 더 높은 가치를 향해 살아가고자 할 때 태어난다. 고대의 전사들은 싸움터에서 명예를 지키기 위해 목숨을 바쳤다. 그들에게 명예는 영원히 사는 이름이었다. 명예는 일상의 작은 선택, 남이 보지 않는 곳에서 정직하게 살아가려는 노력에도 깃든다.

명예의 본질은 '인정'이다. 그것은 타인의 시선 속에서 확인되기도 하지만, 무엇보다 자기 자신에 대한 인정에서 비롯된다. 사람들이 아무리 칭송해도 스스로 부끄럽다면 그 명예는 헛된 것이다. 반대로 외부에서 알아주지 않아도 내 마음 깊은 곳에서 떳떳하다면, 그 명예는 흔들리지 않는다.

진정한 명예는 남의 입술이 아니라, 나의 양심이 부여하는 것이다.

명예는 두 얼굴을 가진다. 바른 길을 걷도록 이끄는 힘이 되기도 하고, 남의 시선에 매달리게 하는 족쇄가 되기도 한다. 명예에 대한 갈망은 인간을 고귀하게도 하지만, 명예에 대한 집착은 인간을 허영과 위선으로 멍들게 한다. 명예는 덕에서 비롯될 때는 빛이 되고, 허영에서 비롯될 때는 그림자가 된다.

오늘날 명예는 점점 소홀해지고 있다. 눈앞의 이익과 빠른 성취가 더 중요한 시대에, 명예는 오래된 말처럼 느껴진다. 그러나 사람들은 여전히 마음 깊은 곳에서 명예를 갈망한다. 명예 없는 성공은 공허하고, 명예 없는 부는 불안하다. 명예는 나의 삶을 부끄럽지 않게 지켜온 자취이며, 세월이 흐른 뒤에도 나를 증언하는 목소리로 남는다.

나는 명예를 얻지 못했다. 이름을 떨친 적도 없고 존경을 받지도 못했다. 하지만 그것이 곧 삶의 실패는 아니다. 내게 주어진 길 위에서 부끄럽지 않게 살아가려 했던 작은 노력들이 나의 명예라고 위안한다. 명예란 결국 인간이 자기 삶을 진실하게 빚어내려는 끊임없는 노력, 구차한 삶을 초월하고자 애쓴 흔적일 것이다.

> "당신이 할 수 있는 가장 큰 모험은 당신만의 꿈을 따라 사는 것이다."
> - 오프라 윈프리

> "출세하려면 먼저 자신을 다스려라."
> - 중국

긍정심리학자 숀 에이커가 하버드대생들을 연구한 결과에 따르면 '출세하면 행복해진다'고 생각하지만 행복한 사람들 더 큰 성취와 출세를 이뤄냈다.

"부모님 왜 저를 낳으셨나요?"   ○ ● ○

　"부모님, 왜 저를 낳으셨나요?" 요즘 들어 이런 엉뚱한 생각을 했습니다. 사랑하고 존경하는 나의 부모님. 이 말은 원망이 아니라, 고단한 하루 끝에서 저절로 새어 나오는 숨결 같습니다. 인생을 제대로 살지 못한 회한이기도 합니다.

　젊었을 때는 그런 생각을 하지 않았습니다. 세상살이로 바빴으니까요. 일하고, 견디며 하루를 채우는 것만으로도 벅찼던 시절이 있었습니다. 그때는 몰랐습니다. 부모님은 저보다 훨씬 더 고단하게 사셨다는 것을요. 부모님의 삶의 무게를 이제야 조금은 알 것 같습니다. 아버지는 말씀이 없으셨습니다. 엄하셨지만 자식들에 대한 사랑과 기대를 저는 느끼며 자랐습니다.

　툇마루에 앉으셔서 말없이 앞산을 바라보시곤 했던 모습이 기억납니다. 그 산에는 할아버지의 산소가 있었는데, 아마도 아버지는 할아버지를 떠올리시며 이런저런 상념에 젖으셨겠지요. 무엇보다도 아버지는 할아버지에게 무너지지 않게 해달라고 기도하셨을 겁니다. 너무나 살기 어려운 시절이었고, 자식들은 8남매나 되었으니까요. 저도 한 때 아버지 어머니에게 "열심히 살아서 성공하겠습니다"라고 기도하곤 했습니다. 그러나 석양을 향해가는 나이가 되고부터는 "잘못 살아서 죄송합니다"라고 기도 대신 용서를 빕니다.

어머니는 새벽마다 아궁이에 불을 붙이셨습니다. 밥이 익는 냄새가 집 안을 채웠고, 그건 하루를 버티는 의식이었습니다. 어머니 역시 별말씀 없이 사셨습니다. 그러나 아침마다 밥을 하시는 모습은 "사는 게 뭐 별거냐, 또 하루 시작이지."라는 다짐이었을 겁니다. 나이 들어갈수록 부모님이 너무너무 그립습니다.

삶은 참 이상합니다. 사랑을 배우는 건 젊을 때가 아니라, 모든 것이 닳아버린 나이가 돼서입니다. 이 나이가 되어서야 깨닫습니다. 사랑은 불꽃 같은 감정이 아니라, 매일의 피로와 절망을 견디는 힘이라는 것을요. 그건 포기하지 않겠다는 결의이기도 합니다.

어느 날, 오래된 가족사진을 꺼내 보았습니다. 젊은 아버지, 아이를 안은 어머니. 사진을 오래 바라보다가 울컥했습니다. 그때 두 분은 얼마나 두려웠을까요. 가난했고, 앞날은 보이지 않았을 테니까요. 그럼에도 불구하고 저를 안았던 손은, 형언할 수 없는 최고의 정성과 최대의 사랑으로 떨리셨겠지요.

부모님이 저를 낳으신 이유를 이제는 조금 알 것 같습니다. 삶이 고단하다는 걸 아시면서도 세상에 대한 믿음을 놓고 싶지 않으셨겠지요. '세상이 잿빛이어도, 사람의 마음엔 여전히 불씨가 있다.' '살다 보면 좋아질 거야.' 그 미련 같은 희망으로 저를 낳고 키우셨겠지요.

이제 저도 아버지 나이가 되었습니다. 세상은 여전히 버겁고, 하루는 견딜 만하다가도 다음 날엔 무너집니다. 그래도 다시 일어섭니다. 그 힘이 부모님께서 저에게 물려주신 가장 큰 유산입니다.

존경하고 사랑하는 아버지 어머니. 이제는 두 분의 침묵을 들을 수 있습니다. 그건 꾸짖음이 아니라 자식들의 인생에 대한 가장 절절한 응원이었습니다. 세상에는 말로 다 닿지 않는 하루들이 있습니다. 그 하루하루를 묵묵히 살아가면서 저의 인생도, 세상도 이어져 나갑니다.

삶의 이유는 거창하지 않아도 됩니다. 햇살 한 줄기, 따뜻한 밥 냄새, 누군가의 손길, 짧은 안부가 세상을 버티게 합니다. 아버지 어머니, 두 분이 걸었던 길을 제가 걷고 있습니다. 부모님의 길은 탄탄대로가 아니었습니다. 흔들리며, 뒤돌아보며, 넘어지면서 끝내 걸어가셨습니다.

저도 마지막까지 그렇게 살아보려 합니다. 대단한 흔적은 남기지 못할 것 같습니다. 그래도 걷겠습니다. 오늘 하루를 견디는 힘을 물려 주셨으니까요.

"부모님, 왜 절 낳으셨나요." 원망의 질문이 아닙니다. 저도 이제 평안(平安)을 알아갈 나이가 됐습니다. 이 질문은 부모님을 향한 감사의 인사입니다. 저물어 가는 길 끝에서, 부모님에게 감사드립니다. "저를 낳고 키워주셔서 감사합니다. 불효자를 용서하세요." 부족한 아들이 큰절을 올립니다.

올해로 일흔이 된 영찬씨는 요즘 부모님 생각이 잦다. 아침에 일어나 커튼을 젖히면, 햇살보다 먼저 어머니 얼굴이 떠오른다. 주름이 깊이 패인 자신의 손을 볼 때마다 아버지의 거친 손이 겹친다.

"부모님, 보고 싶습니다." 그 말이 수시로 입에서 맴돈다. 젊을 땐 그 생각이 지금같이 절절하지 못했다. 먹고사는 게 전쟁이었다. 가정을 꾸리고, 아이를 키우고, 사업이 망하고, 친구를 잃고. 그렇게 쉼 없이 살다 보니 어느새 칠십이다.

그의 삶은 늘 버텨야 하는 하루였다. 철물점을 하다 망하고, 친구의 보증을 서줬다가 집을 잃었고, 아내가 병원에 누워 있던 시절에는 "살아 있는 게 벌이다"라고 말했다. 그때는 '세상이 이렇게 힘든 줄 아시면서 왜 나를 낳으셨을까.'라는 생각도 했었다.

그런데 어느 날, 뜻밖에도 오래된 서랍 속에서 누렇게 바랜 편지 한 장이 나왔다. "찬아, 네가 초등학교에 갓 들어가고 몇 달 동안 아버지는 매일 골목 끝까지 따라나가 몰래 네 뒷모습을 봤단다."

어머니의 필체였다. 글씨는 떨렸고 잉크는 번졌으나, 거기엔 한평생 말로 하지 못한 사랑이 고요히 담겨 있었다. 그는 부모님의 침묵과 사랑이 더 절실하게 그리워 울고 말았다. 아버지는 원래 그런 분이셨다. 그저 묵묵히 일만 하셨다.

영찬씨는 새벽에 집을 나섰다. 이제는 무릎이 아파 천천히 걸을 수밖에 없지만, 그 느린 걸음이 오히려 세상의 진짜 속살을 보게 했다. 길가의 들꽃, 어스름한 새벽빛, 멀리서 들려오는 닭 울음소리. 모두 다 살아 있었다.

그 순간 화들짝 번개가 꽂혔다. "아, 부모님이 나를 낳으신 이유가 이거였구나." 살아 있다는, 이 간결하고도 가슴 뛰는 기쁨, 하루를 떨며 마주하는 이 약동하는 느낌. 그건 부모님의 고달픈 사랑이 물려주신 위대한 선물이었다.

그는 마음속으로 부모님께 말했다. "이제 알 것 같아요. 부모님이 저를 낳으신 건 누군가를 사랑하고, 무언가를 음미하는 그 행복감을 느껴보라는 것이었습니다."

그의 눈가에 주름보다 더 깊은 미소가 번졌다. 세상은 여전히 힘들지만, 이제 그는 그것을 원망 대신 감사로 견딘다. "부모님, 덕분에 이렇게 살아 있습니다. 감사합니다." 그는 늘 가던 길을 걸었다. 천천히, 그러나 분명히.

"인생 별거 있나?"

　프랑스의 철학자이자 소설가 알베르 카뮈는 젊은 나이에 문학의 정점에 올랐다. 마흔넷에 노벨문학상을 받았지만, 삶을 찬란한 영광의 무대가 아니라 끝없는 부조리로 바라보았다. 〈시지프 신화〉에서는 인생을 거대한 바위를 언덕 위로 끝임없이 밀어 올리는 형벌에 비유했다. 꼭대기에 올린 순간 다시 굴러떨어지는 바위처럼, 그에게 인간의 삶은 반복과 허무 속에 갇혀 있다. 그러나 그는 절망 대신 자유를 발견했다. "우리는 시지프를 행복한 사람으로 상상해야 한다." 부조리를 인정하는 순간, 삶은 오히려 나에게 덜 무겁게 다가온다는 통찰이었다.

　반면, 일본의 소설가 다자이 오사무는 그 무게를 끝내 감당하지 못했다. 〈인간실격〉은 자신의 내면을 고백하듯 쓴 소설로, 세상에 적응하지 못하는 한 인간의 절망과 자괴감을 처절하게 드러냈다. 다자이는 삶의 부조리를 견디는 대신 술과 방탕으로 도피했고, 결국 38세에 연인과 함께 강물에 몸을 던졌다. 그의 선택은 비극이었지만, 그가 남긴 문장은 여전히 사람들의 마음을 파고든다. "나는 더 이상 사람으로 살아갈 자격이 없다"라는 그의 절규는 삶의 무게로 흔들리는 인간의 그림자다.

카뮈와 다자이, 두 사람은 서로 다른 끝을 보여 주지만 같은 질문을 던진다. 인생이란 무엇인가? 성공과 영광으로 빛나는 것도, 좌절과 절망으로 무너지는 것도 허무 앞에서는 같은 그림자일지 모른다. 그렇다면 "인생 별거 있나?"라는 물음은 단순한 체념이 아니라, 허무를 직면한 자만이 얻을 수 있는 냉철한 성찰일 것이다.

종종 인생의 무게를 이 한마디로 던져버린다. "인생 별거 있나?" 이 말은 체념처럼 들리기도 하고, 달관처럼 들리기도 한다. 이 말은 인간존재에 대한 태도이자 삶을 바라보는 관점이며, 고백이다.

장자는 세상의 모든 분별과 시비는 인간이 만든 것이라고 했다. 높고 낮음, 귀하고 천함, 성공과 실패. 모두 인간이 만들었다. 그렇다면 분별의 잣대를 내려놓고 바라본 삶은 어쩌면 "별거 없는 것"일 수 있다. 그래서 장자는 그 분별을 넘어서라고 했는데, 나는 그런 경지에는 이를 수 없으니 늘 흔들리며 산다.

"인생 별거 없다."는 일종의 허무이기도 한데, 장자의 말대로라면 바로 그 허무에서 자유를 얻는다. 아무것도 특별하지 않고 다 똑같다면 무엇을 선택하든, 어떻게 살든, 같거나 비슷한 삶이다. "네 인생이나 내 인생이나 별거 없다. 내가 잘났으면 얼마나 잘났고, 네가 있으면 얼마나 있냐? 다 한순간이다." 뭐, 그런 생각이다. 그러면 나의 선택은 그리 무겁지도 않고 불편하지도 않게 된다. 인생의 무게를 덜어냈기에 그렇다.

철학자 사르트르는 "인간은 태어날 때부터 고정된 본성이나 목적이 없다. 살아가면서 자신의 행위와 선택을 통해 본성이나 목적을 만들어 간다."고 했다. 즉, 인간은 자유롭지만 그 자유의 무게를 감당해야 한다는 것이다. 나는 태어나고 싶어 태어난 게 아니다. 우연히 태어나 주어진 조건 속에서 살아가지만, 어떻게 살지를 선택하는 건 내 몫이다. 따라서 선택의 결과에 책임져야 한다. 그래서 인간은 그 '선택의 자유'로부터 도망가고 싶을 때가 있다.

"뭐 먹을래?"라고 물을 때 "아무거나."라고 대답하는 것과 비슷한데, 그건 "네가 결정해"라고 책임을 미루는 것이다. 그래서 '사는 거 별거 없다'는 도망가고 싶은 마음을 드러내는 말이기도 하다. 삶을 팽개치고 싶은가?

결국 인생의 의미는 밖에서 주어지는 것이 아니다. 내가 어떻게 살아가느냐의 문제다. 따라서 "인생 별거 있나?"라는 말은 인생이 무의미하다는 허무의 선언일 수도 있고, 내가 내 삶의 의미를 만들어 가야만 한다는 천명일 수도 있다.

인생은 사실 별거 없다. '별거'를 이루거나 얻은 사람들이라면 다르게 생각하고, 다르게 살 수도 있겠다. 그러나 '별거' 없는 나로서는 소소한 일상에서 의미를 찾으려 한다. 아니면 내 인생이 너무 허무하거나 초라하지 않겠는가? 그래서 오늘 누군가와 함께 웃었다면 오늘의 내 삶은 충분히 빛난다. 그렇게 살면 별거 없는 인생 속에서 나는 사소한 순간을 크게 누릴 수 있지 않을까? 인생이 별거 아니라는 깨달음이야말로 인생을 가장 별스럽게 만드는 길이다.

남쪽 섬마을에서 서울로 올라온 광민씨는 가난을 벗어나기 위해 청춘을 통째로 장사에 바쳤다. 아침 해가 뜨기도 전에 가게 문을 열고, 밤이 깊도록 손님을 맞았다. 손에 남는 돈은 늘 적었지만, 그는 하루라도 쉬면 뒤처질까 두려웠다. 그렇게 40년 넘게 살다 보니 어느새 작은 건물 하나를 마련했고, 사람들은 그를 보며 "성공했다"고 말했다.

그러나 어느 날 가게 불을 끄고 텅 빈 상가에 혼자 앉아 있던 그는 문득 알 수 없는 허무에 휩싸였다. 몸은 늘 피곤했고, 마음은 비어 있었다. 재산은 남았지만, 가족과 함께 웃은 기억은 손가락으로 꼽을 정도였다. 아이들은 성장해 집을 떠났고, 아내의 눈빛에서도 이상한 섭섭함이 느껴졌다. 그는 담배 연기를 뿜으며 중얼거렸다. "인생, 별거 없네. 이게 다 무슨 소용인가…"

열심히 살아온 세월이 모두 헛된 것은 아니었다. 그는 집을 마련했고, 생활을 안정시켰으며, 누군가에게는 부러움의 대상이었다. 하지만 뒤돌아볼 때, 그것이 삶의 본질은 아니라는 생각이 들었다. 그 순간 광민씨가 느낀 것은 체념이 아니라, 늦게 찾아온 깨달음이었다. 인생은 성공이나 실패라는 이름으로 단정할 수 있는 게 아니었다. 그저 쌓였다 흩어지는 하루의 연속, 의미를 찾으려 애쓰지 않아도 흘러가는 강물 같았다.

그의 고백은 진실에 가깝다. "인생 별거 있나?"라는 물음은 성공과 좌절을 모두 겪은 사람의 입에서 나올 때 가장 깊이 울린다. 그것은 단순한 허무가 아니라, 치열한 삶 끝에서 비로소 얻어낸 조용한 철학이었다.

"인생은 진자와 같다. 괴로움과 지루함 사이를 오간다."   - 쇼펜하우어

"인생은 가르침이 아니라 살면서 의미를 발견해야 한다."   - 헤르만 헤세

"사는 거 한순간이야!"

○ ● ○

괴테는 임종 직전 이렇게 말했다. "더 많은 빛을!" 평생을 문학과 사유 속에서 보낸 그였지만, 마지막 순간에 남긴 것은 거창한 문장이 아니라 단 한 줄의 갈망이었다. 삶의 끝자락에서, 긴 생애의 무게가 빛으로 압축됐다. 빛을 향한 인간의 본원적 소망을 드러냈다.

미국 시인 에밀리 디킨슨은 평생 은둔하며 시를 썼다. 그녀는 "영원은 순간들의 연속일 뿐이다."라고 노래했다. 디킨슨에게 영원은 저 먼 미래의 약속이 아니라, 지금 이 순간들이 겹겹이 쌓여 만들어진 흐름이었다. 그녀는 찰나의 가벼움을 허무가 아닌 영원의 입구로 보았다.

동양의 철학자 장자도 같은 깨달음을 전했다. 아내가 세상을 떠났을 때, 그는 통곡 대신 북을 두드리며 노래했다. 사람들은 놀랐지만, 장자는 말했다. "슬프지 않을 리 있겠는가. 그러나 생과 사는 자연의 한 흐름일 뿐이네." 장자에게 죽음은 한순간의 변화고 생과 사는 서로 이어진 하나의 길이었다.

괴테의 마지막 한마디, 디킨슨의 고요한 시, 장자의 달관은 모두 같은 곳을 가리킨다. 삶은 영원한 것처럼 보이지만, 결국은 한순간의 빛과 그림자로 이루

어져 있다. 그래서 무심코 내뱉는 말, "사는 거 한순간이야"는 허무의 한탄이
자, 일상 속에서 삶의 의미를 찾아내라는 속삭임이기도 하다.

흔히들 말한다. "사는 거 한순간이야."

어떤 이는 이 말을 허무의 한숨으로 내뱉고, 누구는 달관의 미소로 속
삭인다. 허무이건 달관이건, 이 짧은 말 속에 인생의 본질이 숨어 있다.
삶은 거대한 서사처럼 길게 이어지는 것 같지만, 돌아보면 결국 몇 번의
순간들로 기억된다.

어린 시절 흙길을 달리며 웃던 순간, 첫사랑 앞에서 숨이 막히듯 떨리
던 심장, 부모님의 손을 잡고 마지막 인사를 건네던 순간. 인생의 긴 여정
속에서, 나를 만드는 건 이처럼 짧지만 강렬한 순간들이다. 인생은 순간
의 무늬로 이루어진다.

우리는 이별, 실패, 병으로 무너진다. 그러나 무너짐 속에서 새로운 길
이 열린다. 삶은 장엄하게 세워지는 궁전이 아니라, 수없이 허물어지고
다시 세워지는 순간들의 시다. 고통스러울 때면 그 고통이 오래 갈 것 같
지만 그렇지 않다. 사랑의 상처도, 실패의 좌절도, 죽음의 두려움도 결국
은 시간 속에 사라진다. 고통은 찰나의 그림자일 뿐이다.

삶의 본질은 따뜻한 커피 한잔, 빗물에 젖어가는 골목길, 저녁 햇살에
물든 창가, 새벽에 들려오는 새소리 속에 스며 있다. 이런 장면들이야말
로 인생의 달짝지근한 진짜 무늬다.

흔히들 인생을 성공이나 실패로 요약하려 한다. 그러나 마지막 순간에
남는 것은 돈이나 명예가 아니다. 포근한 미소와 따뜻한 기억이다. 병상
에 누운 이들이 가장 많이 회상하는 것도 "행복했던 순간"이다. 아이와
손을 잡고 산책하던 저녁, 가족과 함께한 밥상. 그게 인생이다. "사는 거
한순간이야"라는 말은 허무하게 들린다. 허무 속에도 의미가 있다. 변하

지 않는 것은 없다. 바로 그 덧없음을 받아들일 때 삶이 절실해진다.

영원히 계속될 것처럼 살다가 어느 날 갑자기 끝을 맞이하는 것이 인생이라면, 차라리 순간을 껴안고 사는 편이 더 낫다. 우리가 가진 것은 어제도, 내일도 아닌 오직 지금 이 순간뿐이다. 과거는 기억 속에 흩어지고, 미래는 아직 오지 않았다. 그러므로 지금이 삶의 전부다.

눈앞의 빛과 숨결을 진심으로 느낄 때, 순간이 영원보다 길 수 있다.

작은 반찬가게를 운영하는 은숙씨는 어느 날, 단골손님이 남긴 말 한마디에 가만히 웃었다. "아주머니, 참 부지런하시네요. 이렇게 매일 새벽마다 일하시니 대단하세요."

그녀는 손을 털며 말했다. "사는 게 다 그렇지요. 별거 있나요. 오늘 반찬 잘 만들어서 손님들 밥상에 올리면 그걸로 된 거죠. 내일은 또 내일대로 하고요."

젊은 시절엔 번듯한 가게를 차리고, 돈도 넉넉히 모아야만 잘 사는 줄 알았다. 그러나 남편이 두세 번 실패하고, 아이들이 크면서 깨달았다. 인생은 먼 목표가 아니라, 하루를 버텨내고 울고 웃는 것이라고.

가게 문을 닫고 집으로 돌아오는 길, 가을바람에 낙엽이 흩날렸다. 은숙씨는 그 모습이 마치 자기 인생 같다고 생각했다. 바람에 흔들리다 떨어져도, 햇살 아래 빛나며 땅으로 스며드는 그 짧은 순간처럼 말이다.

"사는 거 한순간이야." 그녀는 중얼거렸다. 거창하지 않아도, 반짝이지 않아도 괜찮다. 지금 이 순간 숨 쉬고, 누군가와 밥을 나누면, 그것이 사는 거 아니겠는가? 더 뭐가 있나?

"과거에 머물지 말고, 미래를 꿈꾸지 말라. 오직 지금 이 순간에 집중하라."
- 틱낫한

"현재를 살아라. 미래를 걱정하고 과거를 후회하며 현재를 잃어버리지 말라."
- 세네카

삶은 큰 울림이 아니라 작은 숨결의 합창.

세상은 묻지 않는다, 어디까지 가느냐고.

가는 길 위에서 붙잡을 수 있는 것은 과거도 내일도 아니다.

이 순간을 노래하는 심장의 박동뿐.

산다는 게 뭘까?

프리드리히 니체는 어릴 때 아버지와 동생을 잃고, 병약한 몸과 싸우며 자랐다. 스물넷에 촉망받는 고전문헌학 교수로 임명됐으나 만성적인 두통과 시력저하, 신경질환 때문에 결국 서른넷에 교직을 내려놓았다. 인생은 그에게 명예도, 건강도 오래 허락하지 않았다. 그는 홀로 스위스와 이탈리아의 산길을 떠돌며 노트에 사유를 쏟아냈다.

그의 글은 당대에 환영받지 못했다. 동료 철학자들도 외면했고 책은 팔리지 않았다. 니체는 멈추지 않았다. 고독과 병약함, 세상의 무관심 속에서도 그는 인간존재의 의미를 붙잡기 위해 글을 썼다.

그는 말했다. "살아야 할 '왜'가 있는 사람은 거의 모든 '어떻게'도 견딜 수 있다."

삶이 무너져 내릴 듯한 순간에도 그는 자기만의 '왜'를 붙들었다. 신의 부재 속에서 새로운 가치를 창조하려는 길, 인간을 넘어서는 '위버멘쉬(Übermensch)'의 꿈. 세상은 그를 미치광이라 불렀지만, 그의 사상은 지금 찬란하게 빛나고 있다.

니체의 인생이 말한다. "산다는 게 무엇이냐고? 그것은 병과 외로움, 좌절 속에서도 꺼지지 않는 물음을 붙들고, 그 물음 속에서 스스로 삶의 이유를 창조하는 일이다."

사람은 태어나면서부터 질문을 안고 산다. "나는 누구인가?" "산다는 게 무엇일까?"

이 질문은 세월이 흘러도, 지위가 높아져도, 부자가 돼도 계속된다. 삶의 굴곡과 상처가 쌓이면서 더 깊고 무겁게 가슴속에 내려앉는다. 일상의 단순한 반복이 삶의 전부일까. 아니면 눈에 보이지 않는 다른 의미가 숨어 있을까?

사는 일은 단순하면서도 복잡하다. 어제와 비슷한 오늘이 흘러가지만, 그 안에는 다른 빛깔의 감정이 파도친다. 어떤 날은 사소한 웃음 하나에 가슴이 환해지고, 어떤 날은 작은 말 한마디에 마음이 바스라진다.

그렇게 인간은 기쁨과 슬픔, 기대와 좌절 사이에서 끊임없이 흔들리며 하루하루를 지워 나간다. 웃음소리가 진동하지만 그 뒤에는 눈물이 숨어 있다. 아이의 첫걸음을 바라보는 환희 속에 부모의 수고와 고단함이 겹쳐지고, 사랑의 달콤함은 이별의 그림자를 동반한다.

산다는 것은 결국 빛과 어둠이 함께 춤추는 장면을 지켜보는 일이다. 빛만 원하는 사람은 어둠에 무너지고, 어둠을 두려워하는 사람은 빛을 발견하지 못한다. 살아가며 상처를 피할 수 없다. 시간이 흐르면서 그 상처야말로 내가 살아온 기록이고, 내가 존재했다는 증거라는 걸 알게 된다.

산다는 것은 흉터를 부끄러워하지 않고, 그 속에서 나를 다시 세우는 힘을 배우는 과정이다.

희망은 눈에 보이지 않지만, 마음속 어딘가에서 꺼지지 않고 깜박인다. 희망은 절망의 밤을 견디게 하는 힘이다. 산다는 것은 오늘의 희망을 내일로 이어주는 끈질긴 과정이다.

우리는 인생이 유한하다는 것을 알기에 삶을 진지하게 대한다. 산다는 것은 영원한 소유가 아니라, 매 순간을 빌려 쓰는 것이다. 꽃 한 송이, 햇살 한 조각, 웃음 한 번조차 잠시 머물다 가는 선물이다.

결국, 산다는 건 정답을 찾는 일이 아니라 질문을 이어가는 일일지도 모른다. "나는 어디서 와서 어디로 가는가?" "무엇을 남기고 떠날 것인가?" "남길 것이 있기나 한가?" "남긴다고 한들 그게 의미가 있을까?" "어떻게 살아야 하나?" 질문은 끝나지 않지만, 그 질문 속에서 나는 살아 있음을 느낀다.

강원도 평창의 작은 마을에 사는 옥순씨는 팔순이 넘었다. 이른 새벽이면 어김없이 닭 울음소리를 들으며 밭으로 나간다. 힘은 부치고 무릎이 아파도 잡초를 뽑는다. 텃밭에 심은 배추와 고추를 자식들이 먹을 수 있게 정성껏 가꾼다.

옥순씨의 지난날은 쉽지 않았다. 가난은 밥상 위에 늘 함께했다. 학교에 가고 싶었지만 동생들을 돌보느라 일찍 호미를 잡았다. 스물을 갓 넘긴 나이에 시집가 시부모님을 모시고, 새벽마다 우물에서 물을 길어오며 하루를 열었다.

남편은 공사판을 전전하다 병을 얻어 일찍 세상을 떠났다. 홀로 남은 옥순씨는 어린 자식들을

살리기 위해 밭일을 하면서도 부업으로 부침개 장사를 했다. 손은 거칠었고, 옷은 늘 땀에 젖어 있었지만, 어떻게 하든 자식들은 굶기지 않았다.

세월이 흘러 자식들은 도시로 나가 각자의 삶을 꾸렸다. 그녀는 작은 집과 텃밭을 지키며 산다. 손주들이 찾아오면 눈가의 깊은 주름이 더 깊게 접히며 웃는다. 그녀는 자주 혼잣말을 한다. "사는 게 별거 있나? 하루 세 끼 챙겨 먹고, 남에게 피해 주지 않고, 해 지기 전에 해야 할 일 해두면 그게 사는 거지."

그 평범한 말에는 지난 세월의 눈물과 웃음, 버티고 이겨낸 시간이 고스란히 담겨 있다. 산다는 게 뭘까? 옥순씨의 인생이 일러 준다. 넘어져도 다시 일어나고, 잃어도 남의 것을 탐하지 않으며, 오늘 하루를 성실히 살아가는 것.

그리고 언젠가 뒤돌아보았을 때, 그 평범한 날들이 쌓여 누군가에게는 기적이 되고, 또 다른 이에게는 희망의 이야기로 남는 것.

> "우리에게 일어나는 일 자체가 중요한 게 아니라, 그 일을 어떻게 받아들이느냐가 중요하다."
>
> - 에픽테토스

심리학자 마이클 스티거는 '삶의 의미척도'를 개발했는데, 삶의 의미를 찾는 사람들은 더 높은 수준의 회복탄력성과 낮은 우울감을 보였다. 신학자이자 철학자인 폴 틸리히는 〈존재의 용기〉에서 '삶이란 무의미와 불안을 직면하면서도 존재를 긍정하는 용기'라고 했다.

나무 한 그루

한 그루 나무, 계절마다 잎을 바꾼다.
삶은 나무처럼 조용히 비와 바람을 맞는 일.
누군가는 스쳐 지나가고, 누군가는 기대앉는다.
그 흔적 남아 나이테가 된다.

2부

상처와
고독의 강을
건너며

사랑과 관계는 나를 지탱하는 힘이지만 동시에 가장 깊은 상처를 남기기도 한다. 실수, 이별, 외로움 속에서 나는 때때로 도망치고 싶지만 결국 그것들이 나를 튼튼하게 만드는 과정임을 배워간다. 상처는 나를 무너뜨린 흔적이 아니라 내가 버텨낸 증거다. "상처는 빛이 들어오는 곳이다."(루미)

넘어지면 다른 풍경이 보인다   ○ ● ●

    에디슨의 연구실은 늘 어둠과 빛이 공존했다. 어둠이 내려도, 그의 방에는 희미한 불빛이 꺼졌다 켜지기를 반복했다. 수백 번의 실험, 수천 개의 실패한 유리관과 필라멘트가 바닥을 메웠다. 언론은 "허황된 망상가"라 비웃었고 동료들도 "이제 그만하라"고 했다. 에디슨의 눈빛은 꺼지지 않았다. 널브러진 유리관 조각들을 보며 다짐했다. "실패라니… 이것들은 단지 내가 걸어온 길의 이정표일 뿐이야."

    밤이 깊을수록 그의 집념은 더 뜨겁게 타올랐다. 대나무 섬유를 불태우던 어느 순간, 실험실이 갑자기 은은한 황금빛으로 가득 찼다. 그 빛은 단지 전구 하나의 불빛이 아니었다. 인류가 어둠을 벗어나는 순간이었고, 수만 번의 좌절 끝에 피어난 희망의 불꽃이었다.

    만약 에디슨이 주저앉았다면 인류는 여전히 촛불에 의지하고 있을지도 모른다. 그는 도망치지 않았다. 무너질 때마다 다시 일어섰고, 그 모든 실수를 인류를 밝히는 빛으로 바꾸어 냈다. 실패는 그를 꺾지 못했다. 오히려 그를 불멸의 이름으로 세운 힘이 되었다.

살아가며 크고 작은 실수를 반복한다. 반복한다는 게 문제다. 때론 말

한마디가 누군가의 마음을 다치게 하고, 순간의 선택이 오랜 후회를 남기기도 한다. 그래서 문득 '그때 그러지 말걸'이라는 생각이 마음을 짓누를 때가 많다.

나 자신을 향한 실망과 자책은 깊고 오래 남아, 앞으로 나아가는 발목을 붙잡기도 한다. 그러나 '실수가 반드시 부끄럽고 지워야만 하는 흔적일까?'라는 생각도 한다. '실수는 내가 인간임을 증명하는 가장 자연스러운 삶의 자국이 아닐까' 하고 위안도 해본다. 완벽하지 않기에 성장할 수 있고, 그 실수의 조각들과 함께 배움과 깨달음을 쌓아간다. 같은 실수를 반복하지 않기 위해 나를 돌아보며, 더 나은 방향으로 나아가고자 다짐한다. 그렇게 실수는 내 삶에 이정표가 되어 준다.

가장 힘들었던 시기를 돌이켜보면, 그 속에서 나 자신을 가장 깊이 만나게 된다. 눈물을 흘리며 후회했던 밤들, 수없이 되뇌었던 "다시는 그러지 않겠다."는 다짐들은 단지 감정의 소모가 아니었다. 그것은 성장의 시작이었고, 삶을 새롭게 다잡는 약속이었다.

나는 과거라는 시간을 지나 여기에 있다. 어떤 실수는 나의 부족함을 일깨워 주었고, 또 어떤 실수는 타인의 소중함을 다시 생각하게 해주었다. 말 한마디의 실수로 인해 관계를 잃기도 했지만, 그 경험 덕분에 더 따뜻하고 더 진실한 마음으로 사람을 대할 수 있게 되었다.

실수를 인정하는 건 쉽지 않다. 자존심이 상한다. 하지만 스스로를 정직하게 바라볼 줄 아는 사람만이 진정한 성장을 이룰 수 있다. 어제의 실수에 매달려 오늘을 낭비하지 말자. 진정 두려워해야 할 것은 실수가 아니라, 실수를 외면하고 아무것도 배우지 못하는 것이다. 실패와 후회를 제대로 겪은 사람만이 진짜 강해질 수 있다.

그러니 실수 때문에 주저하지 않겠다고 다짐한다. 나의 모든 경험은 반드시 나를 더 깊고 단단하게 만들어 줄 거라 믿는다. 어제를 넘은 나는 분명 더 나은 내일을 만들어 낼 힘을 쌓았다. 그러니 오늘도 나 자신을 믿고 앞으로 나아가야겠다.

그런 생각과 반성이 쌓이면 언젠가는 진정한 자유인이 되지 않을까? 그 무엇으로부터도 자유로운 '자유' 말이다. 그 자유는 거친 파도를 헤치고, 어두운 밤을 지새우고, 폭풍우를 헤쳐 나갈만한 가치가 충분하다. 나는 거기에 이를 수 있으리라 믿는다.

비 오는 저녁, 시장 안쪽의 허름한 분식집에서 혼자 분주히 뛰어다니던 준호 씨는 밀려드는 손님에 진땀을 흘리고 있었다. 그날따라 주문이 밀렸고 주방은 엉망이 되어 갔다.

"사장님, 제 음식은 언제 나와요? 벌써 30분째 기다리잖아요." 한 손님이 짜증을 섞어 소리쳤다. 순간 준호씨의 목소리도 높아졌다. "지금 다들 기다리시잖아요. 조금만 참으세요!"

가게 안의 공기가 싸늘해졌다. 손님은 불쾌한 표정으로 자리를 박차고 나갔다. 그 장면은 다른 손님들의 눈에도 깊이 박혔다. 장사를 마무리하고 난 뒤 준호씨는 텅 빈 식탁을 바라보며 홀로 앉아 술잔을 기울였다. 후회가 몰려왔다. "내가 왜 그랬을까… 그 한마디가 내 모든 노력을 망쳐버렸네."

며칠 동안 그 기억이 준호씨를 괴롭혔다. 가게 문을 열 때마다 다시는 손님이 오지 않을 것 같아 두려웠다. 하지만 동시에 마음속에서 목소리가 들려왔다. '실수는 지워야 할 흉터가 아니라 너를 바꾸라는 신호야.'

그는 결심했다. '다시는 같은 실수를 반복하지 않으리라.' 그 뒤로는 손님이 불평을 하더라도 미소를 지으며 먼저 고개를 숙였다. "기다리게 해서 죄송합니다." 그렇게 작은 친절을 더해갔다.

몇 달이 지나자 가게는 오히려 더 따뜻한 공간이 되었다. 음식 맛뿐 아니라 사장님의 진실한 태도에 끌려 단골이 더 늘었다. 준호씨는 깨달았다. 평범한 삶에서도 실수는 다시 성장할 기회를 주는 씨앗이었다. 실수는 자유를 빼앗는 굴레가 아니라, 자신을 더 탄탄하게 만들고, 자유로 이끄는 길이었다. 넘어지면 다른 풍경을 보면 된다.

준호씨는 "무조건 친절하자"고 결심하고 나자, 어떤 무례와 불평 앞에서도 흔들리지 않았다. 자유다.

"실수하지 않는 사람은 아무것도 하지 않는 사람이다." – 시어도어 루즈벨트

"넘어지지 않고 걷는 법을 배우는 사람은 없다." – 독일

하버드대학 의대연구팀 등에 따르면 사람은 자신의 실수를 인식하고 수정할 때, 뇌의 학습회로가 강하게 활성화된다. 실수는 뇌 발달과 학습 과정의 핵심이다.

사랑으로 상처받고 싶지 않다 ○ ● ○

　영국 출신의 세계적인 팝 가수이자 싱어송라이터 아델. 그녀는 사랑과 상실, 고통과 성장을 노래한다. 아델은 연인과의 이별로 상처가 깊었다.

　그 경험은 대표 앨범 〈21〉에 고스란히 담겼다. 히트송 〈Someone Like You〉는 그 남자가 다른 여자와 새 삶을 시작하는 모습을 보며 느낀 절망과 그리움을 노래했다. 이 노래를 부를 때마다 아델은 눈물을 멈추지 못했다. "나는 사랑 때문에 무너졌다. 그 상처는 내가 음악을 다시 하게 만든 원동력이 되었다."

　사랑은 그녀에게 가장 큰 시련이자 선물이었다. 실연은 그녀를 주저앉혔으나 다시 일어서게도 했다. 사랑은 행복이자 슬픔이었다. 아델은 2015년 앨범 〈25〉를 발표하며 한층 성숙한 목소리로 돌아왔다. 이 앨범은 과거의 상처를 넘어 자기 자신과 화해하는 과정을 담았다. 수록곡 〈Hello〉는 전 세계 차트를 석권하며 "옛사랑에게 전화를 걸어 미처 하지 못한 말을 전한다."는 가사로 사람들의 마음을 울렸다.

　아델은 화려한 성공 뒤에, 자신의 불안과 두려움을 솔직하게 고백했다. 세계적인 스타임에도 공연마다 심한 긴장과 공황을 겪었다. 삶의 시련은 계속됐지만 아델은 그 아픔을 음악으로 승화했다. 그녀에게 고통은 감추어야 할 흉터가 아니라 더 큰 노래를 낳은 씨앗이었다.

사랑은 삶에서 가장 빛나는 단어이면서 가장 날카로운 칼이다.

누구나 사랑을 꿈꾼다. 가족, 연인, 친구, 나아가 세상을 향한 사랑까지. 사랑은 사람을 아프게 하고, 견딜 수 없는 상실감과 배신의 그림자를 남기기도 한다. 사랑은 튼튼한 성이 아니라 언제든 무너질 수 있는 울타리다.

사춘기 시절, 대부분 첫사랑 짝사랑에 빠진다. 연인을 생각만 해도 설레고 가슴이 뛴다. 그런 사랑이 상처를 남긴다. 상대방의 무심한 말 한마디에 세상이 무너진다. 사랑은 나를 가장 높은 곳으로 올려놓지만, 가장 깊은 절망에 빠뜨리기도 한다. 누구나 사랑을 시작할 때면 상처받지 않기를 바란다.

사랑으로 상처받는 이유는 무얼까? 그것은 기대와 집착에서 비롯된다. 나는 상대방에게 끝없는 따뜻함과 이해를 바라고, 상대도 나와 똑같은 걸 바란다. 둘 다 불완전한 인간이기에 그렇다. 그가 나를 실망시킬 때, 그녀가 내 마음을 온전히 헤아리지 못할 때, 상처난다. 그러나 잘 생각해 보면, 그 상처의 많은 부분은 내 안에서 싹튼다. 내가 사랑을 통해 행복하기만을 바랐기 때문에, 그걸 채우지 못하면 상처가 생긴다.

살면서 깨우친다. 사랑으로 상처받지 않는 길은 '나도, 상대도 불완전한 인간임을 받아들이는 것'에서 시작한다. 사랑하는 이가 언제나 내 마음에 맞게 행동할 수 없음을 인정할 때, 그와 나의 틈은 상처가 아니라 이해의 공간이 된다. 내 마음을 모두 상대에게 의지하지 않고, 나 자신을 먼저 건강하게 세우자고 다짐한다. 사랑이 삶의 전부가 아니라, 삶을 더 빛나게 하는 인연임을 깨달을 때, 사랑은 덜 아프고 더 오래 간다.

평범한 삶 속에서 사랑의 진실을 보자. 매일 아침 식탁에 놓이는 따뜻한 국 한 그릇, 퇴근길에 건네는 짧은 안부, 손주에게 쥐어 주는 사탕 하나. 그 모든 것이 거창하지 않지만 오래도록 가슴을 채운다. 이 사랑은 화려하지 않아서 오히려 안전하고 깊다. 상처받지 않는 사랑은 멀리 있지 않다. 작은 배려와 따뜻한 시선이면 된다.

문제는 이성 간의 사랑이다. 그 사랑 앞에서 자신만만한 사람은 없다. 상처의 두려움 때문에 사랑을 멀리할 수도 없다. 상처받지 않으려 벽을 세우면, 사랑의 햇살도 가려진다. 중요한 건 사랑을 포기하지 않는 것이다. 다만 내 마음을 지킬 수 있는 지혜를 갖추자. 상대를 있는 그대로 받아들이며, 기대보다 감사의 눈으로 바라볼 때, 사랑은 상처가 아니라 선물이 된다.

"사랑으로 상처받고 싶지 않아요." 이 말은 단순히 두려움의 고백이 아니다. 그것은 더 성숙한 사랑을 향한 소망이다. 사랑이 나를 무너뜨리는 것이 아니라, 더 튼튼하게 세워주기를 바라는 기도다. 사랑을 통해 상처받지 않는 길, 그 길은 완벽한 상대를 만나는 것이 아니라 불완전한 그와 내가 서로를 품는 방법을 배워가는 과정 안에 있다.

영훈씨는 마흔이 넘도록 혼자다. 연애를 해봤으나 사랑은 오래 머물지 않았다. 주변에서는 "네가 너무 진지해서 그래" "사랑을 두려워하는 게 느껴진다."고 했다. 그 말들이 그의 마음을 더 움츠러들게 했다.

밤늦게 퇴근해 불 꺼진 방에 들어서면 괜히 텔레비전을 켜둔다. 빈방의 적막이 싫어서. 마음속에서는 늘 되뇐다. "나는 왜 아직도 혼자일까? 사랑은 왜 내게만 멀리 있는 걸까." 그는 다시 다짐했다. "사랑으로 상처받고 싶지 않다. 하지만 사랑을 포기하고 싶지도 않다."

오늘도 카페 구석에 앉아, 창밖을 바라본다. 바람에 흩날리는 낙엽 사이로 누군가의 발걸음이 멈춰 서기를, 그리고 그 발걸음이 자신 앞에 와 닿기를 바란다. 사랑은 여전히 상처를 남길 것이다. 그러나 그 상처조차 살아 있다는 증거라면, 기꺼이 다시 받아들이리라.

영훈씨는 속삭인다. "사랑을 찾아 헤매는 이 길이, 때론 외롭고 아프더라도, 언젠가는 내 마음을 나눌 곳으로 데려다주겠지."

> "사랑은 모든 열정 가운데 가장 강력하다. 그것은 인간의 머리, 심장, 감각을 동시에 공격한다."
> - 빅토르 위고

심리학자 존 가트맨은 40년 이상 부부를 연구해 "사랑에서 오는 상처는 상대의 비난 무시 방어 회피에서 비롯된다"고 밝혔다. 애착이론 기반 상담가 수전 존슨은 사랑의 상처는 애착 불안에서 비롯된다고 했다. 사랑하는 이가 떠날지 모른다는 두려움 때문에 상처가 커진다.

조용한 기도

사랑은 바람, 잡으려 하면 흩어지고, 놓아주면 머문다.
때로 가시가 돼 찌르고, 그 상처로 빛이 스며든다.
사랑은 "괜찮아"라는 한 마디, 하루를 지탱하는 조용한 기도.

그래도, 실연(失戀)

에릭 클랩튼은 기타의 신으로 명성을 날렸지만 그의 삶은 공허와 실연의 상처로 얼룩졌다. 가장 큰 고통은 절친이자 비틀즈 멤버였던 조지 해리슨의 아내 패티 보이드를 사랑하게 된 것. 그는 불가능한 사랑에 사로잡혀 술과 마약에 절었고 삶은 무너졌다.

그 불타는 감정과 절망으로 탄생한 노래가 바로 명곡 〈Layla〉였다. 기타 리프는 날카로운 절규 같았고, 가사는 절망적인 사랑의 고백이었다. 이 곡은 록 역사에 길이 남는 걸작으로 평가받지만 그 뿌리는 클랩튼의 실연과 고통이었다.

세월이 흐른 뒤, 그는 결국 패티와 결혼했지만 오래가지 못했다. 사랑은 이루어졌으나 상처는 아물지 않았던 것이다. 사련(邪戀그릇된 사랑)은 오래 가지도 못하고 끝이 좋지 않은 법이다.

클랩튼은 회고록에 적었다. "나는 사랑을 갈망했지만, 그 사랑조차 나를 온전히 구하지는 못했다. 오직 음악만이 나를 붙잡았다." 좋아하는 걸 하면서 사는 게 구원의 길이다. 다른 길은 없다.

그는 무너짐 속에서도 다시 무대에 섰고 기타를 통해 삶을 이어갔다. 사랑은 사랑은 눈부시다. 봄의 햇살처럼 따스하고 바람처럼 설렌다. 가슴 속에 피어나는 한 송이 꽃이다. 그러나 계절이 바뀌면 화려했던 빛깔은 퇴색하고 어느새 바람에 흩날린다. 한때는 영원하리라 믿었으나 어느 날 그 믿음이 깨져 버린다. 그 순간 실연이라는 혹독한 겨울을 맞는다.

실연은 단순한 상실이 아니다. 가슴속 깊은 곳에서부터 나를 허물어뜨리는 거대한 충격이다. 아침에 눈을 뜨면 가장 먼저 떠오르던 이름이 이제는 칼날로 다가온다. 밤에 눈을 감으려 해도 기억은 낯선 그림자로 스며들어 나를 흔든다. 거리의 음악 한 소절, 카페 창가에 앉은 연인의 웃음, 전화기의 침묵조차 나를 찌르는 바늘이 된다. 실연은 그렇게 일상의 모든 풍경을 바꾸어 놓는다.

"어떻게 하면 이 아픔에서 벗어날 수 있을까?"

사실 실연은 지워지지 않는다. 깊은 상처여서 흔적을 남긴다. 흔적은 부끄러움이 아니다. 내가 사랑했음을 증명하는 표식이자, 언젠가는 나를 성장시키는 힘으로 자리 잡는다. 누군가는 실연의 고통을 견디지 못해 술잔을 잡는다. 다른 이는 혼자 먼 길을 걸으며 운다. 그러나 시간이 흐르며 조금씩 웃음을 되찾는다. 상실의 계절도 언젠가는 끝난다.

실연에서 벗어나려면 시간이 필요하다. 시간은 잔인하면서도 효과적인 치유자다. 처음에는 하루가 한 달 같다. 하지만 그 시간 속에서 조금씩 가슴의 통증이 무뎌진다. 그 사람의 이름을 들어도 더 이상 눈물이 차오르지 않는 순간이 온다. 그때 비로소 실연에서 벗어난다.

그러나 단순히 기다림만으로는 부족하다. 벗어나려면 나 자신을 다시 만나야 한다. 사랑은 때로 나를 잃게 만든다. 상대방의 기쁨과 슬픔에 종속돼 나의 중심을 놓친다. 하지만 이별 뒤에 찾아오는 고독 속에서 다시 묻는다. "나는 누구인가? 나는 무엇을 원하는가?" 실연은 잔혹하지만 동시에 나를 다시 보는 기회가 된다.

"상처는 빛이 들어오는 통로다." 그 빛은 상대와 나에 대한 이해와 용서의 빛이다. 밤마다 울던 시간이 지나고, 아침 햇살이 다시 창을 두드릴 때, 내가 흘린 눈물이 헛되지 않았음을 알게 된다. 그리하여 나는 길가에 핀 작은 꽃에도 눈길을 주고, 바람의 향기에도 미소를 지을 수 있게 된다.

실연의 아픔은 누구에게나 찾아온다. 사랑했기 때문에 아프고, 그 아픔 때문에 더 깊은 사람이 된다. 실연은 끝이 아니다. 또 다른 시작을 위한 문이다. 그 문은 새로운 계절의 입구다.

지영씨는 서른다섯, 오래 만나던 연인에게서 마지막 메시지를 받았다. "미안해, 더는 함께할 수 없을 것 같아."

짧은 문장이었지만, 그 순간 그녀의 세상은 무너졌다. 휴대폰 화면을 붙잡고 한참을 울었고, 며칠 동안은 밥 한술 삼키기 힘들었다. 함께 다니던 카페, 늘 걷던 골목길은 이제 갈 수 없는 낯선 장소가 돼버렸다. 퇴근 후 곧장 집으로 돌아와 불 꺼진 방에 앉아 헤어진 연인의 SNS를 끝없이 들여다보았다. 새로 웃고 있는 그의 얼굴을 보는 일이 가장 큰 고통이자, 멈출 수 없는 습관이 되었다.

그러나 어느 날, 더는 눈물만 흘리며 살 수 없다는 생각이 들었다. 친구의 손에 이끌려 찾은 작은 화실에서 처음으로 하얀 캔버스 앞에 앉았다. 붓끝에서 퍼져나가는 색채는 가슴속에 얼어붙은 고통을 조금씩 녹여내는 듯했다. 지영씨는 매주 토요일, 지역 도서관에서 열리는 독서모임에도 나갔다. 책을 함께 읽고 나누는 사이, 서서히 웃음이 돌아오기 시작했다. 새로운 사람들과의 대화속에서 "나는 혼자가 아니구나" 하는 안도감이 피어올랐다.

몇 달이 흐른 뒤, 그녀는 일기장에 적었다. "그때는 세상이 끝난 줄 알았다. 하지만 다시 나를 찾았다. 사랑은 여전히 아프지만, 그 아픔으로 나는 더 커졌다." 창으로 봄빛이 스며들었다. 지영씨는 창문을 열고 바람을 맞으며 조용히

| 속삭였다. "사랑은 아프지만, 나는 사랑에서 도망치지 않을거야."

"사랑하고 잃는 것이 사랑하지 않은 것보다 낫다."   - 알프레드 테니슨

매튜 리버먼 사회신경과학자는 실연은 일시적 우울, 자기 존중감 하락을 가져오지만 사회적 지지를 받고 새로운 의미를 찾으면 빠르게 회복한다고 밝혔다.

혼술 혼밥은 싫다?

○●○

도시의 밤은 불빛이 휘황하다. 밝을수록 외로움이 짙어진다. 술집 창가에 혼자 앉아 잔을 기울인다. 식당 구석에서 고개를 숙인 채 밥을 삼킨다. 혼술, 혼밥은 시대의 풍경이 돼버렸다. 청춘들에게는 전혀 이상한 모습이 아니다.

나는 이런저런 이유로 혼술 혼밥에 완벽하게 적응했다. 음악을 들으며 혼술하는 걸 좋아한다. 그러다 울기도 한다. 하지만 기성세대들에게 혼술 혼밥은 묘한 감정을 일으킨다. 왜일까? 혼밥 혼술이 단순한 생활 방식이 아니라 결핍의 기호로 읽히기 때문이다.

인간(人間)은 '사회적 동물'이다. 인간은 관계 속에서 존재하고, 함께할 때 자신을 온전히 확인한다. 밥은 단순히 배를 채우는 게 아니라 삶을 나누는 행위다. 술은 취기를 빌려 마음을 털어놓는 사회적 언어다. 밥상에 둘러앉아 마주 보는 얼굴, 잔을 부딪히며 나누는 웃음소리는 단순한 영양 섭취나 음주 이상의 의미다. 그 속에서 인간은 혼자가 아니라는 사실을 확인한다.

현대사회는 '어쩔 수 없이 혼자'인 시대다. 불규칙한 시간, 흩어진 관계 속에서 혼밥을 피할 수 없다. 개인화된 라이프 스타일, 가족의 해체와 1인 가구의 급증, 코로나19 팬데믹이 남긴 '사회적 거리두기 습관'까지…. 밥상에 함께 앉는 게 점점 더 드물어졌다. 스마트폰 속의 가상 대화가 실제 대화를 대체하면서 식탁은 더 자주 혼자의 자리가 된다.

그러나 이런 현실이 우리를 완전히 고립시키지는 못한다. 오히려 혼밥과 혼술의 공허함 속에서 연결을 갈망하는 인간의 본성이 드러난다. 어쩌면 "혼술 혼밥은 싫다"는 말은 이 외로운 시대를 사는 사람들의 마지막 저항이자, 메아리 없는 외침일지 모른다.

어떤 이는 당당히 "나는 혼자 먹는 게 편하다"고 말하기도 한다. 맞다. 고독은 자유와 사색의 시간이다. 그러나 고독이 길어질 때, 식탁 위에 놓인 그릇이 공허하게 느껴질 때, 깨닫는다. '혼술 혼밥은 선택이 아니라 외로움의 반영일 수 있다.'

문학은 오래전부터 이 고독과 식탁의 의미에 주목해 왔다. 황혼 무렵 낡은 주막에서 홀로 술잔을 기울이는 여인의 모습은 비극적이면서도 아름답게 그려졌다. 그 장면이 울림을 주는 이유는 고독 속에서 누군가를 그리워하기 때문이다. 아무도 떠올리지 못하는 술잔은 단지 쓸쓸한 액체일 뿐이다. 결국 혼술 혼밥이 싫다는 말은 "나는 누군가와 함께하고 싶다"는 마음의 다른 표현이 아닐까.

행복을 가장 크게 결정하는 요소는 돈도 명예도 아닌 관계다. 관계는 단순히 곁에 사람이 있다는 의미가 아니다. 누군가 나의 이야기를 들어주고, 내가 누군가를 위로할 수 있는 순간, 그 따뜻한 연결이 곧 행복의 근원이다. 인간은 타인에 기대어 완성되기 때문이다.

삶은 결국 밥상과 같다. 그 위에는 풍성한 음식보다 함께 나누는 눈빛이 더 중요하다. 인간의 가장 깊은 본능은 함께 나누고자 하는 마음이다. 함께 나누며 협력한 종족은 살아남았다.

고독의 강을 넘어서

○ ● ○

영국의 전설적인 록밴드 퀸(Queen)의 리드 보컬이자 작곡가였던 프레디 머큐리는 '무대의 신'이었다. 화려한 제스처, 폭발하는 가창력, 청중을 하나로 묶는 카리스마. 그러나 무대가 끝나면 고독에 절망하곤 했다.

그는 고백했다. "나는 수천 명 앞에 서지만 공연이 끝나면 세상에서 가장 외로운 사람이 된다. 사람들 속에 둘러싸여 있어도 늘 혼자라는 느낌이다. 나를 있는 그대로 받아줄 사람이 필요하다."

공연이 끝난 뒤 호텔 방문을 닫으면 누구도 곁에 없었다. 화려한 조명과 관객의 열기가 사라지면 오직 침묵과 어둠만이 기다리고 있었다. 그는 사랑을 갈망했지만 찾지 못했다.

그의 삶은 우리에게 역설을 던진다. 세상에서 가장 큰 갈채와 영광을 누리던 사람이 왜 그토록 외로움에 시달렸는가? 그 답은 어쩌면 고독이란 누구도 피할 수 없는 인간 존재의 본질이기 때문이다. 누구든 살아가면서 반드시 홀로 마주해야 하는 시간이 온다.

고독은 낯선 그림자가 아니다. 그것을 피하려 하면 더 무겁게 다가오고, 외면하면 더 깊이 파고든다. 고독은 불 꺼진 방의 고요다. 어두운 거실에 앉아 있으면 세상의 모든 소리가 멀어지고, 오직 나의 호흡만이 방을 채운다. 그 적막이 두려워 음악을 틀고, 휴대폰을 잡고, 텔레비전을 켠다. 그러나 조금 지나, 바깥의 소음이 커질수록, 내 안에서 더 또렷한 외침이 나를 흔든다. 고독이다.

고독 속에서 묻는다. "나는 누구인가?" "나는 왜 살아가는가?" "내가 진정 원하는 것은 무엇인가?" 이 질문들은 사람들 속에 섞여 있을 때는 들리지 않는다. 홀로 있을 때, 비로소 심장의 고동처럼 나를 깨운다. 고독을 견딘다는 것은 결국 이 질문들로부터 도망치지 않는 것이다. 이 질문들 앞에 서서 나를 찾아야 한다. 고통스럽더라도, 답을 찾을 수 없더라도, 그 질문과 함께 머무는 것. 그 시간은 무의미한 공백이 아니라 삶의 방향을 조금씩 밝히는 빛이 된다.

위대한 창조는 언제나 고독의 품에서 태어났다. 밤마다 등잔불 아래 앉아 수백 번의 실패를 거듭한 발명가, 세상과 단절한 채 내면을 파고든 철학자, 그리고 그 고독을 온전히 받아들여 불멸의 선율을 남긴 작곡가. 그들에게 외로움은 두려움이 아니라 창조였다.

고독을 견디는 힘이 없다면 사유는 얕아지고, 창조는 피상적이며, 삶은 타인의 그림자에 갇히고 만다. 고독은 인간이 인간다워지는 통로이자 영혼이 깊어지는 호흡이다. 위대한 인물만 고독을 겪는 것이 아니다. 아이들이 학교에 가고 나면 텅 빈 집에서 혼잣말로 하루를 여는 엄마, 은퇴 후 직함을 내려놓고 난 뒤 고요한 오후를 힘들어하는 아버지, 낯선 도시로 떠나 홀로 밥을 짓는 청년. 그들의 일상도 고독하다.

그러나 그 시간에 익숙해진 사람들은 말한다. "처음엔 견디기 어려웠지만, 어느 순간부터 고독이 주는 미감(美感)을 알게 됐다. 고독은 때로 달콤하다." 고독은 자기와 화해하는 시간이며, 세상의 소음을 걸러내는 침묵이다.

고독은 다른 이의 시선에 흔들리지 않고, 자신을 이해하고, 사랑하는 힘을 준다. 그것은 아무도 대신 걸어줄 수 없는 길이고, 누구나 걸어야 하는 길이다. 삶은 결국 고독을 견디는 훈련이다. 태어나 마지막 숨을 거둘 때까지, 인간은 고독의 강을 건넌다. 그 강을 건너는 동안 때로는 쓰라리지만, 그 물결은 우리를 씻어낸다.

고독은 내 안의 깊은 샘으로 들어가는 문이며, 내 영혼이 나의 노래를 찾는 자리다. 고독을 견디는 힘, 그것이 바로 삶을 끝까지 지켜내는 가장 은밀하고도 위대한 능력이다.

은정씨는 예순을 바라본다. 평생 맞벌이하며 가정을 지켰다.

아침엔 아이들 도시락을 싸고, 지하철에 몸을 싣고 회사로 달려갔다. 저녁엔 피곤한 몸을 이끌고 돌아와 밥상을 차렸다. 주말조차 제대로 쉬어본 적이 없었다. 늘 "아이들 키우려면 어쩔 수 없지"라는 말로 자신을 달래며 살아왔다.

그 아이들이 모두 결혼해 떠났다. 빈집은 낯설 만큼 조용하다. 남편은 퇴근하면 리모컨만 돌리다 거실에서 잔다. 그 남편조차 출장과 회식으로 자주 집을 비웠다. 식탁에는 늘 네 명의 밥그릇이 놓였지만, 이제 두 개만 덩그러니 놓인다.

퇴근 후, 불 켜진 집은 텅 빈 공연장 같고, 주방 창가에 홀로 서 있는 은정씨는 적막함에 휘청거린다. "나는 그동안 누구를 위해 이렇게 버텨온 걸까." 밤마다 그 질문이 살아난다.

어느 늦은 밤, 퇴근 후 옷도 갈아입지 않은 채 식탁에 앉아 있던 은정씨는 눈물을 쏟았다. 아이들이 떠난 뒤 처음으로, 평생 맞벌이하며 억눌러 온 고독과 극기(克己)의 한이 한꺼번에 쏟아졌다. 삶의 무게를 함께 나눠줄 줄 알았던 자리에는 오직 고적만 남았다.

오래 울고 난 뒤, 은정씨는 이상한 해방감을 느꼈다. "고독은 감옥이 아니라 해방일 수도 있구나!" 아이들을 위해, 남편을 위해, 회사와 가정을 위해 내달렸던 세월을 지나, 이제 오롯이 자신을 위해 채워 넣을 수 있는 빈자리였다.

은정씨는 천천히 커피를 내리며 다짐했다. "앞으로는 나로 살아야지. 아내도 엄마도 직원도 아닌, 그냥 은정으로." 고독은 여전히 낯설고 무겁지만, 이제는 더 이상 원망의 그림자가 아니다. 그것은 새로운 삶을 열어주는 문이었다.

"인간의 모든 불행은 혼자 고요히 있을 줄 모르는 데서 비롯된다."   - 파스칼

고독 연구의 선구자인 존 카치오포 시카고대 심리학교수에 따르면 고독은 인간의 뇌와 신체에 직접적 영향을 미치는 심리적·생리적 현상이다. 장기적 고독은 우울증, 수면장애, 면역력 저하를 초래하지만 적절히 수용된 고독은 창의성과 자기성찰을 키운다.

연애란 어떤 걸까? ○ ● ○

연애란 어떤 걸까? 단순히 두 사람의 설렘, 행복으로만 설명하기에는 부족하다. 연애는 인간이 타인과 맺을 수 있는 가장 가까운 관계 중 하나이며, 동시에 가장 불안정하고 예측하기 어려운 모험이다. 그래서 연애는 늘 질문을 낳는다. 그것은 사랑의 전 단계일까, 혹은 사랑 자체의 한 방식일까? 아니면 사랑이란 이름을 빌려 삶을 더 생생하게 체험하는 실험일까?

연애는 타인을 만나는 데서 시작한다. 우연한 접촉이나, 호기심 어린 시선, 겉도는 대화를 통해 서로의 세계로 들어간다. 어느 순간, 그 사람이 특별한 존재가 된다. 나의 하루를 흔들고, 나의 생각을 바꾸며, 나의 감정을 낯설게 만든다. 연애는 남을 만나면서 자아의 경계가 흔들리고 넓어지는 경험이다.

연애는 결핍에서 비롯된다. 무엇인가 부족하기에 상대를 갈망한다. 연애는 단순히 그 부족을 채우는 행위가 아니다. 오히려 서로의 결핍을 드러내고, 그 틈을 통해 서로에게 다가가는 과정이다. 결핍을 함께 견디는 법을 배운다. 그래서 연애는 늘 불안정하지만, 그 불안정이야말로 연애를 살아있게 만든다.

연애는 자유를 앗아가기도 하고, 더 큰 자유를 열어주기도 한다. 누군가를 만나면 선택의 폭이 좁아진다. 나의 시간은 줄어들고, 나의 행동은 상대의 감정에 의해 제한된다. 그러나 바로 그 구속 때문에 이전에 경험하지 못한 자유가 열린다. 함께 있음의 자유, 누군가와 나눌 수 있음의 자유. 연애는 자유와 구속이 동시에 얽힌 역설적 관계다.

연애는 상대의 눈을 통해 나를 새롭게 발견하는 일이다. 상대의 시선은 나를 비추는 거울이 되어, 내가 몰랐던 내 얼굴을 보게 해준다. 상대의 칭찬 속에서 나를 사랑하게 되고, 상대의 비판 속에서 나의 한계를 본다. 연애는 기쁨과 슬픔, 희망과 절망이 교차하는 극적인 무대다. 하루는 천국 같다가도 다음 날은 지옥 같을 수 있다. 연애를 통해 감정의 끝을 체험한다. 연애는 삶의 가능성과 불확실성을 가장 생생하게 경험하게 만든다. 연애 없이는 알 수 없는 기쁨을 알게 되고, 연애 없이는 겪지 않을 고통을 겪는다.

연애의 진가는 시간 속에서 드러난다. 불꽃처럼 타올라 사라지는 관계도 있고, 오랜 세월 함께하며 견고해지는 관계도 있다. 연애는 단순히 현재의 감정이 아니라, 시간이 던지는 시험을 어떻게 통과하느냐에 따라 그 깊이가 달라진다. 순간의 열정은 누구나 느낄 수 있지만, 그 열정을 지속하는 것은 또 다른 차원의 성숙이다.

연애는 결코 두 사람만의 일이 아니다. 연애를 통해 우리는 사회와도 연결된다. 가족의 시선, 친구들의 반응, 사회적 규범과 가치관이 모두 연애를 에워싼다. 때로는 그 압력으로 헤어지고, 때로는 그 압력을 함께 이겨내며 관계가 더 깊어진다. 연애는 개인적인 감정이면서 동시에 사회적 현상이다.

연애는 실패와 배움의 연속이다. 첫 만남의 설렘 속에서 서툴기 마련이고, 다툼과 오해 속에서 흔들리게 된다. 그 과정에서 상대를 이해하는 법을 배우고, 자신을 다스리는 법을 배운다. 연애는 나를 성숙하게 만드는 유격훈련으로 극기(克己)를 가르친다.

연애는 계절처럼 왔다가 떠난다. 그러나 그 흔적은 사라지지 않고, 기억 속에 빛과 그림자를 남긴다. 연애는 순간의 열정이면서 동시에 영원을 꿈꾸는 몸짓이다. 연애는 내가 살아있다는 사실을 가장 뜨겁게 확인하는 경험이다.

사랑이란 뭘까?　　○ ● ○

　사랑은 정의될 수 없는 강물 같다. 이름을 붙이려 하면 이미 흘러가 버리고, 손에 쥐려 하면 모래처럼 흩어진다. 그러나 그 물결은 늘 내 곁을 스쳐 지나간다. 눈빛 하나에 마음이 흔들리고, 손끝 하나에 세상이 달라진다. 사랑은 설명할 수 없지만, 누구도 부인할 수 없는 실재다.

　사랑은 공허에서 시작된 기적이다. 마음의 빈자리에서 꽃이 피어난다. 상대의 미소가 하루를 밝혀주고 어둠을 밀어낸다. 사랑 속에서 자신을 본다. 상대에게 비친 내 모습은 내가 알던 나와 다르다. 거울 앞에서는 몰랐던 얼굴이, 그 사람 앞에서 새롭게 드러난다. 사랑은 타인 속에서 나를 찾는 일, 그리고 나를 넘어서는 길이다.

　사랑은 이유를 묻지 않는다. 왜 좋아하는지 설명하기 어렵다. 그냥 좋다. 그냥 함께 있고 싶다. 사랑은 자유를 빼앗는 듯 보이지만, 사실은 더 큰 자유를 준다. '홀로'라는 자유는 가볍지만 공허하다. '둘'의 속박은 풍성하다.

　사랑은 상처를 남긴다. 이별의 통증, 그리움의 결핍, 배신의 어둠. 하지만 그 상처가 있어 사랑의 깊이를 배운다. 흉터는 아물어 삶의 무늬가 되고, 그 무늬는 다시 새로운 사랑을 품을 수 있는 자리로 변한다.

　사랑은 순간의 불꽃이지만, 오래 쌓이면 집이 된다. 매일 부딪히고 다투면서도 다시 웃으며 밥상을 마주하는 일, 나이 들어 손을 잡아 주는 따뜻함. 그것은 한순간의 열정보다 더 깊다. 시간 위에 지어진 사랑의 집은 폭풍에도 무너지지 않는다.

　사랑은 개인의 감정을 넘어 사회를 지탱하는 힘이다. 가족을 묶고, 친구를 잇고, 낯선 이들을 연결한다. 타인에게 내미는 손길, 이름 모를 이웃을 향한 미소, 그것이 모여 사회는 냉혹한 경쟁이 아닌 살아 있는 공동체가 된다. 사랑은 서로 다른 세계를 이어주는, 보이지 않는 다리다.

사랑하는 이를 잃는 순간, 죽음을 보게 된다. 그와 함께했던 시간, 그녀의 웃음과 목소리는 기억 속에서 꺼지지 않는 불씨로 남아 괴롭힌다. 죽음은 육체를 데려갈 수 있지만 사랑까지 빼앗을 수는 없다. 사랑은 사라지지 않고, 기억과 이야기를 타고 영원을 향해 흐른다.

사랑은 완성된 답이 아니라 매번 새로 쓰는 질문이다. 상대의 불완전함을 품는 법, 나 자신을 내어주는 법, 함께 살아가는 법을 배우는 끝없는 수업이다. 사랑은 말보다 먼저 다가오는 침묵의 노래이자, 삶이 내쉬는 가장 따뜻한 숨결이다. 사랑을 몰라서 묻는 게 아니다. 그 크기와 깊이가 늘 변하고, 다 헤아릴 수 없기에 묻는다. 그 질문을 간직하는 동안, 우리는 이미 사랑하는 삶을 살고 있다. 사랑은 흔들림, 관심, 질문에서 시작하니까.

3부

절망과 죽음의 그림자를 지나며

삶의 고비 앞에서 가장 먼저 다가오는 것은 '죽고 싶다'는 충동과 두
려움이다. 그러나 그 절망을 직면하고 넘어서야 발걸음에 힘이 붙는다.
죽음의 그림자를 응시하는 순간, 살아야 할 이유 또한 분명해진다. "죽
음을 두려워하는 자는 살아가는 동안 매일 죽는다."(세네카)

그냥 죽어버릴까

버지니아 울프는 평생 고통 속에 살았다. 어린 시절 부모와 언니를 잇달아 잃고, 성인이 된 뒤에도 우울과 환청에 시달렸다. 그녀는 고통을 외면하지 않고, 인간 내면의 어두운 심연을 기록했다. 〈댈러웨이 부인〉에서는 삶과 죽음을 오가는 인간의 불안을, 〈등대로〉에서는 상실과 시간의 무게를, 〈자기만의 방〉에서는 여성이 자기 자신으로 살아가기 위해 필요한 조건을 집요하게 탐구했다.

울프는 〈등대로〉에서 이렇게 썼다. "삶이란 덧없고 파괴적이다. 그러나 그 안에도 여전히 무언가 지속되는 것이 있다." "이 순간은 지나가리라. 그러나 지나갔다는 사실이 이 순간을 더할 나위 없이 소중하게 만든다."

그녀에게 글쓰기는 절망을 버티게 한 숨결이자, 죽음 앞에서도 삶을 말하게 하는 마지막 언어였다. 그러나 전쟁의 그림자와 재발하는 정신적 고통 앞에서 그녀는 결국 주머니에 돌을 잔뜩 넣고 강으로 걸어 들어갔다. 남편에게 남긴 마지막 편지에 "당신 덕분에 내 삶은 행복했어요. 하지만 더는 이 목소리들과 싸울 수 없어요."라고 적었다.

울프의 고백은 "죽고 싶다"는 말이 단순히 나약함이 아님을 보여준다. 그것은 삶을 끝내려는 의지이면서 동시에 더 잘살아 보고 싶다는 절박한 몸부림이었을 것이다.

나는 가끔 그냥 죽고 싶을 때가 있다. 그러나 죽지는 못하고 지금까지 살고 있다. '죽고 싶다'는 건 지금보다 더 잘 살고 싶은 마음의 뒷면일지도 모른다. 또는 작은 고난조차 참지 못하는 나약함이기도 하다. 그러나 진정으로 힘들 때는, 삶을 견디는 자의 피 묻은 신음이기도 하다.

누구나 몇 번쯤은 가슴 깊은 곳에서 '죽고 싶다'는 말이 솟아날 것이다. 세상이 어깨를 무겁게 짓누를 때, 아무도 나를 불러주지 않을 때 죽고 싶어진다. 죽음은 늘 가까이 있다. 그것은 창밖 어둠처럼 말없이 스며들어, 손끝을 스치고, 심장의 박동을 가만히 지켜본다. "괜찮니?" 대신 "이제 끝낼까?"라고 묻는다.

죽음은 달콤한 유혹이다. 더 이상 눈물 흘리지 않아도 되는 아늑한 어둠, 누구에게도 설명하지 않아도 되는 침묵이다. 누구도 나를 흔들지 않고, 나 또한 기대에 응답하지 않아도 되는 절대 자유의 세계다. 그래서 나는 죽음을 생각하고 상상한다. 그러나 아무리 생각해도 죽음은 답이 아닌 것 같다. 달콤한 유혹이지만 영원한 패배가 아닐까? 고통의 끝이지만 영원한 정지다.

죽음을 생각할 때 가장 먼저 떠오르는 것은 남겨진 가족들의 슬픔이다. 그들의 눈물은 내가 흘려야 할 눈물이고, 그들의 상처는 내가 견뎠어야 할 무게. 어느 어머니는 아들의 '마지막 메시지'를 손에 움켜쥔 채 평생을 살았다. 어느 아이는 아버지의 빈자리 앞에서 웃음을 잃었다. 그들의 마음에 난 공백은 결코 메워지지 않는다. 죽음을 선택하는 순간, 고통은 사라지지 않고 옮겨갈 뿐이다.

살아야 하는 이유는 거창하지 않다. 아침 햇살이 창문을 두드리는 청량감, 어린아이의 천진한 웃음, 들꽃이 선사하는 고요한 빛. 이런 진실은 '행복의 나라'에서만 느낄 수 있는 보석들이다. 살아보면 이 작은 것들의 소중함에 감사하게 된다. 이런 걸 지나친다면 껍데기 삶이다.

삶은 거대한 환희가 아니라 사소한 숨결 속에서 의미를 드러낸다. 포기하고 싶을 때마다, 아주 작은 무언가가 나를 다시 붙잡는다. 호메로스의 〈오디세이아〉에서 오디세우스가 저승에서 영웅 아킬레우스를 만나 그를 칭송하자 아킬레우스가 말했다. "나는 죽어서 영웅의 영광을 누리기보다, 살아서 가난한 농부의 머슴이 되겠소."

개똥밭에 굴러도 저승보다 이승이 낫다고 하니, 동서고금을 막론하고 죽는 것보다는 사는 게 좋다. 인생은 종종 낯설고 힘들다. "그냥 죽어버릴까"라는 말은 상처가 흘린 눈물이다. 마지막 문장이 아니다. 죽음을 떠올릴수록 삶은 더 선명해진다. 삶 속에는 발견을 기다리는 아름다움이 많다.

수정씨는 한동안 "그냥 죽을까"라는 말이 자신도 모르게 튀어나왔다. 남편의 갑작스러운 사고 소식이 그녀의 삶을 무너뜨린 날부터, 아이들이 학교에서 겪는 어려움을 혼자 감당해야 했던 날부터 그녀는 점점 안으로 꺼져갔다.

그녀는 잠들지 못하는 새벽마다 두 손으로 얼굴을 감싸 쥐며 속삭였다. "이젠 끝내버릴까…" 그 말이 그녀의 마지막 남은 방어막처럼, 도움을 바라는 신호처럼 공기 중에 맴돌았다. 시간이 흘러도 기적은 찾아오지 않았다. 아이들을 두고 죽을 수는 없다는 생각이 고개를 들었다.

어느 날, 낡은 가게 문을 다시 열어젖히며 바닥을 쓸고 물건을 정리했다. 다음 날에는 아이들에게 따뜻한 국을 끓여주고, 장을 보며 시장을 돌았다. 그 작은 일들이 주저앉았던 그녀를 조금씩 다시 일으켰다.

그녀는 여전히 울었다. 그러나 그 눈물이 예전처럼 절망만 품지는 않았다. 언젠가부터, 눈물 속에 희미한 빛이 스며들었다. 매일 반복되는 소소한 움직임이 그녀를 조금씩 살려냈다.

어느 날 오후, 햇살이 부엌 창문을 스칠 때 그녀는 아이들에게 밥을 내주며 속으로 말했다.

"이젠 알 것 같다. '그만하고 싶다'는 건 정말로 끝내고 싶어서가 아니었어. 그때는 도무지 버틸 수 없으니까 그렇게 내뱉은 말이었어. 하루하루 살다 보니, 내일도 살아보자는 희망이 생겼다."

그 말에는 절망을 뚫고 온 사람만이 지닌, 낮고 깊은 울림이 있었다. 삶은 그렇게 버티는 사람의 편에 서서, 아주 작은 다짐과 행동으로 다시 이어진다. 살아 있는 것, 그 자체가 이미 희망의 증거다.

"인간은 빛나는 것을 상상하기보다는 어둠을 의식해야 깨달음을 얻는다." - 칼 융

미국 심리학자 토마스 조이너는 〈사람들은 왜 자살하는가〉에서 자살을 생각하는 핵심 원인으로 소속감의 단절과 타인에게 짐이 된다는 느낌을 꼽았다. 작은 공동체적 연결, 가족, 친구의 존재가 강력한 보호 요인이 된다.

비 오는 골목에서

어니스트 헤밍웨이는 1899년 미국의 조용한 시골에서 태어났다. 헤밍웨이는 집 근처의 숲과 호수를 놀이터 삼아 자랐다. 낚시와 사냥을 하며 자연 속에서 고독과 생명의 숨결을 일찍 익혔다.

제1차 세계대전이 터지자 전투병에 자원했으나 시력이 나빠 구급차 운전병으로 이탈리아 전선에 배치됐다. 총탄이 빗발치는 전장에서 중상을 입었고, 그고통의 기억은 〈무기여 잘 있거라〉라는 불멸의 소설로 되살아났다. 그 후 파리로 건너가 방황하며 깊은 늪에 빠졌으나 소설 〈태양은 다시 떠오른다〉를 건져냈다. 〈누구를 위하여 종은 울리나〉는 스페인 내전 속에서 태어난 인간 존엄에대한 기록이었다. 〈노인과 바다〉는 카리브 해의 물결 위에서 완성된 인간 의지의 상징이었다.

화려한 영광의 이면에는 늘 고독과 상처가 있었다. 네 번의 결혼과 이별을 겪었고, 항공기 추락 사고, 전쟁 부상 후유증, 만성 질환, 우울증, 알코올 중독 등으로 고통받았다. 1961년 아이다호주 자택에서 엽총으로 자살했다. 그의 말은 여전히 살아 있다. "인간은 파멸당할 수는 있어도 패배하지 않는다."

어린 시절 호숫가에서 시작된 모험은 인생 전체를 건 치열한 싸움으로 이어 졌다. 그는 비 오는 골목을 끝까지 걸어갔다. 고통 속에서도 꺾이지 않는 눈빛을 간직하고서. 그는 패배하지 않으려는 인간의 존엄을 끝까지 믿었다. 비록 스스로 방아쇠를 당겼지만, 그의 문장은 여전히 우리에게 "삶이란 싸울 가치가 있는 것"이라고 말하고 있다.

나는 고교 시절 서울 서대문구 달동네에 살았다. 동네 골목에 들어서면 늘 똥 냄새, 연탄가스 냄새가 났다. 모든 집들이 다 '푸세식' 화장실이었 다. 골목이 좁아 두 사람이 지나칠 때면 어깨를 비켜줘야 했다. 창문을 열 면 앞집 방안이 훤히 보였다.

앞집에는 같은 또래 여고생이 살았는데 창문으로 얼굴이 마주칠 때면 수줍어서 가슴이 쿵쾅거렸다. 고등학교를 졸업할 때까지 그 여고생과 말 한마디 못 나눴다. '순수의 시절'이었다.

나는 그 동네를 떠난 뒤로도 20여 년 동안 달동네 우리 집터에 좋은 집 을 짓는 꿈을 꾸었다. 나는 '좋은 집에서 살고 싶은 마음이 얼마나 간절했 으면 그토록 오랫동안 달동네 집이 꿈에 나올까?'라고 해몽했다.

김장철이면 달동네 우리 집 앞 차도에 못 먹는 배추 껍데기가 수북하게 쌓였다. 나는 거기서 상태가 좀 나은 것들을 골라와 된장만 넣고 끓여 먹 었다. 그 달동네 아래 도서관에서 죽어라 공부한 적이 있는데 그때가 내 인생에서 가장 흐뭇한 시간이었다.

인생에는 누구도 피할 수 없는, 어두운 골목이 있다. 햇살이 잘 들지 않 고, 빗물이 모여 질척거리는 좁은 길. 그 골목에 들어서면, 발이 젖고 마 음도 무거워진다. 골목 어귀로 돌아갈 수도, 한걸음에 벗어날 수도 없다. 그곳이 바로 '인생의 비 오는 골목'이다.

비 오는 골목에서는 속도를 낼 수 없다. 바닥이 미끄럽고 시야는 흐리고, 걸음은 느려진다. 나는 그 골목에서 많은 것을 배웠다. 그곳에서는 우산 하나가 귀하고, 불빛조차 소중하다. 나를 향해 건네는 미소, 손을 내밀어 주는 사람의 온기가 유난히 크게 다가온다.

비 오는 골목에는 따뜻함보다 차가움이 더 많다. 몰아치는 빗방울이 옷깃을 파고들고, 불어오는 바람이 마음속까지 스민다. 그 속에서 나는 내 안의 약함과 마주한다. 주저앉고 싶은 마음이 고개를 든다. 그러나 그 마음을 안고 걸어야 한다.

중요한 건, 골목을 끝까지 걸어 나가는 것이다. 비 오는 골목을 지나온 사람의 눈빛은 다르다. 그는 빗속에서 길을 찾는 법을 알고, 다른 사람의 젖은 어깨를 그냥 지나치지 않는다. 그 눈빛 속에는 연민과 용기, 삶을 향한 깊은 이해가 담겨 있다.

나는 이제 비 오는 골목이 두렵지 않다. 그 골목이 나를 멈추게 하고, 나를 돌아보게 하고, 나를 키웠기 때문이다. 비 오는 골목은 인생의 끝이 아니라, 다음 길로 가는 통로다. 그리고 그런 길을 지나올 때마다, 나는 조금 더 강해지고, 조금 더 따뜻해진다.

연정씨의 하루는 전쟁이다. 알람이 울리기도 전에 일어나 밥을 하고, 아이들 교복을 다리고, 남편의 넥타이를 챙긴다. 자신의 얼굴은 거울에 비출 틈조차 없다.

가벼운 지갑과 낡은 장바구니를 들고 시장을 오가면 손은 힘이 빠지고, 발걸음은 느려진다. 은행 빚은 남아 있고, 아이들 학원비는 늘어나고, 남편의 어깨는 자꾸만 작아진다.

누구도 박수를 보내지 않지만, 그녀는 쓰러지지 않는다. 해가 지고 불빛조차 희미해질 때, 쌓인 빨래 더미 앞에서 잠시 멈춰 선다. 가슴속에는 '아~언제면

이 짐을 벗을 수 있을까?' 절망이 스치지만, 아이들의 웃음소리가 문틈으로 새어 나온다. 연정씨는 다시 일어난다. "내일은 더 나을 거야."

그녀는 작은 다짐들을 억지로 이어가며 살아왔다. 사람들은 영웅을 먼 곳에서 찾지만, 영웅은 이웃집 부엌에서도 태어난다. "연정씨, 제가 온 마음을 담아 박수를 보냅니다. 당신은 영웅입니다." 나도 누군가로부터 응원받고 싶다. 연정씨의 눈빛 속에는 고단함을 견디며 쌓아온, 해피엔딩에 대한 결의가 있다.

"절망 속에서도 희망과 사랑을 붙잡아야 한다."　　　　　　　- 마틴 루터 킹 주니어

"보석은 연마 없이는 빛날 수 없고, 인간은 시련 없이는 완성될 수 없다."　- 세네카

심리학자 찰스 스나이더는 '희망이론'에서 목표를 세우고 작은 경로를 만들어가는 과정 자체가 절망을 줄이고 삶을 지탱하는 힘이 된다고 했다.

두려움의 얼굴을 마주보다

1955년 겨울, 앨라배마 주 몽고메리의 한 버스. 하루의 노동을 마치고 지친 몸으로 앉아 있던 재봉사 로자 파크스는 백인 승객에게 자리를 내어주라는 운전사의 명령을 받았다.

당시는 흑인이 백인에게 자리를 양보하지 않으면 체포될 수 있었다. 그녀는 수없이 그런 굴욕을 겪었다. 하지만 그날은 달랐다. 그녀의 마음속에는 오래된 질문이 쌓여 있었다. "왜 우리가 늘 양보해야 하는가? 왜 인간의 가치를 피부색으로 결정하는가?"

파크스는 일어나지 않았고 바로 체포됐다. 신문은 대서특필했고 협박전화와 위협이 이어졌다.

직장에서 해고됐고, 남편도 경찰의 감시와 압박을 견뎌야 했다. 친구들은 멀어지고, 생활은 빠르게 무너졌다. 그녀는 말했다. "나는 그날 용감해서가 아니라, 너무 오랫동안 두려움에 굴복하며 살았기 때문에 더는 물러서고 싶지 않았다." 그 한마디가 미국 사회의 양심을 흔들었다.

몽고메리의 흑인들은 버스 이용을 전면 거부했고, 381일 동안 걸어서 출근하고, 서로의 차를 나눴다. 이 운동은 미국 대법원이 인종 분리법을 위헌으로 판결하게 만들었다. 그녀는 '시민권 운동의 어머니'로 불렸다.

그러나 그녀의 인생은 엉망이 돼버렸다. 그 이후 오랫동안 실업과 가난에 시달렸다. 가족을 위험에 빠뜨렸다는 죄책감도 안고 살아야 했다. 워싱턴으로 이주한 뒤에도 인종차별은 여전했다. 그녀는 조용히 사회운동을 이어갔다. 흑인 청년들이 폭력과 분노로 세상을 바꾸려 할 때, 그녀는 말했다. "분노는 불을 피울 수 있지만, 그 불이 오래가려면 사랑이 필요하다."

그녀는 한평생 신념과 두려움 사이에서 흔들리며 살았다. 가난과 위협, 외로움 속에서도 포기하지 않았다. 2005년 세상을 떠나기 직전까지 그녀는 평생의 원칙을 지켰다.

"두려움은 언제나 우리 곁에 있다. 하지만 그것을 똑바로 바라보면, 내가 변하고 세상이 변한다." 로자 파크스의 삶은 한순간의 저항이 아니라, 오랜 침묵과 두려움 끝에 피어난 인간 존엄의 기록이었다.

두려움은 그림자처럼 나를 따라다녔다. 중요한 선택 앞에서, 새로운 일을 하고자 할 때 두려움이 고개를 들었다. 나는 늘 망설이다 포기하고 말았다. "만약 이 일에 도전했다 잘못되면 가족들을 어떻게 먹여 살리나?" 나는 가고 있는 길에서 벗어나지 못했다. 그러나 시간이 지나면서 내 인생의 지도가 점점 좁아지고 있다는 걸 깨달았다. 어느 날, 거울 앞에 서서 나를 오래 바라보았다. 주름이 늘어난 눈, 굳어 있는 표정, 그리고 흐려진 눈동자가 낯설었다. 이런 생각이 스쳤다. "내가 두려워했던 건, 사실 세상이 아니라 나 자신이었구나. 내 안의 불안과 의심, 우유부단이 나를 위협하고 있었구나."

"세상에 안전한 길이라는 게 있기는 한 걸까? 익숙한 길이라도 언제 어느 때 지진이 나고 폭풍우, 눈보라가 몰아칠지 모르는 것 아닌가?" 그 순간 나는 결심했다. "다시는 도망치지 않겠다. 두려움의 얼굴을 직접 마주하겠다. 한 번뿐인 인생인데 내가 살고 싶은 대로 살아봐야 하는 것 아닌가!" 인생의 유일한 구원은 하고 싶은 일을 하며 살아가는 것이다.

나의 두려움은 실체가 있는 괴물이 아니었다. 그저 나의 상상과 우유부단이 낳은 헛것일 뿐이었다. 그것은 내 안에서 부풀려진 그림자였다. 공연히 지레짐작해 도전을 포기하고 시도조차 하지 않았다.

두려움은 '모르는 것'에서 자라나고 '알아가는 것'에서 줄어든다. 시도조차 하지 않았기 때문에 두려웠고, 두려움 때문에 시도하지 않았다. 그 악순환을 끊는 유일한 방법은 행동뿐이었다. 내가 행동하면 두려움은 물러서거나 아예 사라졌다.

언덕 너머의 경치를 보고 싶다면, 언덕으로 가야 한다. 멀리서 보면 넘을 수 없는 것처럼 보여도, 막상 오르기 시작하면 숨이 차더라도 정상은 생각보다 가깝다. 인생에서 도망가지 않겠다는 다짐은, 결코 두려움이 사라진다는 뜻이 아니다. 그 다짐은 두려움을 품은 채로 한 걸음 내딛겠다는 선포다. 그리고 그런 결심이 쌓일수록, 두려움은 더 이상 나를 묶어두지 못한다.

두려움은 나를 막는 벽이 아니라 내가 넘어야 할 문턱이다. 그 문턱을 넘는 순간 나의 길은 더 넓어지고, 내 세상은 더 깊어진다.

"우리가 두려워해야 할 것은 오직 두려움 그 자체뿐이다." ─프랭클린 D. 루즈벨트

"우리는 실제보다 상상 속에서 더 많이 고통받는다." ─세네카

휴스턴대학교 브레네 브라운 교수는 "나약함을 인정하고 두려움을 드러낸 사람들이 오히려 더 강한 용기와 회복탄력성을 가진다."고 밝혔다. 스탠퍼드대 캐롤 드웩 심리학 교수는 "성공을 결정짓는 것은 타고난 재능이 아니다. 능력은 노력과 학습을 통해 키울 수 있다."고 했다.

나는 불안하다

↳ **가난의 철학**

○ ● ●

'빅토리아 시대의 양심'으로 불리는 찰스 디킨스는 세계적인 대문호지만, 그의 어린 시절은 지독한 가난과 불안의 연속이었다.

아버지가 빚 때문에 감옥에 갇히자, 겨우 열두 살이던 디킨스는 학업을 중단하고 구두약 공장에서 하루 종일 일했다. 지독한 약품 냄새, 끝없는 노동은 소년의 정신을 짓눌렀다. 무엇보다 불안했던 것은 "내일은 굶지 않을까? 가족은 더 비참해지지 않을까?" 하는 공포였다.

그 경험은 깊은 상처를 남겼다. 소년은 늘 헤진 옷을 입고, 배고픔과 수치심을 안고 살았다. 그 절망의 기억은 훗날 그의 작품에서 다른 생명으로 탄생했다. 〈올리버 트위스트〉〈데이비드 코퍼필드〉 같은 소설 속 고아와 가난한 아이들의 불안은 모두 그의 자화상이었다.

디킨스는 후일 "내 어린 시절의 비참한 기억은 지워지지 않는다. 그것이 내 글 속의 모든 고통과 눈물을 낳았다."고 고백했다. 가난이 낳은 불안은 단순한 경제적 곤란이 아니라, 존재 전체를 흔드는 두려움이었다. 그러나 그는 그 불안을 글쓰기로 견디며, 인간 존엄의 가치를 호소했다.

1836년, 첫 소설 〈보즈의 스케치〉가 출간되자, 세상이 주목하기 시작했다. 〈올리버 트위스트〉는 세상을 놀라게 했다. 그 속에는 웃음보다 눈물이, 해학보다 절규가 있었다. 그는 단지 이야기를 쓴 것이 아니었다. 가난한 자의 목소리로 부유한 사회의 양심을 흔들었다. 작가로 성공했으나, 화려한 명성과 부는 그를 완전히 치유하지 못했다. 그는 늘 자신 안의 '작은 공장 소년'을 지우지 못했다.

그 상처는 그를 쉼 없이 몰아세웠다. 밤이면 원고를 찢고 다시 썼다. 낮에는 강연을 다니며 "가난은 게으름의 결과가 아니라, 사회의 무관심이 낳은 죄악"이라고 외쳤다. 그의 목소리는 영국 의회를 울렸고 어린이 노동법 개정에도 영향을 주었다.

그러나 삶의 무게는 그에게 또 다른 시련을 안겼다. 결혼 생활은 깨지고 자녀들과의 관계도 멀어졌다. 부와 명예는 그의 공허를 채우지 못했다. "나는 여전히 런던의 그 어두운 창고에 있다. 지금은 촛불이 조금 더 밝을 뿐이다."

그러나 멈추지 않았다. 〈두 도시 이야기〉에서 프랑스 혁명 속 인간의 구원과 희생을 노래했다. 〈위대한 유산〉에서는 사람의 진정한 가치는 그가 가진 것이 아니라 사랑할 줄 아는 마음에 있다고 설파했다. 그는 1870년, 글을 쓰다 쓰러져 세상을 떠났다. 손에는 미완의 원고가 있었다. 그가 남긴 것은 인간의 고통을 외면하지 않으려는 '깨어 있는 양심'의 기록이었다.

디킨스의 삶은 한 인간이 어떻게 절망을 재료로 희망을 빚어낼 수 있는지를 보여준다. 가난은 인간의 영혼을 더럽히지 못하며, 불안 속에서도 품격은 자란다.

나는 불안하다. 그 불안은 자유, 무한한 가능성이 유발하는 어지럼증이 아니다. 내 불안은 훨씬 더 현실적이고, 훨씬 더 날카롭다. 지갑이 비었을 때, 통장이 바닥을 드러낼 때, 월세가 다가올 때마다 불안은 나를 옥죈다.

가난은 단순히 "덜 가진 상태"가 아니다. 그것은 내 존재 전체를 흔든다. 내일이 어떻게 될지 알 수 없다는 두려움, 기본적인 삶조차 지탱할 수 있을지 모른다는 초조함, 이것이 바로 가난이 던지는 불안이다.

가난 속 불안은 책 속에 있는 깨달음으로 치유되지 않는다. 매일의 삶 속에서 나를 시험하는 구체적 현실이다. 고대의 금언이나 고상한 정의는 당장의 불안을 해결할 수 없다. 가난이 던지는 불안은 특별한 순간에만 찾아오지 않는다. 마트에서 물건을 고를 때, 아이가 원서를 낼 때, 일상 속 구석구석 침투한다. 누군가는 편하게 선택하지만 나는 늘 머릿속으로 셈을 한다.

나의 절친 중 한 명은 딸의 결혼식 비용을 댈 수 없었다. 딸은 "아빠 결혼식은 나중에 우리가 돈 벌어서 할게요. 그냥 같이 살게요. 걱정하지 마세요."라고 말했다고 한다. 내 친구는 그 이야기를 털어놓으며 깊게 가라앉았다. 요즘도 가난으로 상처받는 사람이 부지기수다. 가난은 제약이다. 단순한 소비의 문제가 아니다. 돈은 자유고, 안전이고, 편리이고, 행복이고, 너그러움이고, 멋이다. 자연재해도 부자들은 비켜 간다.

스토아 철학자 세네카는 "적게 가진 사람이 아니라 더 탐하는 사람이 가난한 자다."라고 말했다. 나에게 그 말은 헛된 말로 들린다. 현실의 가난은 단순히 욕망을 줄이는 것으로 해결되지 않는다. 욕망을 줄여도 집세는 사라지지 않고, 은행이자는 여전히 내 목을 죈다. 가난은 단순한 경제적 결핍이 아니라 존재 전체의 흔들림이다. 나의 불안은 개인적 고립이 아니라 인류 보편의 경험이다.

에리히 프롬은 인간이 '소유'보다 '존재'에서 가치를 찾아야 한다고 했다. 나는 가진 것이 없어도 당당한 인간이다. 존엄은 돈의 크기에 따라 좌우되는 것이 아니라, 내가 어떤 존재로 살아가느냐에 달려 있다. 그 말은 위안이 된다. 그래, 내가 가난하다고 남에게 해를 끼치지는 않잖아! 열심히 정직하게 살잖아! 내가 도둑질해서 잘 사는 놈보다는 낫지. 국가 국민은 안중에도 없는 철면피 정치꾼들보다는 훨씬 낫지! 그래 그거야!

가난이 낳은 불안은 나를 괴롭히지만, 동시에 나를 깨어 있게 한다. 불안은 나를 지치게 하지만, 그 지침 속에서 나는 내 삶의 의미를 되묻게 된다. 나는 매일 불안하기에, 하루하루를 더 치열하게 살아간다. 불안은 한 사람의 바탕을 드러내고, 어떻게 살아야 하는가를 끊임없이 묻는다.

덴마크 코펜하겐의 부유한 집안에서 태어난 쇠렌 키르케고르는 어린 시절부터 무거운 공기를 마시며 자라야 했다. 신앙심 깊고 엄격했던 아버지는 평생 속죄하듯 살았다. 그는 '내 자식들은 오래 살지 못할 것'이라는 불길한 예언을 입버릇처럼 말했고, 실제로 많은 자식들이 어린 나이에 세상을 떠났다. 어린 키르케고르는 죽음을 지켜보며 자랐고, "언제든 삶은 꺼질 수 있다"는 불안과 숙명을 내면 깊숙이 새겼다.

그는 뛰어난 지성과 감수성을 지녔지만, 삶은 평탄하지 않았다. 대학 시절 방탕한 생활로 아버지와 갈등을 겪었고, 병약한 몸은 그를 늘 고독으로 몰아넣었다. 그러나 글을 통해 자신만의 길을 열기 시작했다. 사랑하는 여인 레기네 올센(15)과의 만남은 그의 삶에 빛을 주었으나, 키르케고르는 자신이 한 여인을 지켜줄 힘이 없다고 믿었다. 결국 그는 파혼했고, 레기네는 다른 남자와 결혼했다. 이 사건은 그에게 지울 수 없는 상처를 남겼지만, 동시에 그 고통 속에서 실존철학의 토양이 자라났다.

키르케고르는 파혼의 고통과 종교적 고뇌를 글로 쏟아냈다. 그는 '인간은 근본적으로 불안을 피할 수 없는 존재'라고 보았다. 그 불안은 파멸의 낭떠러지가 아니라, 인간이 자유를 가진 존재임을 깨닫는 자리였다. 그는 말했다. "불안은 자유의 현기증이다."

삶의 무게가 짓눌러 올수록 그는 더 깊이 질문했다. 신이란 무엇인가? 나는 누구인가? 어떻게 살아야 하는가? 그의 인생은 짧았고, 사상은 대중에게 큰 환영을 받지 못했지만, 그 고독한 사유는 오늘날 '실존철학의 아버지'라는 이름으로 불후의 영광 속에 살아있다.

"산다는 게 뭔가? 그것은 불안 속에 휩쓸려 무너지는 것이 아니라, 그 불안을 끌어안고 신 앞에 홀로 서며, 끝내 자기 자신으로 도약하는 일이다."

나는 오래전, 서울 서대문구 영천시장의 골목에서 작은 가게를 지키던 노부부를 기억한다. 낡은 천막 지붕은 바람이 불 때마다 삐걱거렸고, 겨울이면 성에 낀 유리문 사이로 찬바람이 스며들었다. 부부는 평생을 그렇게 살아왔다. 손님이 오지 않는 날이면 의자에 앉아 말없이 가게 밖을 바라봤다. 그럴 때면 두 사람의 얼굴 주름이 더 깊어 보였다.

"이번 달 월세는 어떡하지?" 아내가 낮은 목소리로 말하면, 남편은 괜히 목을 가다듬으며 "내일은 좀 나아지겠지"라고 답했다. 그 말 뒤에는 떨림이 숨어 있다. 밤이 되면 두 사람은 전기요금을 줄이려고 불을 일찍 끄고, 가게 모퉁이에서 남은 국을 데워 먹었다.

잠자리에 누우면 쉽게 잠들지 못했다. 금이 간 천장과 벽을 바라보며, 내일도 손님이 없으면 어쩌나, 병원에라도 가야 하면 어쩌나, 불안은 그림자처럼 따라왔다. 그러나 그 불안이 두 사람을 갈라놓지 않았다. 오히려 서로의 손을 더 꼭 붙잡게 했다. 새벽 다섯 시, 아직 어둠이 가시지 않은 골목에서 그들은 함께 가게 문을 열며 "오늘도 한번 해봅시다."라고 속삭였다.

나는 그들의 모습을 보며, '누구나 힘들게 살지만 완전히 무너지지는 않는다.'는 걸 느꼈다. 그들은 서로의 어깨에 기대며 오래전부터 불안을 이겨냈다. 그 노부부의 삶은 내게 하나의 철학이 되었다. 나는 더 치열하게 살아갈 것이다. 결코 포기하지 않을 것이다. 나는 가난하지만 존엄한 존재다.

"빈곤은 단지 돈의 문제가 아니다. 그것은 자유와 선택의 부족이다."
- 아마르티아 센

"세상에서 가장 큰 문제는 가난이 아니라 충분히 가진 이들의 무관심이다."
- 조지 버나드 쇼

나는 우울하다

↳ **상실과 성찰**

시인이자 소설가였던 에드가 앨런 포는 "미스터리와 공포의 대가"라 불린다. 그의 삶은 소설보다 더 어둡고 우울했다. 세 살 무렵 부모를 잃고 양부 밑에서 자랐지만 끝내 사랑받지 못했다. 버지니아대학교에 진학했으나, 양아버지의 지원이 끊기자 도박 빚으로 1년 만에 퇴학당했다. 이후 육군과 사관학교(웨스트포인트)에도 들어갔으나 퇴교당했다. 젊은 시절 내내 가난과 빚에 시달렸다. 포는 가난이 자신을 한순간도 놓아주지 않는다고 느꼈다.

그의 가장 큰 절망은 아내의 죽음이었다. 겨우 13살이던 사촌 버지니아와 결혼한 그(27)는 병마로 시들어 가는 아내를 끝까지 곁에서 지켰다. 매일 피를 토하며 죽음에 가까워지는 그녀를 바라보며 함께 무너졌다. 그녀는 24살에 죽었다. 그 고통을 술과 약물로 잠시 눌렀지만, 결국 더 깊은 우울에 빠졌다.

포의 작품은 그의 자화상이었다. 〈어셔가의 몰락〉 속 어두운 저택, 〈애너벨 리〉의 슬픈 사랑, 〈우울〉에 드리운 그림자들은 그의 내면을 비추는 거울이었다. 그는 "내 심장은 우울이라는 이름의 별 아래 태어났다"고 말했다.

그 말은 현실이 되었다. 40세에 볼티모어 거리에서 의식을 잃은 채 발견되어 며칠 후 사망했다. 우울은 인간을 파괴하기도 하지만, 동시에 인간 존재의 가장 깊은 어둠을 드러내어 새로운 예술과 사유의 원천이 되기도 한다.

나는 우울하다. 우울은 갑작스럽게 덮쳐오는 폭풍우가 아니다. 느리게 스며드는 안개 같다. 아침에 눈을 뜨면 가슴이 무겁다. 특별한 사건이 없어도 하루 전체가 잿빛으로 변하기도 한다. 프로이트는 우울을 '자신을 향한 분노의 내면화'라고 했다. 누군가에게 향했어야 할 분노와 원망을 내 안으로 끌어들여 나 자신을 공격한다.

불안이 미래를 향한다면 우울은 과거를 향한다. 이미 끝난 일, 되돌릴 수 없는 선택이 마음속에 그림자를 드리운다. 지나간 일들을 붙잡고 후회하면서 스스로를 갉아먹는다. 우울은 단순히 병적 상태가 아니다. 하이데거는 우울을 '인간이 허무와 죽음에 직면할 때 마주하는 심연'이라고 했다. 키르케고르는 우울이 단순한 허무나 결핍에서 오는 게 아니라 피할 수 없는, 인간조건이라고 했다.

우울은 언제나 상실과 연결되어 있다. 사랑하는 사람을 잃었을 때, 삶의 목표가 무너졌을 때, 깊은 공허 속으로 빠져든다. 우울은 나를 절망 속에 가두지만, 때로는 그 절망의 밑바닥에서 새로운 의미를 찾게 만든다. 상실이 없는 삶은 없기에, 우울 또한 피할 수 없다.

철학자들은 "누구나 우울하다"고 하는데 밝게 사는 사람들이 더 많은 것 같다. 나만 우울한 것 같다. 내가 수양이 부족해서인가? 아니면 욕심을 버리지 못해서인가? "내가 왜 그때 그렇게 했을까? 왜 더 잘하지 못했을까?" 이런 생각들은 끝없는 회한과 우울을 가져온다. 심리학자 칼 로저스는 인간이 진정한 성장을 이루려면 자신을 있는 그대로 받아들이라고 강조했다. 불완전한 나를 인정하고 받아들이면 우울은 조금씩 그 날카로운 이빨을 잃는다. 자기 비난이 아니라 자기 수용이 우울을 넘어서는 길이라고 한다.

우울은 개인의 내면 문제로만 그치지 않는다. 경제적 불평등, 사회적 소외, 고립된 삶은 우울을 더 짙게 만든다. 우울은 파괴적인가? 우울은 나를 성찰하게 하고, 삶의 본질을 더 깊이 이해하도록 하는 면이 있다. 명랑함만으로는 결코 도달할 수 없는 성숙이 있다. 우울은 내 삶의 진통이자 성숙을 향한 과정일 수 있다. 나는 우울 속에서 사유하고, 일을 하고, 내 존재의 의미를 붙들게 된다. 우울은 나를 아프게 하지만, 나의 연약함을 인정하고, 그 연약함 속에서 더 큰 나를 발견한다.

미정씨는 마흔도 안돼 남편을 잃었다. 두 아이와 세상에 던져졌을 때, 그녀에게 남은 건 월세방과 빚뿐이었다. 낮에는 공장에서, 밤에는 마트 계산대에서 일하며 하루하루를 버텼다. 피곤이 가시기도 전에 또다시 새벽 알람이 울리는 날이 이어졌다. 손목은 늘 퉁퉁 부었고, 다리는 저리지만 쉴 수는 없었다.

사람들 틈에 섞여 있으나 웃는 법을 잊었다. 집에 돌아와 불 꺼진 방에 앉으면 눈물만 흘러내렸다. 우울은 그림자처럼 따라붙어 그녀를 놓아주지 않았다.

어느 날, 아이가 "엄마, 우리 내일은 고기 먹을 수 있어?"라고 물었을 때, 대답하지 못한 채 부엌에 숨어 울었다. 냉장고엔 김치 한 그릇이 전부였고, 통장은 바닥이 난 지 오래였다. 그녀는 흐느꼈다. "내가 조금만 더 강했더라면…. 내가 조금만 더 가진 게 있었더라면…." 자책은 끝이 없었고, 우울은 짙은 먹구름처럼 그녀를 덮쳤다.

그날 밤, 곤히 잠든 아이들 옆에서 미정씨는 멍하니 천장을 바라보다가 가만히 중얼거렸다.

"너무 힘들다. 그래도 무너질 수는 없다. 아니 결단코 무너지지 않으리라."

새벽 다섯 시, 아직 어둠이 가시지 않은 거리, 그녀는 굳게 다짐하며 출근한다. 밤새 울어 눈은 시뻘겋게 충혈됐지만, 아이들이 깰까 조심스레 문을 닫으며 억지 미소를 지었다. 그 미소는 허약했지만, 그것이 그녀가 가진 마지막 힘이었다.

　미정씨는 늘 피곤하고 고독했다. 그러나 그녀는 계속 살아갔다. 우울은 무거웠지만 그녀는 주저앉지 않았다. 쓰러질 듯 흔들리면서도, 그녀는 다시 일어나 다음 날을 향해 발걸음을 다졌다. 그녀를 진심으로 응원한다. 미정씨에게도 반드시 좋은 날이 오리라 확신한다. 왜? 그녀의 진심과 노력을 하늘이 보고 있고 사람들이 알고 있으니까.

다시 살 수 있다면 정말 열심히 살까? ○●○

1939년 여름, 뉴욕 양키스 스타디움에 6만 명의 팬들이 모였다. 루 게릭의 은퇴식. 2,130경기 연속 출전이라는 대기록을 세워 '아이언 호스(Iron Horse, 쇠말)'라 불리던 그는 근위축성 측삭경화증 진단을 받고 더 이상 뛸 수 없게 되었다.

마이크 앞에 선 그는 한동안 말을 잇지 못했다. 눈앞에는 자신이 평생 몸을 던졌던 그라운드,

뒤로는 팬들의 안타까운 함성이 파도처럼 밀려왔다. 마침내 그는 조용히 고백했다. "오늘 나는 세상에서 가장 운이 좋은 사람입니다."

몸이 점점 굳어가고, 시간이 얼마 남지 않았음을 알면서도, 그는 원망 대신 감사와 겸손을 택했다. 동료들에게, 팬들에게, 그리고 자신을 이 자리까지 이끈 야구 인생에 고맙다고 했다. 그의 눈빛에는 두려움보다 평화가 있었다.

루 게릭은 영웅으로 태어난 사람이 아니었다. 뉴욕의 독일계 이민자 가정에서 태어나, 어린 시절엔 늘 가난과 싸워야 했다. 아버지는 알코올중독자였고, 어머니는 세탁일을 하며 가족의 생계를 책임졌다. 그는 "가난이 내게 준 유일한 유산은 성실함이었다"고 말했다.

대학 시절, 야구와 공부를 병행했다. 컬럼비아대 공대생이던 그는 학비를 벌

기 위해 식당에서 접시를 닦았고, 야간에도 훈련을 게을리하지 않았다. 방에는 언제나 운동화와 책이 나란히 놓여 있었다.

그 노력은 1923년, 그를 뉴욕 양키스로 이끌었다. 그후 17년 동안 단 한 번도 경기에 빠지지 않았다. 손가락이 부러지면 붕대를 감고 타석에 섰다. 그의 별명 '아이언 호스'는 단순히 체력의 상징이 아니라, 끝까지 책임을 다하는 사람의 품격에 대한 별명이었다.

그는 마지막까지 품위를 잃지 않았다. 누구도 원망하지 않았고, 일상 속에서 감사의 이유를 찾았다. "나는 훌륭한 팀 동료를 가졌고, 위대한 감독 밑에서 뛰었으며, 무엇보다 나를 사랑해준 어머니와 아내가 있다. 세상에 이보다 더한 행운이 어디 있겠는가."

그의 연설은 라디오를 타고 미국 전역으로 퍼져나갔고, 그날 이후 수많은 사람들이 '행운'의 의미를 다시 생각하게 되었다. 그로부터 2년 뒤, 1941년 여름, 루 게릭은 37세에 세상을 떠났다. 그의 병은 '루 게릭병'으로 불렸고, 그의 번호 4번은 양키스 구단 역사상 최초로 영구 결번 되었다.

'열심'은 거창한 성취나 긴 시간 속에만 있는 것이 아니다. 마지막까지 정성을 다하는 태도 속에 있다. 루 게릭은 단지 하루하루를 성실히 살아간 사람이었다. 그의 삶이 말한다. "행운은 결과가 아니라, 감사하며 성실하게 사는 태도 그 자체다."

나는 가끔 이런 상상을 한다. "만약 내게 한 번 더 인생이 주어진다면, 지금보다 더 열심히, 정성을 다해, 잘 살 수 있을까?" 이 질문은 단순한 호기심이 아니라, 오래도록 마음을 흔드는 회한이자 다짐 같은 것이다.

나는 살아오며 수없이 "열심히 살라"는 말을 들었다. 나의 부모님은 오히려 "열심히 살라."는 말을 하지 않았다. 사회는 끊임없이 더 많이, 더 빨리, 더 치열하게 살아야 한다고 강조한다. '열심'이라는 말은 격려이자 채찍이다.

열심히 산다는 건 무엇일까? 남들보다 앞서가기 위해 발버둥 치는 것일까, 아니면 주어진 하루를 충실히 살아가는 것일까. 나는 열심히 살기도 했고, 헐렁하게 살기도 했다. 매일 일을 하고, 가족을 부양하고, 책임을 다하기 위해 애썼다. 그러나 수시로, 쓸데없이 시간을 허비한 적도 많다. 정말 후회한다. 다시 태어나면 최선을 다해서, 열심히 살아서, 내가 하고 싶은 걸 다 하고 싶다.

그러나 나는 그렇게 후회하는 지금도 우왕좌왕하며 시간을 보내기도 한다. 한 가지 분명한 것은 젊어서보다 나이 들면서 더 열심히 산다는 것이다. 그러니 잘못 산 것이다. 젊어서 열심히 살고 나이 들면서 좀 여유를 누리는 게 올바른 삶의 방향일 텐데 나는 거꾸로 가고 있으니 말이다.

내가 다시 태어나면 이번 생의 참회, 후회가 온전한 삶을 위한 자양분이 될 수 있을까? 다시 태어나면 정말 열심히 해서 이번 인생처럼 후회스런 삶을 살지 않을 수 있을까? 가난하게 살고 싶지 않다. 부와 권력과 영광을 누리고 싶다. 사회와 국가, 인류를 위해 좋은 일을 많이 하고 싶다. 과연 새로 태어나면 그럴 수 있을까? 그럴 자신이 없다. 사람의 크기는 일정 부분 타고나는 면이 있다. 인내심 노력 판단력 등 성공에 필요한 자질은 길러지기도 하고 타고나기도 한다.

지금 나의 인생은 결국 나의 그릇의 크기만큼 살아온 결과다. 어떤 사람은 한방에 담배와 술을 끊지만 어떤 사람은 그걸 못해 평생 피우고 마신다. 그게 그릇 크기의 차이다. 다시 태어나도 지금의 그릇이라면 나는 후회하며 살 것 같다.

그러나 지금 이 삶에서, 남은 세월만이라도, 나의 그릇 안에서라도, 잘 살아 보고 싶다. 봄바람이 불면 꽃과 나비를 자세히 들여다보자. 여름날 소나기를 맞으며 달려보자. 시간을 더 알차게 쓰자. 더 깊이 사랑하고, 더 따뜻하게 웃으며 살자.

'열심'은 거대한 성취 앞에만 붙는 단어가 아니다. 병든 어머니 곁에서 밤을 새우는 것, 고단하지만 아이에게 따뜻한 저녁을 차려주는 것. 이런 삶 또한 열심히 사는 것 아닌가?

다시 태어날 수는 없으니 남은 삶을 더 찐하게 살자. 스쳐 가는 계절과 그 속에서 피고 지는 꽃, 지나가는 짧은 인연들, 내가 하는 일들을 놓치지 말자. 그런 것들이 인생의 진짜 씨줄과 날줄이다.

다시 살 수 있다는 건 환상이다. 오늘은 놓치면 다시는 돌아오지 않는다. 이 순간이야말로 다시 사는 인생의 첫날이다. 오늘 더 열심히 사랑하고, 살아 있음을 더 느껴보자. 작은 일에도 웃고, 늘 같은 하루에 감사하자. 그것이 진짜 열심이고, 진짜 삶이다.

수진씨는 오래전부터 하루 끝에 늘 부엌 창가 작은 탁자에 앉는다. 그 위에는 반쯤 비어 있는 머그잔과 흐릿한 불빛의 스탠드가 놓여 있다. 예전 같으면 피곤하다며 그대로 누워 버렸을 텐데, 요즘 그녀는 잠시라도 앉아 오늘을 돌아본다. "오늘도 별거 없었지… 그래 나쁘진 않았어."

하루가 '나쁘지 않다'는 건 바로 '좋다'는 거다. 무탈하게 사는 게 최고다. 무탈하지 않은 삶으로 고생하는 사람들이 얼마나 많은가? 아침에 아파트 화단을 지나며 본 이름 모를 꽃, 버스 안에서 만난 이웃의 짧은 미소, 저녁에 남편이 건넨 무심한 듯한 말 한마디. 예전 같으면 흘려보냈을 장면들이 이제는 그녀에게 작은 보석처럼 빛난다.

그녀는 불을 끄기 전 조용히 창밖을 바라본다. 어둠 속에서 반짝이는 불빛들이 속삭인다. "내일은 오늘보다 더 많이 웃어요. 그거면 충분하잖아요."

"다시 산다면, 나는 더 많이 실수하고, 더 많이 웃고, 더 많이 껴안고 싶다."

- 나딘 스테어

"성공한 사람이 되려 하지 말고, 가치 있는 사람이 되려고 노력하라."

- 알버트 아인슈타인

최선을 다하겠다고?

오프라 윈프리는 '토크쇼의 여왕'이라 불리지만, 인생은 그렇지 않았다.

1954년 미국 미시시피주의 가난한 집에서 태어나 외가와 친가를 전전하며 불안한 유년기를 보냈다. 어머니는 하녀로 일하며 생계를 꾸렸고, 아버지는 거의 부재했다.

사춘기에 들어서면서 더 큰 비극을 겪었다. 친척과 주변인들에게 성폭행 당했다. 열네 살에 아이를 낳았고 아기는 곧 세상을 떠났다. 너무 일찍 절망을 체험했다. "그때 나는 모든 희망이 부서졌다고 느꼈다. 하지만 그 절망이 나를 깨어나게 했다."

오프라는 포기하지 않았다. 자신과 한 작은 약속들을 지켜나갔다. "학교에 가면 누구보다 열심히 공부했다." "책을 손에 쥐면 몇 쪽이라도 더 읽었다." "말할 기회를 얻는다면 진심으로 말했다." 그녀는 학교에서 '말 잘하는 소녀'로 불렸다. 단어 하나를 소중히 여겼고, 문학 작품을 읽으며 세상의 다른 얼굴을 배워나갔다. 17세에 지역 라디오 방송국에서 아르바이트를 하게 되었을 때, 밤새 원고를 외우고 목소리를 다듬었다. 그런 노력으로 인생이 바뀌었다.

열아홉 살, 그녀는 미국 최초의 흑인여성 뉴스앵커로 발탁되었다. 하지만 현실은 냉혹했다. '너무 감정적이다' '여성치고는 목소리가 너무 강하다'는 이유로 하차했다. 그녀는 좌절 대신 다짐했다. "내 목소리를 바꿀 수는 없다. 이 목소리로 누군가의 마음을 위로할 수 있다면, 그걸로 충분하다."

이후 그녀는 뉴스 대신 사람들의 이야기를 전하기로 마음먹었다. 가난한 사람, 상처받은 사람, 외면당한 사람들의 삶을 진심으로 듣고, 그들의 아픔을 세상에 전하는 토크쇼를 시작했다. 바로 〈오프라 윈프리 쇼〉였다. 처음엔 지역 방송에 불과했지만 진정성, 공감과 용기로 전 세계인의 마음을 얻었다.

그녀는 출연자들에게 "당신의 이야기는 부끄러운 게 아니다" "모든 고통은 누군가를 일으키는 힘이 된다"고 말했다. 그녀의 프로그램은 25년 동안 방영됐다. 억만장자가 됐으나 단 한 번도 "성공했다"고 말하지 않았다.

그녀는 말했다. "나는 큰 계획을 세우지 않았다. 단지 주어진 순간, 내가 할 수 있는 최선을 다하려 했다." 윈프리는 자신이 겪은 상처를 통해 세상의 고통을 더 깊이 이해하게 되었다. 그녀는 수많은 자선재단을 세우고, 아프리카의 소녀들에게 교육의 기회를 주었다. 그녀의 목소리는 한 개인의 성공담을 넘어, 희망의 증언이 되었다. "최선"이란 눈부신 성공의 언어가 아니라, 무너지고 흔들리는 순간에도 포기하지 않겠다고 스스로에게 건네는 약속이다.

그녀는 말한다. "진짜 변화는 매일 아침 자신에게 하는 한마디 다짐에서 시작된다. 오늘도 포기하지 않겠다는 다짐." 오프라 윈프리의 인생이 바로 그 증거다.

'최선을 다하겠다.'는 말은 몇 년 살고 말겠다는 말이 아닐까? 'Do My Best'는 나의 온몸의 에너지를 하나도 남기지 않고 다 소모하겠다는 말이다. 과연 그렇게 사는 게 가능할까? 가능할 수는 있다. 몇 년 살고 말려면.

흔히들 최선을 다하겠다고 다짐한다. 너무 자주 해 겉치레 인사로도 들린다. '정말 최선을 다할까?'라는 의구심도 든다. 너무나 무거운 말이기 때문이다. '최선'은 끝없는 책임이다. 진이 다 빠질 때까지 철저하게, 완벽하게 노력하는 것이다.

살면서 이 말을 몇 번이나 들었을까. 셀 수도 없다. 시험을 앞두고, 중요한 일을 추진할 때, 상대 팀과 경기를 앞두고, 누군가 내게 기대를 걸 때, "최선을 다하겠다."고 한다. 그러나 정작 지나고 나서 "나는 정말 최선을 다했다."고 자신 있게 말할 사람이 몇이나 될까.

최선은 항상 나보다 한 발 앞에 서 있다. 내가 손을 뻗으면 멀리 물러나고, 내가 다다랐다고 생각하는 순간 더 높은 언덕 위에 서서 나를 바라본다. 그래서 최선은 늘 미완성이고, 나의 약속은 늘 미진하다. 열심히 하는 것과 최선을 다하는 건 차원이 다르다. 사실 열심히 하는 것도 어려운 일이다. '최선을 다하겠다'보다는 '열심히 해보겠다'가 적당하다.

그러나 어느 순간 깨달았다. 최선은 반드시 완벽한 성취여야 하는 게 아니었다. 최선은 큰 산을 오르는 것만이 아니라, 돌부리에 걸려 넘어져도 다시 일어나 걷는 발걸음 속에도 있다.

"최선을 다하겠다고요?" 그 말은 차갑게 들리기도 하고, 따뜻하게 들리기도 한다. 최선은 무엇인가? 쓰러져도 포기하지 않는 마음인가? 아니면 하루의 작은 다짐들을 지켜내는 힘인가? 둘 다일 것이다.

나는 이제 최선을 '완벽함'이라 생각하지 않기로 했다. 최선은 내가 가진 힘을 다 쥐어짜는 게 아니라, 다시 일어날 힘을 남겨두는 것이다. 최선은 단 한 번의 거대한 불꽃이 아니라, 매일 조금씩 태우는 촛불 같은 것이다. 최선을 다하는 삶은 눈부신 승리의 순간이 아니라, 묵묵히 흘러가는 일상 속에 있다. 내일이 두렵더라도 오늘의 길을 가는 것, 그게 바로 최선이다.

의정부의 한 아파트 단지, 순정씨는 늘 바쁘게 살아왔다. 아침이면 남편 도시락, 점심이면 가게 일, 저녁이면 반찬을 챙기고 빨래를 개며, 하루가 훌쩍 지나간다. 누가 보아도 특별할 것 없는 생활이었다. 하지만 그녀에게는 작은 고집이 있었다. 하루 끝에 반드시 가족과 함께 밥상을 마주하는 일. 빨래할 게 쌓여도, 피곤해도, 그 밥상만은 지켰다. 물론 살면서 가족 밥상을 못 하는 때도 많았지만, 꾸준하게 지키려 노력했다.

아이들이 사춘기를 지나며 대화가 줄어들었을 때도, 그 밥상만은 무너지지 않았다. 말이 없어도 함께 앉아 있으면, 묘하게도 마음이 이어졌다. 세월이 흘러 아이들이 각자의 길을 가고, 집에 남편과 둘만 남았을 때, 그녀는 깨달았다.

"아, 내가 붙잡아 온 건 특별한 것이 아니었구나. 그저 하루하루 놓치지 않으려 했던 이 밥상… 그것이 결국 내 삶의 기둥이었구나."

엄청난 선택은 아니었지만, 순정씨의 꾸준함은 가족의 기억 속에 따뜻한 불빛으로 남았다. 결국 '최선을 다한다'는 것은 누군가에겐 세계를 바꾸는 일이지만, 누군가에겐 작은 밥상을 지켜내는 일이다. 그거면 된 것이다.

"나는 실패를 거듭했고, 그것이 내가 성공한 이유다."   - 마이클 조던

"성공에는 비밀이 없다. 그것은 준비, 노력, 그리고 실패로부터 배운 결과다."
- 콜린 파월

4부

쓰러져도
다시
일어서는 힘

흔들리고 무너져도 나를 다시 일으켜 세우는 건 약속들이다. 후회 슬픔 실패 고통은 성숙으로 가는 디딤돌이다. 포기는 쉽다. 다시 일어서는 건 내 존재를 증명하는 일이다. 넘어질 때마다 배움을 얻고, 상처마다 성장의 흔적이 새겨진다.

비관론자는 모든 기회에서 어려움을 보고, 낙관론자는 모든 어려움에서 기회를 본다.

나를 지키는 작은 약속

제리 사인펠드는 세계적인 코미디언이자, 일상의 철학자라 불린다. 그의 삶은 외로움과 불안의 연속이었다. 젊은 시절 뉴욕의 작은 클럽 무대에서 농담을 던졌고, 관객이 웃지 않으면 홀로 집으로 걸어가며 자신을 탓했다.

그는 "무대의 5분은 무대 밖의 5시간 연습으로 가능하다."고 말했다. 화려한 조명은 잠시뿐이었고, 그 뒤에는 끝없는 자기 점검과 침묵이 있었다. 그가 스스로 세운 규칙은 단 하나였다. "매일 농담 한 줄은 반드시 쓰자." 그는 달력에 빨간 X자를 그으며 그 약속을 지켰다. 아이디어가 떠오르지 않아도, 피곤해도, 하루의 X를 남겼다. 그 작은 표시가 쌓여 그를 지탱했고, 결국 세계적인 시트콤 〈Seinfeld〉의 토대가 되었다. 그는 말했다. "큰 목표를 세우기보다 작은 루틴을 지켰다. 그것이 나의 성공 비결이다."

사람들은 그를 천재라 불렀지만, 그는 지루함을 견딘 사람이었다. 웃음을 만드는 일은 유쾌해 보이지만, 그 안에는 수많은 실패와 자기 의심이 숨어 있었다. 그는 고백했다. "코미디언의 인생은 외롭다. 그 외로움이 없었다면 웃음을 이해하지 못했을 것이다."

그는 거대한 영감을 기다리지 않았다. 대신 하루하루의 약속을 지켰다. 그 꾸준함이 그의 웃음을 만들고, 그 웃음이 다시 세상을 웃게 했다.

나는 작은 약속에서 무너지곤 한다. 거창한 목표를 세웠다가 실패하는 것보다, 사소한 일 하나를 지키지 못했을 때 나 자신에게 느끼는 실망이 더 크다. '오늘은 그냥 쉬자.' 그 한 번의 타협이 습관이 되고 포기로 이어진다.

그래서 나는 마음속에 하나의 규칙을 세웠다. "매일 10분이라도 해야 할 일, 하고 싶은 일을 하자." 10분은 짧다. 그러나 하루의 흐름을 바꾸기도 한다. 아침운동이 그렇다. 하기 싫은 날에도 10분만 하기로 마음먹으면, 그 10분이 한 시간이 된다. 시작이 힘들지, 그 다음은 수월하다. 중요한 건 멈추지 않는 것이다. 그러면 나는 내가 세운 약속을 배신하지 않는 사람이 돼간다. 그것이 나를 지키는 힘이다.

작은 약속을 지킨다는 건 단순히 시간을 채우는 것이 아니다. 그 과정에서 나는 내 의지를 확인한다. 나는 날씨가 춥다거나, 몸이 피곤하다거나, 다른 사람 때문에 기분이 상했다는 이유로 나와의 약속을 어기곤 했다. 금주 금연이 그렇다. 조금만 기분이 상해도 담배를 피우고 싶고, 한잔하고 싶은 유혹에 넘어가곤 했다. 다이어트를 하면서도 번번이 식탐을 이기지 못했다. 그 순간 "한 시간만 참아 보자"고 다짐하며 실천하면 그건 이미 절반을 이긴 것이다.

'인생에서 도망가지 않겠다'는 다짐을 현실에서 지켜내는 건 거대한 결심이 아니라, 사소한 행동의 반복이다. 약속을 지키면 확실히 달라진다. 큰 목표를 세울 때도, 반드시 작은 약속을 함께 만든다. 그 약속이 나를 배신하지 않게 만들고, 나 자신을 믿을 수 있는 근거가 된다. 나를 지키는 작은 약속은 인생에서 도망가지 않는 현실적인 방법이다.

추운 겨울밤, 강 위로 매서운 바람이 불었다. 그는 다리 위에 서 있었다. 한 발만 내딛으면 모든 고통이 끝난다. 회사가 망하고 빚은 눈덩이처럼 불어났다. 아내와 아이들마저 생활고에 지쳐 무기력하게 가라앉아 있었다. 집 안엔 웃음이 사라지고, 남은 건 한숨뿐이었다. 그는 절망의 수렁에서 허우적거렸다. 휴대폰이 울렸다. 초등학교 3학년 딸이 문자를 보냈다. "아빠, 내일 소풍인데 김밥 싸갈 수 있을까?"

그 짧은 한마디가 가슴을 내리쳤다. 아이의 부탁을 지켜주고 싶은 마음이 죽겠다는 생각을 밀어냈다. 그는 다리 난간에서 내려왔다. "그래, 내일 도시락을 싸주자. 나만 쳐다보고 있는 가족이 있다. 이대로 끝낼 수는 없다."

그날 아침, 떨리는 손으로 김밥을 말았다. 손가락은 힘없이 흔들렸고, 밥알은 여기저기 흩어졌다. 하지만 김밥을 도시락에 담는 순간, 가슴 속에 오랜만에 숨 쉴 구멍이 열렸다. 그 약속 하나가 무너진 자신을 다시 세웠다.

그는 다짐했다. "다시는 술을 마시지 말자." "매일 운동하자." 처음엔 힘겨웠다. 술은 유일한 탈출구였기에. 몇 달이 지나자 기적 같은 변화가 찾아왔다. 술에 절어 있던 눈빛이 서서히 맑아졌고, 몸은 조금씩 가벼워졌다. 빚은 남았지만 그는 포기하지 않았다. 작은 약속을 지켜내는 사이 다시 일할 의욕이 생겼다. 새벽마다 신문을 배달하고 낮에는 공장에서 일했다. 힘겨운 날들을 견딜 수 있었던 건, 약속을 어기지 않았다는 자부심 때문이었다.

몇 해가 흘렀다. 여전히 힘들게 일하지만, 빚도 거의 갚았고 가족들도 함께 뭉쳐 열심히 살고있다. 그는 가끔씩 웃는다. 그 웃음 뒤에는 딸의 문자, 그리고 끝끝내 지켜낸 작은 약속들이 있었다.

"작은 일에 마음을 다할 때, 큰 꿈은 저절로 자라난다."　　　　　- 마더 테레사

"성공은 하루에 이루어지지 않는다. 매일 반복되는 작은 노력이 중요하다."

- 로버트 콜리어

스탠퍼드대 행동설계연구소장 비제이 포그 교수는 "큰 목표는 좌절하기 쉽고, 작은 행동을 꾸준히 하면 성취감이 쌓여 더 큰 행동으로 이어진다."고 했다.

슬픔을 안고 걷는 용기

○ ● ○

1997년 8월, 다이애나 비가 파리에서 교통사고로 세상을 떠났을 때 해리 왕자는 열두 살이었다. 그는 훗날 엄마의 장례식을 떠올리며 "나는 세상이 무너지는 듯했지만, 감정을 드러낼 수 없었다."

십 대 시절 내내 해리는 어머니의 죽음을 언급하지 않았다. 슬픔을 외면하려 술과 파티에 빠졌고, 입대해서도 무모한 행동으로 감정을 덮으려 했다. 급기야 서른 무렵에는 치료를 받아야만 했다. "어머니의 죽음을 인정하지 않는 것이 내 삶을 더 힘들게 했다. 하지만 치료를 통해 슬픔을 내 일부로 받아들이고 나서야, 비로소 숨을 쉴 수 있었다."

그는 이후 정신건강 캠페인 〈Heads Together〉를 형 내외 함께 시작했다. 이 캠페인은 '슬픔과 트라우마를 숨기지 말고 이야기하자'는 메시지를 전 세계에 알렸다. 해리는 말했다. "내가 배운 건, 슬픔은 결코 사라지지 않는다는 것이다. 하지만 그 슬픔을 안고 살아가는 법을 배우면, 그것이 다른 사람을 돕는 힘이 되기도 한다."

슬픔은 누구도 피할 수 없는 인생의 그림자다. 사랑하는 이를 잃거나,

오래 품었던 꿈이 무너지거나, 믿었던 이가 배신하면 삶이 허공 위에 세워진 다리 같음을 깨닫는다. 키에르케고르가 말했다. "인간은 절망을 통해 자신을 인식한다. 불안과 고통은 인간이 자유와 신 앞에 선 증거다."

슬픔은 사라지지 않는다. 그것은 흉터로 남아, 시간이 지나도 나의 몸과 마음 어딘가를 은밀히 누른다. 그 무게를 지우려 애쓰지만, 슬픔은 도망칠수록 더욱 선명하게 다가온다. 아침에 눈을 뜨면 가장 먼저 마주하는 것이 슬픔일 때도 있다. 그럼에도 바깥 공기를 들이마시며 걸음을 뗀다. 눈물은 패배의 징표가 아니다. 그것은 정화의 빗방울이며, 삶을 견디게 하는 작은 강물이다.

그렇다. 눈물은 무너짐이 아니라 다시 일어서기 위한 준비다. 시간이 흐르면 슬픔은 모양을 바꾼다. 처음엔 칼처럼 나를 베지만 언젠가 손에 쥘 수 있는 무게가 된다. 더 이상 피를 내지 않는다. 오히려 그것은 내가 살아왔음을 증명하는 확실한 표지가 된다.

한나 아렌트가 말했다. "인간은 고통을 피할 수 없는 존재다. 고통과 악조건 속에서도 의미를 만들어내야 한다." 기쁨만 취하려는 태도는 삶을 반쪽으로 만든다. 기쁨과 함께 슬픔도 품을 때, 비로소 존재 전체를 사랑할 수 있다. 슬픔 속에서도 끝임없이 걷는 마음이야말로 인간이 가질 수 있는 가장 빛나는 용기다.

장례식이 끝나고 한 달 쯤, 혜진씨는 혼자 집 앞 공원을 걸었다. 검은 옷을 벗지 못한 채, 발걸음은 느리고 무거웠다. 벤치에 앉아 있는 사람들은 평온해 보였으나 그녀의 가슴은 돌덩이처럼 답답했다. 걷는 내내 눈가가 붉어졌고 목울대가 자꾸만 흔들렸다.

얼마 전까지 남편과 함께 걷던 길이었다. 공원 입구의 붉은 장미 덤불 앞에서 사진을 찍어주던 그의 웃음, 손에 꼭 쥐어주던 따뜻한 커피의 온기가 아직도 생생하다. 하지만 지금 그녀의 손은 텅 비어 있다. "언제쯤이면 괜찮아질까?" 눈물이 저절로 흘러내렸다.

그때 맞은편에서 아이들이 장난치며 달려왔다. 아이들의 웃음이 너무도 싱그럽다. 순간 깨달았다. "아! 그래 살아야 한다. 그이도 원할 거야. 내가 슬픔에서 벗어나 씩씩하게 살아가길."

그녀는 젖은 눈가를 손등으로 훔치며 다시 걸음을 옮겼다. 아직은 힘들고 공허하지만, 작은 발걸음을 내딛는 것, 그것이 남편을 향한 가장 큰 약속임을 알았다.

하늘은 여전히 흐렸지만, 구름 사이로 엷은 빛이 스며들고 있었다. 그 빛은 마치 남편이 보내는 미소 같았다. 그때 "힘내, 여보. 응원할게."라는 속삭임이 들렸다.

> "역경은 인간을 만들고 번영은 괴물을 만든다. 울 줄 모르는 자는 보지 못한다."
>
> – 빅토르 위고

컬럼비아대 조지 보나노 임상심리학교수에 따르면 큰 상실을 겪은 사람도 시간이 지나며 회복한다. 울음을 억누르지 않고 슬픔을 자연스럽게 표현할수록 빨리 회복한다.

실패는 고마운 친구

○ ● ○

    월트 디즈니(사진은 디즈니 콘서트홀)는 젊은 시절 신문사에서 일할 기회를 얻었지만 곧 해고됐다. 상상력이 부족하고 아이디어가 빈약하다는 이유였다. 훗날 그는 세계에서 가장 상상력이 풍부한 인물이 됐다.

    그는 형과 함께 작은 애니메이션 회사를 세웠지만 곧 파산했다. 그 후 탄생시킨 캐릭터 '오스왈드 더 럭키 래빗'은 계약 문제로 통째로 빼앗겼다. 절망스러운 상황이었지만 포기하지 않았다. 그 고통 속에서 '미키 마우스'라는 새로운 캐릭터가 태어났다.

    1930년대, '백설공주와 일곱 난쟁이'를 장편 애니메이션으로 제작하겠다고 했을 때, 사람들은 비웃었다. "만화 영화에 누가 두 시간을 앉아 있겠는가?" 그는 끝까지 밀어붙였고, 영화는 대성공을 거두며 애니메이션 역사에 새로운 장을 열었다.

    이후에도 디즈니는 여러 차례 파산 위기를 맞았지만, 상상력과 집념으로 돌파했다. 마침내 1955년 불가능해 보이던 '디즈니랜드'를 세우며 아이와 어른 모두에게 꿈을 선물했다. 그가 말했다. "웃음은 시간을 초월하고, 상상력에는 나이가 없으며, 꿈은 영원하다. 꿈꿀 수 있다면 꿈을 이룰 수도 있다."

인생길에는 빛과 그림자가 함께한다. 그림자는 실패, 절망, 고통을 품고 있다. 처음 실패했을 때 두려웠다. 평온하게 걸어가다가 갑자기 들이닥친 폭우처럼, 실패는 나를 휘감고 마구 흔들어 댔다. 눈앞이 흐려지고, 비틀거렸다. 그러나 살아보니 실패는 나를 무너뜨리러 온 적이 아니라, 성장을 위한 기회였다.

나는 지금도 실패가 두렵다. 만약 잘못되면 내 가족을 누가 돌볼까? 내 인생은 그걸로 끝일까? 그러나 실패가 두려워 도전하지 않았던 나의 우유부단함이 너무나 후회스럽다. 그 후회는 지울 수 있는 것이 아니었다. 인생 내내 '그때 결단했어야 했는데~'라고 후회했다.

그러나 실패는 지울 수 없는 잉크처럼 마음 깊은 곳에 남아, 오히려 내 삶의 이야기와 무늬에 더 진한 색을 입힌다고 생각하게 됐다. 성공이 한낮의 햇살이라면, 실패는 그 빛을 더욱 선명하게 드러내는 그늘이다. 빛만 가득한 날은 눈부심에 금세 지치지만, 그늘이 있어야만 빛의 아름다움이 커진다.

나는 실패에서 '멈춤'을 배웠다. 모든 것이 계획에서 벗어나 산산이 부서질 때 오히려 서두르지 않고 숨 고르는 법을 알게 됐다. 실패는 나를 잠시 멈춰 세워 먼 하늘의 흰 구름을 보게 했다. 그 순간 깨달았다. '아~. 길을 잃은 것이 아니라, 다른 길로 접어들었구나. 다시 가면 되지.' 그 길 끝에 무엇이 있을지 모르고, 발걸음은 늦춰졌지만, 시선은 더 넓고 깊어졌다.

실패는 나에게 겸손을 가르쳤다. 높은 곳만 바라보며 달리던 나를 멈춰 세우고, 다른 이들의 손길이 얼마나 따뜻한지 알려주었다. 넘어져 본 사람만이 잡아주는 손의 무게를 안다. 실패 이후, 인사는 전보다 부드러워졌고, 감사의 말을 더 자주 하게 됐다. 실패는 내 마음에 창을 내줬고, 나는 그 창으로 더 넓고 깊은 세상을 볼 수 있다.

물론 실패는 혹독하다. 깊은 골짜기를 홀로 지나야 했고, 차가운 바람이 온몸을 스칠 때도 있었다. 그런데, 그 순간들이 내 안에 고요한 호수를 만들었다. 그 호수는 기쁨과 꿈을 담아낼 수 있는 그릇이 되었다.

이제 나는 지난날의 서툼과 눈물에 대해 웃을 수 있다. "괜찮아, 다음번에는 더 멀리 갈 수 있어." 인생은 수많은 계절을 건너는 여행이다. 성공만 품으려 한다면 풍경의 절반만 보고 만다. 실패가 있어야 길이 완성된다. 더 먼 길을 가고, 더 깊은 웃음을 만나려면 실패를 경험해야 한다.

비가 내리던 어느 날, 작은 카페 구석에 청년이 고개를 깊이 떨구고 있다. 노트북 화면에 붉은 글씨로 '불합격'이라는 단어가 보였다. 그 단어는 단순한 결과가 아니라, 몇 해 동안 소원한 꿈과 노력이 한순간에 무너져 내리는 천둥소리였다.

심장은 쿵쿵거렸고, 손끝은 떨렸다. 뜨겁던 커피는 이미 식어버렸고, 창밖의 빗소리는 유리창을 두드리며 그의 허탈한 마음을 더 깊이 파고들었다. "왜 나만 이렇게…" 그는 낮게 중얼거렸다.

창밖을 바라보니, 사람들이 저마다 우산을 펼치고 발걸음을 재촉하고 있다. 어떤 이는 우산을 쓰고, 어떤 이는 우산 없이 걸었다. 그 누구도 비를 멈출 수는 없었지만, 모두가 각자의 방식으로 가고 있다.

그 순간 청년은 깨달았다. '저 사람들도 수없이 비를 맞고, 무수히 실패하며 여기까지 걸어온 것이리라.' 멈추지 않고 걸어야만, 비구름 너머에 닿을 수 있다. 그의 마음속에서 또 하나의 도전이 힘을 얻었다. "나도 다시 걸어야지. 비는 언젠가 그치니까."

"실패는 더 현명하게 다시 시작할 기회다."
　　　　　　　　　　　　　　　　　　　　　　　　– 헨리 포드

"고통은 잠든 세상을 깨우는 신의 메가폰이다. 평범한 사람들도 종종 역경을 통해 비범한 운명의 길을 걷는다."
　　　　　　　　　　　　　　　　　　　　　　　　– C.S. 루이스

후회라는 선물

○ ● ○

에이브러햄 링컨은 평생 후회했다. 그는 젊을 때 사업에 두 번 실패했다. 연인을 병으로 잃은 뒤 극심한 우울증에 시달렸다. 친구에게 편지를 보내 "내가 살아 있는 이유를 모르겠다."고 고백했다. 링컨은 훗날 "내가 무너진 줄 알았다. 하지만 그 아픔으로 사람을 더 깊이 보게 됐다."고 회상했다.

정치 무대에서도 끊임없이 좌절했다. 여러 차례 낙선했고, 의원 때는 서툰 연설과 성급한 발언으로 후회를 남겼다. 링컨은 그럴 때마다 자신을 돌아보고, 기록하며, 신중해지려 애썼다.

가장 큰 후회는 남북전쟁 초기, 전쟁을 빨리 끝내지 못한 결정이었다. 그는 일기에 "너무 많은 젊은이가 나의 잘못으로 죽어갔다. 이 고통을 어찌해야 하나"라고 썼다. 그 후회는 링컨이 노예해방과 국가통합이라는 큰 결단을 내리게 한 원동력이 되었다.

어느 날 문득, 마음 한구석에서 오래된 그림자가 일어선다. '후회'였다. 세월 속에 묻힌 줄 알았지만, 종종 나타나 힘들게 한다. 돌아가고 싶은 순간과 고쳐 쓰고 싶은 장면들이 한꺼번에 몰려올 때도 있다. 후회는 고통이다. 면역이 안 된다. 그래서 이제는 후회에 대해 그러려니 한다. 후회하게 되면 그냥 후회한다.

후회하지 않는다거나, 후회한다고 해서 지나간 나의 선택과 삶이 남긴 흔적이 사라지지 않는다. 후회가 없었다면, 나는 지금보다 훨씬 가볍고 둔감한 사람이 되었을 것이다. 후회는 내 마음을 깨우고, 다른 이의 상처에도 귀 기울이게 한다.

실패를 생각하기는 싫지만 그 속에 내가 미처 보지 못했던 진실이 숨어 있다. "그때 나는 왜 그렇게 서둘렀을까?" "왜 그 말을 하지 않았을까?" "왜 결단을 내리지 못했고, 왜 실행하지 못했을까?" 후회가 던지는 질문에 귀를 기울이면 나는 조금 더 천천히, 조금 더 깊게 살 수 있다.

후회는 겸손의 문이다. 나의 실수를 인정하는 순간, 다른 사람의 실수도 조금 더 넓게 받아들일 수 있다. 실수를 통해 나는 더 유연하게 생각하게 됐다. 다시 두 갈래 길에 서면 더 현명하게 선택할 것이다.

물론 후회는 여전히 아프다. 불쑥불쑥 마음을 흔들어 놓는다. 그러나 그 아픔마저 삶의 일부로 받아들이기로 했다. 후회는 더 이상 짐이 되지 않는다. 오히려 나를 사람답게 만드는 기회다. 후회는 그림자, 아무리 달려도 따라온다. 그림자에는 내가 놓친 생각과 웃음이 있다.

후회는 과거의 나와 현재의 나를 이어주는 다리다. 그 다리를 건너며, 나는 더 너그럽고 더 멋진 사람이 돼간다. 후회는 발걸음을 가다듬는 리듬이다.

겨울 햇살이 기울 무렵, 공원 벤치에 앉아 있던 노인은 손녀가 건넨 따뜻한 호빵을 받아 들었다. 김이 모락모락 오르는 것을 보며 까마득히 지나간 청춘을 떠올렸다. "그때 도전했어야 했는데. 그리고 조금 더 '사랑한다', '이해한다', '괜찮다'고 말하며 살았어야 했는데…"

그의 가슴속에는 아직도 말하지 못한 사과와 전하지 못한 위로, 후회가 무겁게 남아 있다. 평생을 바쁘게 일하느라, 아내의 눈빛 속 그늘을 보면서도 모른 척 지나친 날들이 떠올랐다. 젊어서는 시간이 무한할 거라 믿었지만, 이제 시간이 얼마나 남았을까?

손녀의 작은 손길이 그 무게를 조금 덜어주었다. 손녀의 눈은 과거의 후회가 아니라 오직 지금의 온기만 담고 있다. 노인은 천천히 숨을 고르며 미소를 지었다. "그래, 후회는 끝내 사라지지 않겠지. 하지만 이렇게 함께 웃고 있는 지금이 있다면, 충분히 아름다운 삶 아니겠는가."

그는 몸을 일으켜 손녀의 손을 꼬옥 잡았다. 차가운 겨울바람 속에서, 손바닥의 따스함이 마치 세월을 건너온 위로처럼 전해졌다. 두 사람의 발자국이 나란히 이어지며, 집으로 향하는 길은 포근했다.

"과거는 훌륭한 스승이다. 후회에 머물지 말고 후회에서 배우고 전진하라."

– 오프라 윈프리

"사람은 꿈 대신 후회로 살아갈 때 늙는다

– 존 배리모어

비겁하지 않게 사는 이유

체코의 극작가이자 대통령인 바츨라프 하벨은 공산정권의 엄혹한 압박 속에서도 침묵하지 않았다. 당시 체코슬로바키아에서는 정권을 비판하는 글 한 줄로도 체포와 고문, 감옥살이가 뒤따랐다. 하벨 역시 여러 차례 투옥됐고, 가족과 친구들까지 불이익을 당했다. 주변 사람들은 애원하듯 말했다. "당신만 조용히 있으면 모두 편해질 수 있어요."

하벨은 타협하지 않았다. 그는 끝내 '차터 77' 선언문을 주도하며 체제의 부당함을 전 세계에 알렸다. 당국은 즉각 반격했다. 하벨은 추운 감옥에서 수년간 고되게 노동했고, 건강은 급속히 나빠졌다. 그럼에도 감옥에서 동료들에게 희곡을 써주고, 몰래 편지를 써 내려가며 정신을 지탱했다. 그의 아내는 남편의 글을 외부로 전달했고, 그것은 곧 민주화 운동가들에게 용기의 불씨가 되었다.

감옥에서 풀려날 때마다 그는 거리와 무대, 글 속으로 돌아왔다. 화물차를 몰며 생계를 이어가기도 했다. 그러나 하벨은 "내가 진실을 말하지 않으면, 나는 이미 죽은 거나 다름없다. 희망은 어떤 일이 잘될 것이라는 확신이 아니라, 그 일이 옳다는 믿음을 갖고 계속 행동하는 것."이라며 다시 저항했다.

그의 선택으로 가족들도 오랫동안 감시와 박해 속에 힘겨운 삶을 견뎌야 했다. 그 고통은 하벨을 더 강하게 만들었다. 1989년 '벨벳혁명'의 물결 속에서 그는 수십만 군중 앞에 섰다. 결국 체코 민주화의 상징으로, 대통령으로 추대되었다.

사람들은 그의 고집 어린 용기를 이렇게 기억한다. "거울 앞에서 자신을 배신하지 않은 선택, 그것이 하벨과 체코슬로바키아의 민주주의를 지켜냈다."

살다 보면 인생이 은밀히 손을 내밀 때가 있다. "이번만은 그냥 모른 척해도 돼."

그 목소리는 부드럽지만, 그 속에는 타협, 굴종, 불의의 그림자가 드리워져 있다. 비겁함은 소리를 내지 않고, 서서히 마음의 결을 풀어 헤치며 다가온다. 불편한 진실을 피하는 시선, 침묵으로 동조하는 입술, 옳음을 알면서도 발걸음을 살짝 돌리는 것에서 비겁은 자란다.

그런 순간들이 쌓여, 어느 날 거울 속 나를 낯설게 만든다. 그 낯섦이 두렵지만 내 나름의 이유와 명분을 만들어 조금만 타협하면 나는 이익을 챙길 수 있다. 나는 불의의 길, 비겁의 길을 가게 되고, 낯섦에도 익숙해진다.

비겁하지 않게 산다는 건, 단순히 용기를 말하는 것이 아니다. 그것은 때로 홀로 서야 하는 외로움이며, 북풍한설이 몰아치는 길을 가겠다는 의지다. 그 길에는 고독이 깔려 있고, 때로는 싸늘한 시선이 따라온다. 하지만 그 고독은 나를 더 곧게 세운다. 비겁함이 잠시의 안락을 준다면, 용기는 오래도록 평안을 준다.

이 선택은 오직 나 자신과의 약속이다. 거울 속에서 마주하는 나의 눈빛이 흐려지지 않도록, 세상이 등을 돌려도 스스로에게만은 등을 돌리지 않도록. 그 약속을 지키는 날, 나는 몸과 숨이 가볍고 발걸음이 자유롭다.

비겁함을 멀리하는 일은 거창한 정의를 위해서만이 아니다. 그것은 나를 잃지 않기 위한 길이자, 마음의 평화를 얻는 길이다. 그런 소망으로 인해 삶은 조금 더 당당해진다.

정정당당한 삶은 어려울 수 있다. 인간은 약하고, 두려움은 재빨리 마음속에 둥지를 틀고, 이익은 커 보이기 때문이다. 그러나 중요한 것은 그 순간을 알아차리는 일이다. 비겁함의 그림자가 다가올 때, 맞서 보는 것. 그렇게 살아간다면, 비겁함의 그림자는 점점 짧아지고, 용기의 빛은 서서히 힘을 얻을 것이다.

"선한 사람들이 아무것도 하지 않으면 악이 승리한다." - 에드먼드 버크

"우리가 기억해야 할 것은 적들의 말이 아니라, 친구들의 침묵이다."
-마틴 루터 킹 주니어

세계적인 윤리학자 러시워스 키더 교수는 "도덕적 용기는 손해와 고통을 감수하며 옳음을 실천하는 능력이다. 이것이 개인과 사회를 지탱하는 핵심동력."이라고 했다.

거울 앞에서

잠시 눈을 감으면, 편할 수 있다.
거울 앞에 서면 사라진 건 세상이 아니라, 내 눈빛.
오늘의 이익보다 내일과 모레의 부끄러움이 더 싫다.
나는 비겁하지 않으리라.

자기연민에 빠지지 말자

헬렌 켈러는 어릴 때 시각과 청각을 잃고 깊은 고립 속에서 살았다. 그녀는 끝없는 어둠과 침묵의 세계에서 분노와 좌절로 몸부림쳤다. 들을 수 없고 볼 수 없다는 건, 상상조차 할 수 없는 참혹이다. 자신의 감정을 표현할 길이 없어 울부짖고, 물건을 집어 던지며 발버둥치는 날들이 이어졌다. 소녀는 세상과 점점 멀어져 갔다.

스승 앤 설리번은 끝없는 인내와 사랑으로 손바닥에 알파벳을 그려주며, 헬렌이 세상과 연결되도록 애썼다. 기적은 바로 일어나지 않았다. 헬렌은 처음엔 모든 시도를 거부했고, 손끝에 새겨지는 언어가 무엇을 의미하는지 알지 못했다. 어느 날, 우물가에서 설리번 선생님이 그녀의 손에 'W-A-T-E-R'를 써주던 순간(사진), 헬렌은 비로소 깨달았다. 손끝의 차가운 물줄기와 '물'이라는 기호가 하나로 이어지며 그녀의 내면에서 세상이 열렸다.

그날 밤, 헬렌은 스스로를 불쌍히 여기며 주저앉은 자신과 작별했다. "내가 세상을 향해 한 걸음 내딛지 않으면, 나는 영원히 갇혀 있을 뿐이다." 그렇게 결심을 굳히자, 세상은 배움의 장이 되었다.

헬렌은 대학을 졸업했고, 수많은 책을 출간했으며, 세계 곳곳을 다니며 장애인과 사회적 약자의 권리를 외쳤다. 한때 어둠과 침묵에 갇혀 있던 소녀가 빛과 울림을 전하는 성녀(聖女)가 됐다.

살다 보면 마음이 스스로를 가두는 날이 있다. 세상의 모든 빛이 멀어지고, 오직 나의 그림자만 길게 드리워지는 날. 그때 나는 그늘 속에 웅크려 앉아, 내 상처를 쓰다듬으며 나의 불행을 조용히 반추한다. 속으로 속삭인다. "불쌍한 녀석. 너는 할 만큼 했어. 이제 내려놔도 돼." 자기연민의 시작이다. 그 말은 달콤하고도 은밀하다. 그러나 바로 그 순간 조용히 덫에 걸린다.

모두 상처받고, 실패하고, 거절당하며 살아간다. 때로는 이유 없이 외로워진다. 그럴 때 자기연민에 빠지곤 한다. "나는 왜 이렇게 운이 없을까?" "왜 나만 힘들까?" "나는 애쓰는데 왜 안 될까?"라는 생각이 꼬리를 문다. 이런 감정은 처음엔 위로처럼 느껴지지만, 오래 머무를수록 나를 나약하게 만든다.

자기연민은 때때로 감정의 휴식처가 되기도 한다. 하지만 그곳에 오래 머물면 현실을 직면할 용기를 잃는다. 자기연민에 빠지는 순간, 행동 대신 핑계를 선택하게 되고, 도전 대신 도망간다. 자기연민은 내면을 쓰다듬는 것 같지만, 삶의 주도권을 포기하게 만드는 늪이다.

강하게 산다는 것은 눈물을 참는 것이 아니다. 눈물을 닦고 다시 일어서는 것이다. 누구도 대신 살아주지 않는 인생, 나만이 책임져야 할 나의 삶이기에 강해져야 한다.

고통을 외면할 수는 없다. 아픔을 느끼되 무너지지는 말자. 인생은 누가 가장 많이 울었느냐가 아니라, 누가 끝까지 포기하지 않았느냐로 결판난다. 자기연민은 고독이 주는 미감(美感)처럼 달콤하고 다정하다. 마치 찬 바람을 피한 어두운 방처럼, 안전하고 따뜻해 보인다. 자기연민은 안전지대를 만들어 주지만 결국은 설탕을 과하게 먹어 건강을 해치는 꼴이다.

자기연민은 위로가 아니라 나를 묶는 사슬이다. 자기연민에서 벗어나려면 무엇보다 시선을 바꿔야 한다. 눈을 창밖으로 돌리자. 나보다 더 깊은 상처 속에서도 웃음을 잃지 않는 사람들도 많다.

작은 실천이 필요하다. 다 바꾸려 하지 말자. 미뤄둔 일을 하고, 운동을 하며 나 자신에게 "잘했다"고 한마디 해주자. 그렇게 작은 실천이 쌓이면 자기연민의 늪에서 조금씩 벗어날 수 있다. 무엇보다도 나 자신을 비난하지 말자. 자기연민을 느낀다고 해서 약한 사람은 아니다. 세상을 등지고 싶어질 때, 문을 박차고 밖으로 나가면 된다. 나를 사랑하는 가장 확실한 방법은 달리는 것. 그 선택이 언젠가 내 삶을 전혀 다른 빛으로 물들이리라.

준호씨는 평생 성실하게 살아왔다. 작은 분식집이 그의 전부였고, 아내와 두 아이를 지켜주는 생계의 버팀목이었다. 그러나 몇 해 전 가게 앞에 도로 공사가 시작되면서 손님이 끊겼다. 붐비던 점심시간에도 손님이 없다. 밀린 임대료와 빚 독촉이 계속됐다. 가스 불을 켜는 손에 힘이 빠졌다.

아내는 밤마다 "괜찮아?"라고 물었지만 대답하지 못했다. 속으로는 "더는 못 버티겠어."라고 자기연민에 빠졌다. 어느 날, 초등학교 3학년 딸이 작은 공책을 내밀었다. 거기에는 삐뚤빼뚤한 글씨로 "아빠, 우리 아빠는 세상에서 제일 맛있는 떡볶이를 만들어요. 나도 나중에 아빠처럼 되고 싶어요."라고 적혀있었다.

그 순간, 준호씨의 가슴은 요동쳤다. '내가 이렇게 주저앉으면 내 딸까지 무너지는구나.' 그는 결심했다. "하루에 단 한 명이라도 손님에게 정성을 다하자."

준호씨는 다시 주방을 정리하고, 낡은 메뉴판을 새로 쓰고, SNS에 가게 소식을 올리기 시작했다. 처음에는 미미했다. 하루에 고작 두세 건의 배달 주문이 전부였다. 하지만 아내가 함께 전단지를 돌리고 아이들이 응원했다.

서서히 입소문이 퍼졌다. "공사 때문에 손님이 줄었을 뿐, 맛은 그대로야." 손님들이 다시 찾아오기 시작했다. 그의 가게는 여전히 작지만 매일 불이 켜져 있다.

"그때 자기연민에 빠져 문을 닫아버렸다면, 아이들 앞에서 영원히 고개를 들지 못했을 겁니다. 거창한 성공은 아니지만 다시 시작한 그날 이후 나는 매일 승리를 맛보고 있어요."

준호씨의 선택은 단순한 생계의 회복이 아니라 가족과 함께 다시 살아가는, 평범하지만 위대한 승리였다.

"나는 나를 동정하지 않는다. 동정은 아무것도 바꾸지 않기 때문이다."
– 마야 안젤루

"불행을 자주 되뇌는 습관만큼 자기 삶을 황폐하게 하는 것은 없다."
– 윌리엄 제임스

수잔 노렌-호크시마 예일대 심리학교수는 자기 자신을 불쌍히 여기고 불행을 반복해서 곱씹으면 우울, 무력감을 가져오고 문제를 회피하게된다고 밝혔다.

고통 없이는 성숙할 수 없다

○●○

빅터 프랭클은 오스트리아 출신의 정신과의사였지만, 2차 세계대전 때 나치 수용소에 끌려가 극한의 고통을 겪었다. 부모와 아내, 형제들이 차례로 가스실에서 죽어 나가고, 그는 매일 죽음의 문턱에서 살아남았다.

그는 인간을 끝까지 지탱해 주는 힘이 단순한 생존본능이 아니라 '삶의 의미를 붙잡으려는 의지'라는 사실을 깨달았다. 어떤 이는 빵 한 조각을 나누며 옆 사람을 살렸고, 어떤 이는 더 이상 의미를 찾지 못해 삶을 포기했다. 그 차이는 '의미의 발견'이었다.

전쟁이 끝난 후 그는 〈죽음의 수용소에서〉라는 책에서 인간은 어떤 상황에서도 의미를 찾을 수 있다고 강조했다. 그의 생각은 단순한 이론이 아니라 뼈아픈 체험에서 나온 절규였다.

그는 말했다. "왜 살아야 하는지 아는 사람은 어떤 상황도 견딜 수 있다." 프랭클의 인생은 절망 속에서도 '의미'를 붙들었을 때 인간이 얼마나 강인해질 수 있는지를 보여줬다. 환경은 빼앗겨도, 그 환경에 대응하는 나의 태도만큼은 누구도 빼앗을 수 없다.

고통은 언제나 불청객이다. 누가 고통을 원하겠는가. 고통은 죽어야 없어지지 않을까? 스트레스는 치료제도 없고 면역도 잘 안된다. 고통은 날카롭고, 차갑고, 무겁다. 숨이 막히고, 죽음을 생각게 한다.

그러나 살다 보면, 고통은 나에게 성숙과 발전을 선물한다는 걸 알게 된다. 고통은 살아있는 사람이라면 누구나 겪어야 한다. 고통이 닥치면 어쩔 수 없이 멈춰서서 숨을 고르고, 나를 들여다본다. 평소에 외면했던 내 마음의 깊은 주름과 흠집을 만져보게 된다. 그 과정은 쓰라리지만 바로 그 시간이 나를 다듬어 성숙해진다.

고통은 나를 겸손하게 한다. 잘 달리던 길에서 넘어졌을 때 한계를 깨닫는다. 고통을 겪어본 사람만이 전할 수 있는 위로가 있다. 그 위로는 단순한 말이 아니라 체온이 담긴 포옹이다.

고통은 나를 깊게 만든다. 웃음만 있는 삶은 얇고 쉽게 부서진다. 그러나 고통을 통과한 삶은 어둠과 빛, 눈물과 웃음이 함께 어우러져 인생을 명화(名畵)로 만든다. 그 그림 속에서 나의 삶을 이해하고, 다른 사람의 삶에도 더 따뜻하게 다가갈 수 있다.

가장 중요한 건, 고통 속에서 나를 잃지 않는 것이다. 고통이 나를 멈추게 하지만, 완전히 주저앉아서는 안 된다. 돌아보면, 내가 성장한 순간들은 대개 고통스러울 때였다. 당시는 몰랐지만, 그때의 상처와 눈물이 지금의 나를 지탱하는 뿌리가 되었다. 고통은 내 안의 힘을 끌어올리는, 가장 엄하고 가장 유능한 스승이다.

"인간은 고통과 시련을 통해 성장한다."　　　　　－프리드리히 니체

"상처는 빛이 들어오는 곳이다."　　　　　－잘랄 앗 딘 루미

노스캐롤라이나대 심리학교수 리처드 테데스키와 로렌스 칼훈은 "사람들은 상실 재난 질병 죽음 같은 극심한 고통을 극복하면서 이전보다 더 깊고 성숙한 변화를 경험한다"고 밝혔다.

작은 승리의 의미

   '농구의 신' 마이클 조던(사진)은 고교 시절 주전팀에서 2군으로 밀려났다. 그는 세상이 무너지는 듯한 충격을 받았다. 집으로 달려가 방문을 잠그고 울면서 "오늘이 마지막 눈물"이라고 결심했다.

   다음 날부터 새벽마다 체육관으로 향했다. 어둠 속에서 공이 바닥에 튀는 소리가 메아리쳤다. 수만 번의 슛. 손가락에는 물집이 잡혔지만 멈추지 않았다. 교실에서 꾸벅꾸벅 졸면서도 저녁이면 다시 체육관으로 돌아갔다. "이 코트 위에서만큼은 누구도 나를 막을 수 없다." 그 마음 하나로 매진했다.

   조던은 훗날 고백했다. "나는 9,000번 넘게 슛을 놓쳤고, 300번의 경기에서 졌다. 결정적인 순간에 승부를 걸었던 슛을 26번이나 실패했다. 나는 계속 실패했다. 그것이 내가 성공할 수 있었던 이유다."

   사람들은 그의 마지막 버저비터 장면을 위대한 승리로 기억한다. 그러나 위대한 힘은 텅빈 체육관에서 쏟아낸 땀방울이었다. 매일의 연습, 쓰러져도 다시 일어서는 작은 승리들이 모여 전설을 만들었다.

   인생의 승리는 화려한 무대 위에서만 오는 것이 아니다. 실패의 그림자를 딛

오랜 노력 끝에 마침내 이룩한 대성공. 모두의 환호와 박수가 쏟아진다. 그때의 벅찬 기쁨이야말로 승리다. 인생에서 그런 승리는 많지 않다. 어쩌면 한 번뿐이거나 아예 없을 수도 있다. 그렇다면 삶이 너무 허전한 것 아닌가?

그래서 엄청난 승리로는 삶을 풍요롭게 할 수 없다. 인생에서 결정적인 한방도 아주 중요하지만 일상(日常)이 행복하려면 소소한 승리가 있어야 한다. 그건 작고, 조용하며, 나만 아는 것들이다.

다툰 아내에게 "사랑한다"고 문자를 보내고, 포기했던 금주 금연을 다시 시작하고, 아이들에게서 "아빠 사랑해"라는 말을 듣고, 싸웠던 동료에게 화해의 메시지를 보내는 것이 삶을 채워, 나를 행복하게 한다.

너무나 작고 일상적이어서 나는 그 가치를 모르고 지냈다. 하지만 그런 것들이 하나도 없다고 생각해 보았다. 살 수 있을까? 살기는 살되 사는 게 아니라는 생각이 들었다.

나는 큰 목표에 집착했다. 그걸 이루지 못한 나는 실패한 인생이었다. 과연 그럴까? 나는 생각을 달리했다. 작은 기쁨을 쌓아나가자고 생각했다. 가족들을 더 이해하고 사랑하려 노력했다. 직장동료들을 더 이해하려 애썼고, 더 나은 업무결과를 만들어 내고자 힘썼다. 나의 삶은 아주 조금씩 좋아졌다. 나는 "이런 것들이 삶을 살찌우는 진정한 승리."라는 생각이 들었다.

그런 승리들이 쌓이자 '나도 괜찮은 사람 아닌가. 이만하면 된 거 아니야'라는 믿음도 생겼다. 인생에서 꼭 이루고 싶은 목표를 달성하는 건 정말 훌륭하다. 그런데 그런 엄청난 성공은 쉽게 이룰 수 없으니 문제다. 그런 성공을 거둔 사람들을 우리는 "위인" "영웅"이라며 오래도록 칭송한다. 나는 "영웅"이 될 수 없었다. 그래서 나는 작은 성공으로 내 삶을 살찌우자고 생각을 바꿨다. 어제도 해냈고, 오늘도 해냈으니, 내일도 해낼 수 있는 것들로. 그런 승리들이 쌓이면 그걸로 나는 행복할 수 있다.

사람은 자기 자신을 극복하는 것이 큰 전쟁에서 승리하는 것보다 어렵다고 한다. 어제의 나보다 오늘의 내가 나아지는 것은 결코 작은 승리가 아니다. 나의 개선과 발전은 작은 승리들이 모여서 이루어진다.

삶은 거대한 도약이 아니다. 작은 걸음의 연속이다. 나는 먼 길을 걸었다. 걷다보면 어제는 보이지 않던 길이 오늘은 보이고, 오늘은 막막했던 길이 내일은 익숙해진다. 자랑할 만큼 대단하진 않아도, 나만 아는 작은 성공들이 내 삶을 바꾸고 마음의 무게를 덜어낸다. 그렇게 얻은 나에 대한 믿음이 내가 흔들릴 때 나를 붙잡아준다.

새벽 5시, 알람이 울리자 민정은 본능적으로 이불을 움켜쥐었다. 맞벌이하랴, 아이들 키우랴, 가난한 살림살이에 몸은 무겁고 마음은 지쳤다. "오늘만은 그냥 더 자자." 유혹이 몸을 파고 들었다. 그 순간, 어젯밤 아들의 눈빛이 떠올랐다. "엄마, 오늘도 달렸어?"

민정은 천천히 몸을 일으켰다. 운동화를 신는 순간, 마음속에 작은 불씨가 살아났다. "그래, 하자. 건강하지 않으면 내가 무너지고 우리 집이 무너진다."

거리에는 어둠이 짙었고 차가운 공기가 볼을 스쳤다. 그녀는 달리기 시작했다. 호흡이 가벼워지고 심장이 리듬을 찾았다. 민정은 자신도 모르게 웃었다. 그 웃음은 환호와 박수 때문이 아니라, 자신을 배신하지 않았다는 믿음 때문이었다.

집으로 돌아오니 창가에 여명이 스며들었다. 그녀는 거울 앞에 서서 땀에 젖은 얼굴을 바라봤다. 거칠게 뛰는 심장, 흐르는 땀, 그리고 흔들림 없는 눈빛. "그래, 이게 진짜 승리야. 조용하고 작지만, 내 삶을 바꾸는 가장 큰 힘." 파도는 모래알 하나로 멈추지 않지만, 모래알이 모여 해안을 바꾼다.

그날 새벽, 세상은 아무도 몰랐지만, 민정은 자신을 이긴 사람이었다. 그리고 그 작은 승리가 밝은 미래를 열어주리라 확신했다.

"성공은 하루하루 반복된 작은 노력이 쌓인 결과다."　　　　　　- 로버트 콜리어

"실패는 단지 다시 시작할 수 있는 기회일 뿐이다. 이번에는 더 현명하게."
　　　　　　　　　　　　　　　　　　　　　　　　　　　- 헨리 포드

조직행동론의 대가 미시간대 칼 E. 와익 교수는 거대한 목표를 바로 이루려 하기보다 작은 성공을 반복적으로 경험할 때 동기와 성취감이 극대화돼 큰 승리도 얻게 된다고 했다.

도망보다 맞섬이 주는 자유

○ ● ○

그림은 빈센트 반 고흐가 1889년 프랑스 남부 생레미의 정신병원에서 그린 명화 〈별이 빛나는 밤(The Starry Night)〉이다. 고흐는 이 그림을 그리면서, 절박한 고통에서 벗어나고 싶었다. 가난, 질병, 이해받지 못한 예술, 그리고 정신적 불안정. 그는 그 어둠에 정면으로 맞섰다.

그림을 보면, 밤하늘은 어둡고 넓지만, 별은 자신을 감추지 않는다. 어둠에 맞서며 빛을 발한다. 고흐가 별빛을 그려 넣은 건, "나는 도망치지 않고 이 어둠과 맞서겠다."는 각오가 아닐까?

그림 속 하늘은 강렬하게 소용돌이친다. 이는 두려움과 혼란의 상징이지만, 동시에 격렬한 삶의 본질을 보여준다. 도망쳤다면 그 격렬함은 공포였겠으나, 맞섰기에 역동적인 자유를 상징한다.

캔버스 아래 작은 마을은 고요히 잠들어 있다. 삶이 무너져도, 내일을 준비하기 위해 잠드는 용기. 그것은 영웅의 우렁찬 자유가 아니라, 평범한 사람들의 자유, 조용한 맞섬의 자유다.

그의 맞섬은 세상과의 전쟁이 아니라 자신 안의 절망에 대한 싸움이었다. 패배처럼 보였던 그의 삶은, 세기(世紀)를 넘어 수많은 이들을 위로하는 승리가 되었다.

　도망은 고흐에게 평온한 체념을 줄 수도 있었겠지만, 맞섬은 그에게 불멸의 자유를 주었다. 진정한 자유는 세상의 박수 속이 아니라, 자기 자신을 배신하지 않는 길 위에 있다.

　도망은 쉽다. 눈을 감고, 등을 돌리고, 발걸음만 약간 틀면 된다. 그 순간, 오히려 편안하게 숨이 쉬어진다. 고개를 숙이면 세상의 시선도 사라진다. 그런 편안함은 오래 가지 않는다. 마음 한구석에, 직면하지 않은 그림자가 남아, 나를 따라다니기 때문이다.

　맞섬은 어렵다. 마음이 떨리고, 온몸이 뒤로 물러서려 한다. 그러나 한 발 앞으로 내디디는 순간, 신기하게도 그 두려움은 작아진다. 그리고 조금만 더 가면 더 이상 두렵지 않다.

　나는 수시로 도망쳤다. 나의 실수, 단점, 가난, 도전으로부터 달아났다. 그때마다 잠시 숨을 돌렸지만, 마음은 더 무거워졌다. 도망은 나를 가둔다. 맞섬은 자유를 준다. 맞서는 순간, 결과가 어떻게 되든 나는 더 이상 도망자가 아니다. 맞서서 실패한다고 해도 그 경험은 나의 일부가 된다. 맞섬은 나를 지금 이 자리에서 살게 하고, 도망은 나를 과거에 묶어 둔다.

　맞섬은 내 안의 힘을 끌어올린다. 처음에는 무너질 것 같았지만 맞서면 강하다는 걸 알게 된다. 그것은 싸움에서 오는 힘이 아니라, 스스로를 배신하지 않았다는 자부심에서 오는 힘이다.

　맞섬은 관계를 바꾼다. 진심으로 맞서면 장벽은 낮아지거나 무너진다. 그 과정에서 오히려 더 깊은 신뢰와 이해가 자란다. 맞섬은 상대나 목표를 향한 용기이자 나 자신을 향한 존중이다.

　도망보다 맞섬이 주는 자유는 크다. 그것은 내가 스스로 선택한 길 위에 서 있다는 자부심이다. 세상의 압력에 떠밀려 가는 것이 아니라, 내 발로 그 자리에 선 것이다. 설령 그 자리가 거친 바람 속이라도 나는 더 이상 갇혀 있지 않다. 도망은 길을 잃게 하지만 맞섬은 길을 만든다. 그리고 그 길 위에 서 있을 때, 비로소 나는 숨이 편해지고, 시야가 넓어지고, 발걸음이 가벼워진다.

영준씨는 작은 인쇄소에서 일한다. 그는 여러 번 도망치곤 했다. 실수로 인쇄물을 잘못 찍어 회사에 손해를 끼쳤던 날, 그저 고개를 숙인 채 사라지고 싶었다. 아내가 아프다고 울며 매달리던 순간에는 병원비를 어떻게 감당해야 할지 몰라 허둥댔다.

그는 결국 도망치지 않았다. 인쇄소 사장 앞에서 "다시 하겠습니다. 제가 책임지겠습니다"라고 말했고, 대출을 알아보며 병원에 갔다. 그날 밤, 아내가 그의 손을 꼭 잡고 잠드는 모습을 보며 알았다. '맞섬은 거대한 용기가 아니구나. 사랑하는 사람을 위해 흔들리는 다리를 건너는 거구나.'

그의 삶은 크게 달라지지 않았다. 새벽이면 피곤한 몸을 이끌고 일터로 향했고, 월급은 빠듯하다. 그러나 마음은 달라졌다. 도망치던 날들의 무거움 대신, 맞서는 하루는 조금 더 가볍다.

'아! 맞섬은 세상을 이기는 일이 아니라, 어제의 나를 넘어서는 일이구나.'
'그 작은 발걸음이 쌓일 때 도망자가 아닌 자유인으로 살아가는 거구나.'

"자신을 제어하는 사람이 진정한 의미의 강한 사람이다" - 아리스토텔레스

"우리가 두려워해야 할 유일한 것은 두려움 그 자체다." - 프랭클린 D. 루스벨트

보스턴대 심리학자 데이비드 바로우의 연구에 따르면 두려움을 피할수록 불안이 커진다. 반면 두려움을 마주보면 점차 소멸된다. 로체스터대학의 에드워드 데시와 리차드 라이언의 자기결정이론에 따르면 스스로 선택해 맞서는 순간 인간은 자유와 내적 동기, 행복을 느낀다.

거절당해도 꺾이지 않기

실베스터 스탤론은 가난하고 평범한 사람이었다. 수많은 오디션에서 떨어졌다. "나는 빈털터리였고, 배고프고, 집이 없었다. 먹을 걸 사려고 애완견을 25달러에 팔았다." 그는 자신의 경험을 바탕으로 한 편의 시나리오를 완성했다. 훗날 세상을 울린 영화 〈록키〉였다.

그는 시나리오를 들고 영화사들을 수없이 찾아다녔다. 거절당하고 다시 두드리고를 계속했다.

대답은 언제나 차가웠다. "시나리오만 사겠다. 당신은 배우가 될 수 없다." 어떤 제작사는 30만 달러라는 거액을 제시했지만, 스탤론은 고개를 저었다. "주인공은 반드시 내가 맡아야 한다." 눈앞의 돈보다 자신의 꿈이 더 소중했다.

끝없는 거절 끝에, 마침내 작은 영화사가 그의 손을 잡았다. 초라한 예산으로 영화를 만들었고, 무명 배우 스탤론은 스크린 위에서 록키 발보아로 살아 움직였다.

〈록키〉는 아카데미 작품상, 감독상, 편집상을 수상하며 영화사의 한 장을 장식했다. 스탤론의 인생은 천지개벽했다. 그러나 그건 기적이 아니었다. 수많은 거절 속에서도 꺾이지 않은 도전이 만들어 낸 별이었다. "인생은 얼마나 세게 때리느냐가 아니라, 맞아도 계속 나아갈 수 있느냐의 문제다."

거절은 차갑다. 말 한마디로 내가 품어 온 기대와 노력이 순식간에 꺾인다. 그 순간 마음속에 서늘한 바람이 불고, 내 존재를 부정당하는 듯한 아픔을 남긴다.

나는 살면서 여러 번 거절당했다. 무엇보다도 오랫동안 노력한 꿈으로부터 거절당했다. 거절이 쌓일수록, 다시 시도하는 발걸음은 무거워진다. 하지만 시간이 흐르면서 깨달았다. 거절은 나를 끝내는 것이 아니라, 나를 단련시키는 과정이다. 끝을 내도 내가 끝낸다.

거절은 나를 멈추게 하는 것 같지만, 사실은 방향을 수정하게 한다. 거절이 없었다면 나는 여전히 좁은 길, 엉뚱한 길 위에 서 있을지 모른다. 거절은 내가 새로운 길을 찾을 기회였고, 때로는 더 넓고 환한 곳으로 이끌었다.

거절당해도 꺾이지 않는 힘은 '가치'를 스스로 정하는 데서 나온다. 누군가의 평가나 결정이 나의 전부를 규정하게 두지 않는 것. 거절은 상대의 선택에 불과하다. 나의 가능성을 끝내는 전지(全知)한 판결이 아니다. 내가 나를 믿는 한, 나의 가능성은 살아 있다.

거절당해도 꺾이지 않는 사람들은 목표를 잃지 않는다. 그들은 잠시 숨을 고르고, 다시 문을 두드린다. 그 문이 끝내 열리지 않으면 다른 문을 찾아 나서면 된다. 나는 이제 거절을 두려워하지 않는다. 거절은 실패가 아니라, 내가 여전히 시도하고 있다는 증거다. 문은 열리라고 있는 것이다. 거절은 나의 이야기를 완성하는 소재일 뿐이다.

선주씨는 새벽 알람 소리에 몸을 일으킨다. 세상이 아직 어둠 속에 잠든 시간, 그녀의 하루는 무겁게 시작된다. 여러 회사에 이력서를 내며, 생계를 위해 커피집에서 일했던 지난 세월. 그녀의 메일함에는 "죄송합니다"라는 답장이 쌓였다. 그 말들은 칼날이 되어 가슴을 베었다. 꿈을 부정하는 판결문 같았다. 희망은 무너져 내리고 마음은 더 차갑게 굳어갔다.

세월이 흐르면서 그녀는 "아니오"라는 말에 다른 의미를 부여하려 애썼다. 그 다른 의미는 살아가기 위해 자신에게 거는 최후의 주문이었다. 가게 창가에 앉아 노트북을 펼칠 때마다, 써내려 가는 글자들은 눈물로 흐려지곤 했으나 이젠 울지 않는다. "좋다. 해보자. 문은 언젠가 열릴 것이다."

"이제 알 것 같아." 그녀는 친구에게 웃으며 강조했다. "거절은 나를 끝내는 게 아니라… 내가 넘어야 할 삶의 허들이었어. 그걸 넘을 때마다 나는 강해져." 선주씨는 또다시 문 앞에 섰다. 가능성을 믿기 때문이다. "닫힌 문은 끝이 아니다. 내 안의 용기를 불러내는 스승이다."

> "내가 특별히 똑똑해서 성공한 것이 아니다. 문제에 더 오래 매달렸을 뿐이다."
> – 알버트 아인슈타인

> "실패는 존재하지 않는다. 실패는 인생이 우리를 다른 방향으로 이끌려는 시도일 뿐이다."
> – 오프라 윈프리

펜실베니아대 앤젤라 더크워스 심리학교수는 "성공을 결정짓는 핵심은 재능이 아니라 끈기와 열정"이라고 했다.

막다른 골목의 교향곡

○ ● ○

1798년, 스물여덟 살의 베토벤(사진)은 유럽 전역에서 명성이 자자했다. 그 무렵부터 연주 도중 오케스트라의 소리를 정확히 듣지 못했다. 처음에는 단순히 피로라고 여겼지만 청중의 박수 소리가 멀어지고, 결국 청력을 잃었다. 음악가로서 생명이 끊어진 것인가? 절망이 그를 삼켰다.

그는 유서를 썼다. "나는 세상과 단절됐다. 사람들과 대화조차 할 수 없으니, 어찌 음악가라 할 수 있겠는가. 죽고 싶다. 그러나 예술이 나를 붙잡는구나. 아직 세상에 들려주고 싶은 음악이 많은데."

인생이 막다른 골목에 이른 것이었다. 그러나 죽음 대신 음악을 택했다. 다시 악보를 펼쳤다. 귀는 닫혔으나 마음으로 들었다. 어찌 그럴 수 있을까? 듣지 못하면서 작곡을 한다! 그렇게 태어난 곡이 저 유명한 교향곡 5번 〈운명〉이었다. 첫 네 음, "다-다-다-단"이라는 강렬한 두드림은 마치 운명의 문을 두드리는 망치 소리 같다. 청력을 잃은 비극이 오히려 인류 역사상 가장 강렬한 음악으로 승화됐다.

그 뒤로도 교향곡 9번 〈합창〉을 작곡했다. 초연 무대에서 지휘봉을 흔들던 그는 청중의 환호를 듣지 못했다. 무대에 함께 있던 가수가 그의 어깨를 잡아

돌려세웠을 때, 그는 객석이 기립박수로 물결치는 장면을 눈으로만 확인할 수 있었다.

그 순간은 음악사는 물론 인류사에서도 위대한 인간승리로 기록됐다. 과연 사람이 못할 일이 무엇일까? 베토벤은 최악의 상실을 통해 인류가 영원히 감동할 최고의 작품을 남겼다.

살다 보면 몇 번의 굴곡이 없을 수 없다. 길이 갈라지고, 발걸음이 머뭇거린다. 불안, 갈등, 의문이 들끓는 지점에 이르게 된다. 앞은 보이지 않고 뒤로도 갈 수 없다. 그 자리에 멈춰 서서 오래도록 하늘을 올려다본다. 바람은 매섭고, 눈보라는 차갑다. 그 순간이 막다른 골목, 즉 전환점이다. 삶은 달리기를 요구하지만, 멈춰야만 깊은 울림을 듣고 이정표를 제대로 볼 수 있다.

막다른 골목에 이르면 두려움이 앞선다. 새로운 길을 택하면 실패하는 것 아닌가? 두려움은 길을 막는 괴물이 아니라 길을 안전하게 안내하는 이정표다. 전환점은 선택이다. 한쪽은 익숙한 길, 다른 쪽은 낯선 길. 익숙함을 붙잡고 싶다. 그러나 전환점이 묻는다. "어제의 너로 남을래? 아니면 미래의 너로 나아갈래?"

전환점에 서면 누구도 대신해 줄 수 없다. 조언이나 위로는 크게 도움이 안 된다. 인생사가 그렇듯 결국 내가 선택해야 한다. 한 걸음을 내딛으면 길이 열린다. 그 길은 낯설고 어둡지만, 언젠가는 작은 빛이 새어 들어온다. 그 빛은 거창한 영광이 아니라, 내 마음에 스미는 조용한 안도감이다. "잘 왔다. 잘 선택했다."라고 자신에게 속삭일 수 있는 순간이 온다. 그것이 전환점이 주는 선물이다.

직장을 옮기고, 결혼하고, 아이를 낳고, 부모님이 떠나시는 순간. 전환점은 그런 큰 사건에서만 오는 것이 아니다. 아침에 눈을 뜨며 오늘 하루를 어떻게 살지를 다짐하는 그 작은 순간도 전환점이다. 삶은 수많은 고비의 연속이고, 나는 매일 조금씩 다르게 태어난다.

전환점에서 나는 오래도록 내 이름을 불러 본다. 누구의 엄마도, 누구의 딸도, 누구의 직원도 아닌, 오직 나 자신의 이름. 세상이 지워온 나의 빛깔을 다시 찾아내는 자리. 전환점은 내 안의 목소리를 되살리고, 그 목소리는 나를 새로운 길로 이끈다.

수연씨는 마흔둘. 아침이면 허겁지겁 지하철에 몸을 싣고, 사무실에서도 늘 바쁘다. 점심시간에는 비슷한 식당과 메뉴. 동료들과 웃고 떠들지만 웃음은 습관처럼 입술에만 걸려 있을 뿐 마음은 비어 갔다. "내 삶은 어디로 가고 있는 걸까?"

가끔 전철 창에 비친 얼굴을 보면, 오래된 피로와 무력감이 보인다. 그러던 어느 날, 회사 구조조정이 발표됐다. '수연'이라는 이름이 지워졌다. 10여 년 동안 매달려 온 자리가 종이 한 장으로 사라졌다. 동료들은 위로했지만, 자신이 낯설고 초라했다.

집에 돌아와 불 꺼진 방에 앉아 속으로 중얼거렸다. "나는 이제 끝난 걸까?" 며칠 동안 방황했다. 아침에 눈을 떠도 갈 곳이 없고, 저녁이 되니 더 허망했다. 손에 잡히는 건 공허뿐이다. 그러던 어느 새벽, 창밖에서 모르고 지냈던 새소리가 들려왔다. 오래전부터 잊고 살았던 맑은 노래였다. 그 순간, 그녀의 가슴속에서 낯선 울림이 일었다. "다시 시작하자! 나는 아직 젊다. 아니 새로 출발하는데 일흔 살이면 어떠냐."

수연씨는 오래 미뤄두었던 물감을 꺼냈다. 젊은 시절 꿈꾸었던 그림. 캔버스 앞에 앉아 붓을 드는 손은 서툴고 떨렸지만, 하얀 바탕 위에 첫선이 스쳐 지나가는 순간, 눈물이 터졌다.

"그래, 내가 좋아하고 공부했던 그림으로 먹고살자. 나는 할 수 있다." 새로운 삶의 시작을 알리는 눈물이었다.

전환점은 꼭 거대한 무대나 특별한 기회로 오는 것이 아니다. 막다른 골목에 이르렀을 때, 다시 일어서는 작은 결심도 전환점이다.

5부

가족이라는
거울 앞에서

결국 삶의 뿌리는 가족이다. 부부, 부모와 자식 관계는 우리를 힘들게 하지만 동시에 가장 크게 성장시키는 햇빛이다. 나를 기쁘게 하고, 슬프게 하는 삶의 중심이다. 나를 돌아보게 하는 거울이다. 가족은 때로 짐이지만 끝까지 나를 지켜주는 최후의 참호다.

"부모는 아이들에게 경험과 기억을 물려주고, 아이들은 부모에게 불멸을 선물한다."(조지 산타야나)

아이들도 부모를 키운다

○ ● ○

　세상에 웃음을 전하던 배우 로빈 윌리엄스는 영화 속에서는 늘 밝고 따뜻했다. 그러나 자신을 자주 "서툰 아빠"라 했다. 바쁜 촬영과 우울증 때문에 아이들과 함께하는 시간이 부족했다. 아이들을 사랑했지만 제대로 표현하지 못했다.

　그는 세 번 결혼해 세 명의 자녀를 두었다. 딸 젤다는 아버지가 세상을 떠난 후 "아빠는 누구에게나 따뜻했지만, 나는 너무 외로웠다"고 회상했다. 그의 부재가 자식들에게 아픔을 주었다. 장남 잭은 "아버지는 놀라울 만큼 자상했지만, 동시에 내면에 많은 불안을 안고 있었다."고 했다. 막내 코디는 "아빠는 내 영웅이었다. 그러나 영웅도 지칠 수 있다는 걸 이제 안다."고 고백했다.

　로빈의 자녀들은 아버지를 향한 사랑과 아픔을 함께 간직하고 있다. 그는 완벽한 아버지는 아니었지만, 자식들에게 인간적인 모습을 보여주었다. 동시에 부모라는 자리가 얼마나 힘들고 복잡한 것인지 알려준다.

　그는 "아이들이 원한 것은 내 웃음이 아니라 함께 있는 시간이었다. 나는 그 자리를 지키지 못했다."고 고백했다. 그의 고백은 부모가 된다는 것이 너무나 어렵고, 많은 후회가 쌓이는 자리라는 걸 보여준다.

세상에서 제일 어려운 것이 자식농사다. 대부분 준비 없이 부모가 된다. '부모'는 자격증으로 얻는 것이 아니다. 아이의 첫 울음소리가 맺어주는 운명이다. 부모가 됐다고 해서 곧 지혜롭고 성숙해지는 것도 아니다. 매일이 시행착오고, 매일이 후회다.

첫 아이를 낳은 지현씨는 아기의 울음소리를 듣고 무엇을 원하는지 알지 못해 늘 불안했다. 배부르게 먹였는데 울고, 기저귀를 갈아주었는데도 울었다. 서툰 손길로 아이를 안고 "미안해, 엄마가 아직 잘 몰라서 그래"라고 속삭이곤 했다.

나도 그랬다. 아이의 몸에 열꽃이 올라왔을 때, 심장이 내려앉는 것 같았다. 아이를 안고 달려간 병원에서 "괜찮다. 흔한 증상이다."라는 말을 듣고 돌아오면서도 불안을 떨치지 못했다. 나는 깨달았다. '부모라는 자리는 확신보다 두려움이 먼저 찾아오는구나.' 나는 두 딸을 사랑했다. 그러나 그 사랑이 반드시 좋은 모습으로 전달되지는 않았다.

민수씨는 늘 "내 아이만큼은 성공시키고 싶다."는 마음으로 아이를 몰아붙였다. 그러나 시간이 지나며 아이는 "아빠랑 이야기하면 늘 잔소리만 듣는다."며 마음을 닫아버렸다. 민수씨는 그제야 깨달았다. 사랑이라는 이름으로 건네는 말도 때로는 아이에게는 무거운 짐이 된다는 걸.

나는 오랫동안 부모는 실수하지 않는 존재여야 한다고 생각했다. 그러나 현실의 나는 늘 서툴렀고, 종종 아이에게 상처 주는 말을 내뱉고, 화를 냈다. 어느 날, 초교생 딸이 숙제를 안 해 화를 냈다. 울음을 터뜨린 아이가 방문을 닫고 들어가 한동안 흐느끼는 소리가 들려왔다. 그날 밤, 나는 조심스레 문을 열고 들어가 "아빠가 미안해."라고 말했다. 딸은 눈물 자국이 남은 얼굴로 고개를 끄덕이며 내 손을 잡았다. 부모의 사과는 권위가 무너지는 것이 아니라, 오히려 아이에게 더 깊은 믿음을 준다는 것도 그제서야 알았다. 그 부족함 덕분에 나도 성장했다.

지영씨는 사춘기 딸과 대화를 이어가기 힘들었다. 아무리 물어도 "몰라. 모른다니까."라는 대답만 돌아왔다. 그러던 어느 날, 딸이 학교에서 왕따를 당하고 있다는 걸 알게 되었다. 지영 씨는 큰 충격을 받고 딸과 함께 울었다. 뒤늦게 깨달았다. '아이의 아픔을 해결해 주는 부모가 되지는 못하더라도, 함께 울어주는 부모는 되자.' 아이들은 부모를 시험대에 올려놓는다. 질문을 쏟아내고, 반항하고, 침묵으로 부모를 흔든다. 그렇게 부모는 배우고 성장한다. 결국 아이들도 부모를 키운다.

나는 여전히 서툴다. 두 딸을 생각하면 지금도 불안과 희망이 교차한다. 아이와 다투고 나면 늘 후회가 밀려들었다. 딸들은 다 컸다. 이제는 모두 지나간 세월이다. 아쉬운 과거지만 교정할 수도 없다. 그러나 두 딸을 키우며 너무나 행복한 세월이었다. 자식은 영원한 숙제지만 영원한 행복의 원천이다.

이제는 두 딸의 인생에 행복이 가득하기만을 멀리서 기원하는 게 전부다. 나는 그 '기원'의 힘을 믿는다. 예전 어머님들이 장독대에 정한수를 떠 놓고 기도하는 마음일 것이다. 기도는 약발, 효험이 있다. 온 우주가 나의 소원을 듣고 보고 있으니까. 내가 말하지 않아도, 딸들은 나의 염원을 느낌으로 알 수 있으니까. 서툰 덕분에 더 많이 배우고, 더 자주 돌아보고, 더 깊이 사랑할 수 있었다고 스스로 위안한다. 완벽한 부모는 없다면서.

이제 딸들은 엄마가 되었다. 자식들이 이렇게 말해 주면 참 좋겠다. "우리 부모님은 서툴렀지만 진심으로 나를 사랑했다." 과한 욕심일까? 나의 부족함을 사랑으로 채워 나간 흔적이 딸들의 마음속에 남았다면, 나의 서툼은 더 이상 실패가 아니라 가장 소중한 기록이 되리라 믿어본다.

| 젊은 아빠는 어디로 갔을까? 세상 풍파를 거쳐온 주름진 얼굴, 그 안에 사라

지지 않는 그림자가 있다. 그것은 아이들에게 잘해주지 못한 미안함이다.

나는 늘 일을 핑계 삼았다. 아이와 놀아주겠다는 약속도, 함께 산책하자는 청도 "내일 하자"라며 미뤘다. 하지만 인생의 내일은 생각보다 짧았다. 돌아보니, 그 내일들이 모여 아이들의 어린 시절이 지나가 버렸고, 나의 주름은 더 깊어졌다.

이제 나는 아이들 곁에서 무엇을 해줄 수 있는 나이를 넘어섰다. 다만 먼발치에서 딸들의 삶을 지켜보고, 내가 비워놓은 자리를 그들이 잘 메워가기를 바라며, 기도할 뿐이다. 가끔은 꿈에서 어린 시절 두 딸이 내 손을 꼭 잡고 "아빠, 같이 가자"라며 웃던 장면이 나타난다. 꿈에서 깨어나면 방 안은 고요하고, 남은 건 뿌연 눈물뿐이다.

나는 서툰 아빠였다. 아니, 그런 말로도 부족하다. 다만 나의 부족한 사랑이 자식들의 삶 어딘가에 작은 불빛만큼이라도 남아 있다면, 그것으로 족하다.

> "완벽한 부모가 되는 것은 불가능하다. 다만 좋은 부모가 되려 노력하라."
> - 데이브 윌리스

> "아이는 부모의 말을 잘 듣지는 않지만 흉내 내는 데는 절대 실패하지 않는다."
> - 제임스 볼드윈

미국 심리학회의 연구에 따르면 부모가 실수를 인정하고 아이에게 사과하는 모습을 보일 때, 아이들은 더 높은 정서적 회복탄력성을 보였다.

뒤늦은 길

멀리서 본다, 네 삶의 길 위에, 빛과 그늘이 교차하는 것을.
나는 손 내밀 수 없지만, 하늘에 올린 작은 기도가, 너의 꽃밭에 빛이 되길.
흰머리로 남은 하나의 소망- 네가 웃으며 살아가기를.

여보, 화만 내서 미안해

○ ● ○

　가수 폴 매카트니는 한때 세상의 모든 스포트라이트를 받았었다. 그러나 그는 자주 말했다. "나는 남편으로 소홀하다."

　비틀즈 시절과 이후의 솔로 활동 속에서 그는 극도의 스트레스와 불안에 시달렸고, 그 불안을 가장 가까운 사람인 아내 린다에게 쏟아내곤 했다. 사소한 일에 짜증을 내고, 바쁜 일정 때문에 가정에 소홀했다.

　린다는 그를 원망하기보다 언제나 곁에서 묵묵히 지탱해 주었다. 매카트니는 뒤늦게 "내가 흔들릴 때마다 그녀는 조용히 나를 잡아주었다. 너무 늦게서야 그 고마움을 알았다."고 회상했다.

　1998년 린다가 세상을 떠나자, 그는 절망했다. "나는 그녀가 살아 있을 때 사랑의 말을 건네지 못했다. 그녀는 늘 내게 행복감을 주었는데, 나는 화를 낼 때가 많았다." 그 후 그는 무대 위에서 아내를 추억하는 노래들을 불렀고, 곁에 있을 때 표현하지 못했던 사랑을 음악으로 남겼다. 그런 뒤늦은 행동이 어떤 의미가 있을까?

　나는 화를 많이 내며 살았다. 세월 속에서 쌓인 피로와 짜증을 고스란히 아내에게 쏟아붓곤 했다. 사소한 일에도 목소리를 높였다. 그러면서도 "아내니까 괜찮겠지" 라며 나를 합리화했다. 그 모든 순간이 지금은 뼈저리게 후회스럽다.

우리는 가난한 젊은 시절을 함께 건너왔다. 아내가 보고 싶어 빨리 퇴근하고 싶었었다. 반찬이 변변치 않아도, 서로의 사랑을 확인하며 행복해하던 때가 있었다. 나는 아내가 나를 의지하고 있다고 믿었지만, 사실은 내가 아내에게 더 크게 기대고 살아왔다는 걸 나중에야 깨달았다.

평생 가난한 살림을 꾸려가고, 아이들을 키우고, 나의 화를 견디면서도 아내는 잔소리를 단 한마디도 하지 않았다. 그 고마움을 나는 당연한 듯 받아들였다. 이루지 못한 꿈과 불만족을 아내에게 화풀이했다. 너무나 어리석은 짓이었다. 아내는 그런 나를 원망하기보다 늘 '저 사람이 힘들어서 그런가 보다.'라며 나의 화를 삭이며 살았다.

세월이 흐르면서 아내는 점점 말이 줄고 병을 얻었다. 아내의 침묵 속에 담긴 상처와 체념을 나는 너무 늦게야 깨달았다. 아내의 침묵은 평화가 아니라, 더는 기대할 수 없다는 단념이었으리라.

이제 우리는 머리가 하얘지고, 얼굴에는 세월의 그림자가 짙게 드리웠다. 젊은 날은 가고 남은 것은 깊은 참회뿐이다. 아내가 내 곁에 있어 준 것이 기적같다. 너무나 고맙다. 나의 천사, 내 사랑. 어찌 평생을 잔소리 한마디 없이 나의 화와 가난을 견뎌 왔을까? 아내의 마음이 떠났다면 나는 오래전부터 텅 빈 껍데기로 산 것이다.

나는 아내를 웃게 해주지도 못했고, 따뜻하게 안아주지도 않았다. 하지만 아내가 한 가지는 꼭 믿어주었으면 한다. 아내에 대한 사랑이다. 사랑이 밥 먹여주지도 못했지만. 이제는 늦었으나, 남은 세월만이라도 다르게 살고 싶다. 아내의 손을 꼭 잡고, 아내의 목소리에 귀 기울이며, 따뜻한 말 한마디라도 더 건네고 싶다.

서툰 남편이었지만, 아내를 사랑하는 마음만은 흔들린 적 없었다. 내가 이 세상을 떠날 때 남겨줄 거라고는 말밖에 없어서 더 미안하다. "미안해. 사랑해."

> "사랑은 두 사람이 서로를 바라보는 것이 아니라 같은 방향을 보는 것이다."
>
> — 생텍쥐페리

> "좋은 결혼은 평생 이어지는 대화다."
>
> — 앙드레 모루아

미시간대 사회연구소에 따르면 늙은 부부의 삶의 만족도는 경제적 수준보다 동반자 의식에 더 크게 좌우된다. 함께 식사하고, 대화하며, 작은 일상을 공유하는 시간이 많을수록 삶의 만족도가 높다.

아내의 마음

아내의 눈 속에서 인내의 세월을 본다.
아내의 손에는 내가 잡지 않은 빈자리가 크다.
아내는 언제나 내 손을 먼저 잡았다.
아내의 침묵 속에서 회한도 희망도 흘러갔다.
남은 날들은, 아내가 침묵을 깨고, 함께, 세상을 보내고 싶다.

부부라는 동행

○ ● ●

　러시아의 대문호 레프 톨스토이는 인간계의 실상을 깊이 그려냈지만, 정작 결혼생활은 순탄치 않았다. 결혼 초기는 열정과 헌신으로 가득했다. 소피아(18)는 톨스토이(34)와 결혼 후 그의 작품을 정리하는 등 문학에서도 동반자가 되었다. 시간이 흐르며 두 사람 사이는 금이 갔다.

　톨스토이는 금욕과 신앙적 이상을 추구하며 재산을 농민에게 나누어주고 단순한 삶을 살고자 했다. 소피아는 13명의 아이를 낳았지만 8명을 잃었고, 생존한 자녀들의 교육과 생계를 걱정했다. 남편의 과격한 선택 때문이었다. 톨스토이는 "사랑 없는 육체적 관계는 죄악"이라며 극단적인 도덕적 순결을 주장했다. 소피아는 남편의 일기에서 다른 여성과의 관계를 발견, 상처가 깊었다.

　그들의 결혼은 애정과 갈등, 존경과 분노의 반복이었다. 톨스토이는 때로 아내를 "내 영혼의 짐"이라 불렀고, 소피아는 그를 "위대한 작가이지만 잔인한 남편"이라고 회고했다. 그러나 톨스토이는 소피아 없는 자신의 작품이 세상에 나오기 어려웠음을 인정했고, 소피아 또한 평생 그의 문학적 유산을 지켜냈다.

　톨스토이 부부의 삶은 역설적이다. 사랑과 갈등이 얽힌 모순의 관계였지만, 바로 그 긴장 속에서 톨스토이는 사랑과 결혼, 인간 존재에 대한 깊은 성찰을 남겼다. 부부란 단순히 행복을 나누는 관계가 아니다. 갈등과 차이를 견디며 서로를 성숙하게 만드는 가장 근원적인 만남이다.

부부란 무엇일까? 혼인신고서로 맺어진 법적 관계일까? 사랑을 약속한 영혼의 동반자일까? '사회적 동물'인 인간은 관계 속에서만 온전하게 존재할 수 있다. 부부는 가장 밀착된 운명공동체다.

아침에 눈을 뜰 때 마주하는 얼굴, 저녁에 지친 몸을 기댈 수 있는 어깨, 삶의 고통과 기쁨을 함께 짊어지는 반쪽. 부부는 단순한 동거인이 아니라 서로의 존재를 비추는 거울이다.

사랑은 열정으로 시작한다. 가슴이 두근거리고, 서로의 모든 것이 특별하게 느껴진다. 그러나 플라톤이 말했듯, 사랑은 열정을 넘어 '선의 추구'가 되어야 한다. 부부는 뜨거운 사랑의 불꽃이 꺼진 뒤에도 그 불꽃의 재 위에서 따뜻한 불씨를 지켜내야 한다. 연인은 감정이 먼저 오지만 부부는 '지속적인 정성과 배려'로 묶인다. 매일 아침 옆에 서서 같은 곳을 바라보겠다는 다짐, 그것이 부부를 연인과 구분하는 본질이다.

부부는 두 세계의 충돌이다. 사르트르는 "타인은 지옥"이라고 했지만, 그 말은 동시에 "타인은 나를 완성하는 거울"이라는 의미다. 부부는 가장 가까운 타인이다. 서로의 습관, 성격, 상처, 욕망을 마주하며 때로는 지옥 같은 갈등을 겪는다. 그러나 바로 그 갈등 속에서 성숙한다. 눈물의 밤에도, 웃는 아침에도, 그 불완전한 동행이 인생을 완성한다. 결혼은 상대의 세계를 억지로 바꾸는 것이 아니라, 다른 세계와 공존하는 법을 배우는 과정이다.

부부는 서로의 자유를 억압하는가, 아니면 확장하는가? 부부는 때로는 족쇄처럼 느껴지기도 한다. 철학자 카를 야스퍼스는 '궁극적 만남'을 통해 인간은 비로소 자기 자신을 발견한다고 했다. 즉, 진정한 부부란 서로의 자유를 제한하는 것이 아니라, 더 깊은 자유로 이끌어 준다. 혼자였다면 도달할 수 없었던 감정과 책임을 배우며 더 성숙하고, 더 넓은 세계로 나아간다.

부부는 함께 고통을 겪는다. 가난을 함께 견디며, 상처 주는 말을 한 뒤에도 서로에게 기댄다. 철학자 한나 아렌트는 인간 사회를 지탱하는 힘은 '용서와 약속'이라고 했다. 부부 관계야말로 그 말의 진정한 실험장이다. 부부는 상처를 주고받으면서도, 용서하고 약속하며 다시 돌아온다. 완벽하지 않음을 인정하고, 불완전함 속에서도 함께 살아가는 것, 그것이 부부의 본질이다.

연애가 순간의 불꽃이라면 부부는 시간을 견디는 불씨다. 하루하루 반복되는 식탁 위의 대화, 늘 비슷한 길을 함께 걷는 발걸음, 때로는 같은 말로 시작되는 다툼과 화해. 이 끝없는 반복 속에서 두 사람은 서로를 더 깊이 이해하고 서서히 닮아간다. 부부란 바로 그 일상의 반복을 견디며, 단순한 습관을 삶의 의미로 바꾸어 가는 존재다. 부부는 같은 배를 타고 시간의 강을 함께 건넌다.

부부는 단순한 개인의 연합이 아니다. 두 사람은 함께 새로운 세계를 창조한다. 아이가 태어나면 새 우주가 열린다. 아이가 없더라도 부부는 서로의 삶을 엮어 새로운 역사를 쓴다. 철학자 마르틴 부버는 "나는 너를 통해 내가 된다."고 말했다. 부부란 서로의 '너'를 통해 자기 존재를 완성하는 우주적 만남이다.

결혼은 고통 속에서 성숙해 가는 여정이다. 열정 뒤의 우정, 자유를 확장해 주는 동행, 상처를 주고받으면서도 다시 손을 잡는 용서. 부부는 완벽하지 않지만, 바로 그 불완전함 속에서 진실한 인간의 모습을 나눈다.

서울 외곽의 좁은 원룸에서 신혼을 시작한 문식씨는 늘 빠듯한 살림 속에서도 열심히 살았다. 낮에는 공사장에서 일을 하고, 밤에는 대리운전을 나갔다. 아내 순혜씨는 편의점에서 아르바이트를 하며 생활비를 보탰다. 남편이 집에 들어오면 아내는 출근했고, 아내가 돌아오면 문식씨는 다시 일을 나갔다. 하루에 얼굴을 마주보며 대화하는 시간조차도 힘들었다.

그러나 짧은 대화의 시간이 두 사람의 삶을 붙들어 주었다. 문식씨는 새벽마다 아내가 좋아하는 따뜻한 두유를 책상 위에 올려놓았고, 아내는 퇴근길에 김밥 한 줄을 사 와 남편의 가방 속에 넣어두곤 했다. 피곤에 절어 대화는 길지 않았지만, 서로를 향한 그 진실한 마음이 긴 하루를 버티게 했다.

몇 년이 흘러 형편이 조금 나아졌을 때, 아내가 말했다. "우리 참 많이 힘들었지. 그래도 그 시간 덕분에 지금이 있는 것 같아."

문식씨는 말없이 고개를 끄덕이며 순혜씨의 손을 꼭 잡았다. 그들의 부부 생활은 특별하지 않았다. 하지만 고단한 하루 속에서 놓치지 않았던 작은 배려와 기다림이, 함께 살아온 세월의 증거가 되었다. 부부는 거창한 맹세가 아니라, 눈에 띄지 않는 하루의 조각들을 함께 붙여간다.

"결혼은 두 사람이 함께 인간이 되는 과정이다. 결혼은 사랑의 최고 형태이며 인간이 자신을 완성하는 학교다. 결혼은 내가 누구인가를 시험하는 가장 확실한 방법이다"
- 괴테

"결혼은 책임을 받아들이고 절제를 배우게 한다."
- 간디

자식은 영원한 숙제인가?

○○●○

　20세기 문학의 거장, 어니스트 헤밍웨이(사진은 헤밍웨이와 아들들)는 강인한 남성성과 모험, 전쟁의 체험을 글에 담아냈다. 그러나 화려한 명성과 달리, 아버지로서의 삶은 불안과 갈등의 연속이었다. 세 아들을 두었지만, 끊임없는 여행과 집필, 전쟁특파원 등으로 활동하며 함께하는 시간이 부족했다.

　장남 잭은 "아버지의 이름이 내 삶의 짐이었다."고 회상했다. 헤밍웨이는 강한 남자가 되길 요구했지만, 잭은 늘 그 기대를 충족하지 못한다고 느꼈다. 둘째 아들 패트릭은 의사였는데 건강 문제와 가족과의 거리감으로 늘 불안정했다. 가장 크게 상처가 난 아들은 막내 그레고리였다. 그레고리는 어린 시절부터 아버지와 자주 충돌했다. 헤밍웨이는 아들에게 사냥, 낚시, 복싱 같은 전형적인 남성적 강인함을 요구했다. 하지만 그레고리는 그 틀 안에서 자신을 발견할 수 없었다. 성인이 된 뒤 그는 성 정체성 문제로 방황했고, 여장을 하거나 여성의 삶을 꿈꾸기도 했다. 헤밍웨이는 이를 받아들이지 못했고, 격렬한 다툼 끝에 부자는 서로에게 깊은 상처를 남겼다.

　그레고리는 여러 번 정신적·사회적 위기를 겪었고, 아버지의 그림자를 벗어나지 못한 채 방황했다. 아버지를 사랑했지만, 동시에 가장 두려운 존재로 기억했다. "나는 아버지 앞에서 나 자신일 수 없었다" 인간을 파헤치는 위대한 작가조차도 자식과 부모의 관계가 얼마나 복잡하고 힘든 숙제인지를 보여준다.

누구나 부모가 된 순간부터 걱정이 앞선다. "내가 제대로 하고 있나?"

열이 나면 아기를 안고 병원으로 뜀박질한다. 학교에서 뒤처지면 마음이 무너진다. 자식은 더 없는 행복감을 주지만 늘 부모를 시험대에 올려놓는다. 문제를 풀어주며 "왜 이것도 모르니" 하고 다그쳤다가 아이가 울음을 터뜨리면 어쩔 줄 모른다. 부모되기는 간단치 않다.

흔히 부모의 사랑은 무조건이라고 하는데, 그 뒤에는 수많은 염려와 기대가 뒤섞여 있다. 아이가 건강하길, 공부를 잘하길, 좋은 직업을 갖길, 착한 사람을 만나 행복하길 기대한다. 기대가 클수록 불안은 더 짙어진다. "혹시 내 욕심 때문에 아이를 힘들게 하는 건 아닐까?"라는 생각도 든다. 부모는 자식 앞에서 갈대다. 세상에 완벽한 부모는 없다. 그래서 자식사랑은 언제나 미완성의 숙제로 남는다.

아이들이 사회인이 되어도 부모는 마음을 놓을 수 없다. 취업이 늦어지면 속이 타고, 결혼을 미루면 애간장이 녹고, 손주가 태어나면 또 다른 걱정이 시작된다. "이제는 다 컸으니 내 숙제도 끝났다"라고 말하고 싶지만 천만의 말씀이다. 부모의 마음속에는 늘 새로운 자식문제가 솟아난다. 자식은 인생의 한 페이지가 아니다. 평생 풀어야 할 과제다.

부모는 늘 흔들린다. 자식의 선택을 존중하고 싶지만 실패할까 두려워 개입한다. 진학, 직업, 결혼까지 부모는 간섭하지 않을 수 없다. 자식은 "내 인생"이라고 외치지만 부모는 "너는 나보다 사회와 인간을 모른다."고 말한다. 부모의 개입과 소망 속에는 부모의 미완의 꿈이 숨어 있기도 하다. 자식은 부모의 기대와 자기 삶 사이에서 흔들리지만, 자식 이기는 부모 없다.

부모의 숙제는 사회적 시선 속에서 더 무겁게 느껴진다. 아이의 성적, 직장, 결혼 여부가 곧 부모의 자존심이 되기도 한다. 친척이나 이웃을 만날 때 혹 누가 "누구 집 아이는 잘한다는데~."라고 말하면 부모마음에는 상처가 날 수 있다. 자식의 삶이 곧 부모의 성적표가 되어버리는 사회에서, 부모의 숙제는 더 무거워진다.

자식은 정말 영원한 숙제일까? 사실 부모가 해야 할 일은 정답을 맞히는 것이 아니다. 옆에 서 있고, 고민을 들어주고, 약간만 도와주면 된다. 아이의 고민을 다 해결해 줄 수도 없고, 그래서도 안 된다. 숙제를 대신 풀어주지 말고, 숙제 푸는 모습을 지켜보면 된다. 자식이 부모의 삶을 통해 배우는 것은 부모의 성적표보다는 실패를 견디고 다시 일어서는 모습, 성실하게 사는 모습이다.

자식을 키우는 일은 결국 부모 자신이 배우는 과정이기도 하다. 아이가 아프면 부모는 무력함을 깨우치고, 아이가 반항하면 부모는 인내를 배운다. 아이가 커서 부모 곁을 떠나면, 부모는 비로소 자기 자신을 뒤돌아보게 된다. 자식은 부모가 키우지만, 자식도 부모를 성숙, 발효시킨다. 부모의 삶과 인성은 아이를 키우면서 더 깊어진다.

자식은 부모에게 아마도 영원한 숙제로 남을 것이다. 그러나 그 숙제는 괴로움이 아니다. 사랑과 성찰, 성장과 배움의 길이다. 자식은 숙제이자 최고행복이다.

충청도 작은 마을에 사는 은숙씨는 일흔 중반이다. 남편과 함께 평생 농사를 지으며 다섯 남매를 키웠다. 아이들을 공부시키려고 새벽마다 밭에 나가 일했고, 일년내내 장터에 나가 직접 기른 농작물을 팔았다. 그때는 "아이들만 잘되면 된다."는 마음 하나로 버텼다.

자식들이 장성해 가정을 꾸렸을 때, 그녀는 드디어 숙제가 끝났다고 생각했다. 그러나 어느 날, 미혼인 막내가 직장을 그만두고 집으로 돌아왔다. 은숙씨는 또다시 불안한 마음에 어쩔 줄 몰랐다. "이 나이에 내가 다시 자식 걱정을 해야 하나" 하는 생각이 스쳤지만 "부모란 원래 그런 게 아닐까"라고 생각했었다.

요즘 그녀는 자식들에게 전화를 걸어도 길게 묻지 않는다. "밥은 잘 먹고 있니?" "우리 손주들도 잘 있지?" 짧은 말로 마음을 전한다. 자식들은 이미 어른이 되었지만, 은숙씨에게는 여전한 숙제다. 그러나 그녀는 이제 그 숙제를 무겁게 여기지 않는다. 그 숙제 덕분에 살아왔고, 그 숙제가 있어 지금도 자식들과 이어져 있기에.

> "부모가 자식에게 줄 수 있는 선물은 뿌리(정체성과 소속감)와 날개(자유와 자립심)다."
>
> - 호딩 카터

부모자녀관계의 연구로 유명한 고트먼연구소에 따르면 부모의 비난과 잔소리가 많을수록 아이의 자존감과 부모와의 유대감이 약해진다. 격려하고 공감하면 학업, 사회성에 긍정적 효과를 준다.

어머니 너무나 보고 싶습니다

○ ● ○

20세기 문학의 거장 콜롬비아의 가브리엘 가르시아 마르케스는 〈백년 동안의 고독〉으로 노벨문학상을 받았다. "내가 평생 쓴 글에는 어머니의 말씀과 행동, 인격이 들어있다."

그의 문학은 언제나 어머니를 품고 있었다. 어머니는 박식하지 않았으나 삶 자체가 아들에게 살아 있는 교과서였다. 마르케스가 젊은 시절, 어머니와 함께 고향 아라카타카로 돌아간 일이 있었다. 그녀는 오래된 집을 팔기 위해 아들을 데려갔다. 어머니는 마을의 풍경과 사람들의 이야기를 하나하나 들려주었다. 뜨겁게 내리쬐는 햇살, 먼지 낀 골목길, 고집 센 친척들, 오래된 이야기들…. 마르케스는 훗날 "그 여행이 내 문학의 계시였다."고 말했다. 그 기억이 〈백년 동안의 고독〉의 무대인 마콘도로 부활했다.

아버지는 밖으로 떠돌았으나 어머니는 자식들을 꿋꿋이 키웠다. 어머니는 가난했지만 "힘들어도 품위를 잃지 말라"고 강조했다. 마르케스는 "어머니는 내 문학의 윤리적 뿌리였다."고 회상했다.

어머니의 말은 거창한 훈계가 아니라 일상의 작은 습관 속에 스며 있었다. 새벽에 일어나 아침 식탁을 차리며 건네는 짧은 말씀, 힘든 하루가 끝나고 남기는 소박한 위로, 자식들의 실수 앞에서 보여준 인내…. 마르케스는 그런 어머니의 평범한 말과 태도가 자신을 지탱했다고 밝혔다.

특히 그는 "어머니는 언제나 현실을 직시하되, 결코 희망을 놓지 않았다"고 기억했다. 전염병이 마을을 휩쓸 때도, 전쟁의 참혹함 속에서도 그녀는 아이들에게 "우리는 견딜 수 있다, 내일은 온다."고 말했다. 이런 태도는 훗날 그의 소설 속 등장인물들이 보여준 고난 속의 유머, 절망 속의 생명력으로 살아났다. 어머니의 말씀과 삶이 있었기에, 그는 현실의 고단함을 마법같은 이야기로 바꿀 수 있었다.

나는 어머니를 생각하면 눈물이 난다. 나는 엄마가 너무나 보고 싶다. 삶이 힘들 때면 더 그렇다. 살다 보면 오래전 엄마의 목소리가 들려오곤 한다. 아침밥 짓는 냄새 속에서, 바람이 살짝 스치는 골목 모퉁이에서, 혹은 아무 이유 없이 눈물이 고이는 밤의 고요 속에서. 어머니는 저 위에 계시지만, 수시로 나를 위로하고 용기를 북돋우신다.

엄마의 말씀은 늘 크지 않았다. 세상을 뒤흔드는 교훈도, 화려한 문장도 아니었다. "밥 먹었니?" "천천히 해라" "몸부터 챙겨라." "네가 하고 싶은 대로 해라." 짧은 일상의 언어였지만 그 안에는 삶의 중심을 잡아주는 힘이 있었다.

어릴 땐 그 말씀을 그저 흘려들었다. 더 멀리, 더 빨리 가고 싶은 나에게 엄마의 말씀은 발목을 잡는 것 같았다. 하지만 세월이 흐르고, 혼자서 삶의 무게를 감당해야 하는 나이가 돼가면서, 그 말씀이 나를 지탱해 주는 뿌리였음을 깨달았다.

어머니는 힘든 와중에도 나를 보면 웃어주려 노력하셨다. 남의 어려움에 귀 기울이셨다. 내가 어릴 때는 온통 다 못살던 시절이었다. 굶는 집들이 수두룩했다. 우리 집도 가난했지만, 어머니는 우리 집에 오는 모든 이들에게 밥상을 차리셨다. 우리 집에는 중학교 1학년, 3학년인 형들 친구들이 자주 놀러 왔다. 나는 속으로 '형들이 친구들이 많네.'라고 생각했었다. 나중에야 알았다. 형 친구들은 자기네 집에 가면 굶으니까, 우리 집에 밥 얻어먹으러 온 것이었다.

어머니의 그런 모습은 말보다 더 깊은 가르침이었다. '혼자 사는 것 같아도 결국 서로 기대며 사는 거야.' 엄마의 삶은 그렇게 말하고 있었다. 어머니는 8남매를 키우시면서 자식들에게 회초리는커녕 단 한 번도 야단치지 않았고, 단 한마디의 큰소리도 내지 않으셨다.

지금도 힘든 날이면, 나는 속으로 어머니의 삶을 곱씹는다. 어머니는 언제나 '막내야, 괜찮아.' '언젠가는 좋은 날이 올거야.'라고 격려하신다. 그 위로가 내 어깨를 다시 세운다.

엄마는 내게 용기의 씨앗을 심어 주셨다. 그 씨앗은 때로 고통 속에서 움트고, 때로 기쁨 속에서 꽃을 피웠다. 이제 나는 내 자식들이 그 씨앗을 물려받았기를 소망한다. 세상은 변해도 엄마의 말씀은 변하지 않는다. 그 말씀들은 내 삶 속에 스며 있어, 내가 어떤 선택을 하든 조용히 나를 응원한다. 언젠가 저세상에서 다시 어머니를 만날 때까지 그 말씀을 품고 살아가리라. 저녁놀을 보고 있는 내가 할 수 있는 것이라고는 그것뿐이다.

머리카락이 하얘지고 나서야, 하늘에 계신 어머니를 더 가까이서, 더 선명히 보게 됐다. 어머니는 말없이 새벽을 여셨다. 다른 이들이 잠든 시간, 쌀을 씻는 소리와 아궁이의 나무 타는 냄새로 우리 집의 하루가 시작됐다. 나는 잠결에 그 소리를 들으며 자랐다. 그 소리는 어머니가 들려주시던 가장 깊은 노래였다.

어머니는 늘 손이 바빴다. 빨랫줄에 매달린 옷가지, 밭에서 돌아와 묻은 흙을 털어내는 몸빼바지, 그리고 마른 손으로 내 이마를 쓸어주시던 순간까지. 그 어떤 장면에도 사랑이 묻어 있었음을 내가 엄마가 되고서야 깨달았다. 이제는 세상 어디에서도 그 손길을 다시 느낄 수 없지만, 나는 여전히 어머니 곁에 머문다. 힘겨운 날이면, 엄마의 굳은 손이 내 어깨를 어루만지신다. 엄마의 말 없는 사랑이 나를 감싼다. "선숙아, 너는 잘하고 있는 거야. 지금처럼 살면 돼."

"현재의 나와 미래의 나는 모두 나의 천사인 어머니 덕분이다."   - 에이브러햄 링컨

"신은 어디에나 있을 수 없기에 어머니를 만들었다."   - 유대인

"가난한 집은 어머니의 마음으로 부자가 된다."   - 동양

영국의 심리학자 존 볼비는 어린 시절 부모에게서 느낀 애착경험이 평생의 정서적 안정과 회복력에 중요한 역할을 한다고 밝혔다.

목소리

창문을 스치는 바람 속에도 엄마의 목소리가 묻어 있다.
"밥은 먹었니?" 그 짧은 말씀 속에, 수천 마디의 사랑이 담겨있다.
"네, 잘 먹었어요." 속으로는 다른 말을 한다.
"엄마, 너무나 보고 싶어요."

아버지, 제가 제대로 살아왔을까요? ○●○

넬슨 만델라는 감옥에서 27년을 보냈다. 차가운 벽, 쇠창살, 끝없는 고독 속에서도 무너지지 않았다. 사람들은 그 강인함을 영웅의 의지라 했지만 만델라는 훗날 "아버지에게 정직과 강인함을 배웠다. 아버지는 침묵과 행동으로 지도자의 길을 가르치셨다."고 말했다.

만델라는 아버지가 농부이자 부족의 지도자로서 보여주신 태도를 기억했다. 화려한 말 대신 묵묵히 땅을 일구고, 쉽게 화내지 않고, 끝까지 자리를 지키던 모습. 그런 아버지가 어린 만델라에게는 가장 큰 교과서였다.

그의 기억 속에 선명히 남은 장면이 하나 있다. 어린 시절, 부족 회의에서 아버지는 늘 마지막까지 남아 모든 사람의 말을 경청했다. 때로는 젊은 전사들이 격렬하게 말다툼하고, 장로들이 언성을 높일 때도 아버지는 말없이 담배 연기만 뿜으셨다. 결론을 내릴 때가 되면 한마디 하셨다. "다 같이 결정해야 한다." 누구의 편도 들지 않고, 모두를 포용하는 태도였다. 어린 만델라는 그 모습을 지켜보며 지도자의 힘은 말이 아니라 태도와 인내에서 나온다는 것을 배웠다.

또 다른 기억도 있다. 어느 날 이웃 마을과 땅 문제로 갈등했을 때, 사람들은 무력을 쓰자고 했다. 그러나 아버지는 고개를 저었다. 그는 직접 상대 마을을 찾아가 대화했고, 며칠 뒤 두 마을은 평화롭게 문제를 풀었다. 만델라는 훗날

"아버지는 결코 화를 폭발시키지 않았다. 침묵과 끈기로 폭풍을 잠재웠다."고 회상했다.

감옥에서 그는 자주 눈을 감고 아버지를 떠올렸다. "아버지라면 지금 어떻게 하셨을까?" 대답은 언제나 같았다. 변명 대신 묵묵함, 절망 대신 버팀. 만델라는 그 답을 따라 하루하루를 견뎠다. 그 하루가 결국 남아프리카공화국의 혹독한 인종차별을 깨부수는 날까지 이어졌다.

그리운 아버지, 존경하는 우리 아버지.

저는 가끔 제 삶이 낯섭니다. '과연 이렇게 사는 게 맞나?'라는 생각이 들곤 합니다. 거울 속에 비친 얼굴이 분명 저인데, 그 눈빛 속에 묻어 있는 무게와 얼굴주름이 제가 알던 제가 아닌 것 같습니다.

어린 시절, 아버지를 따라 걷던, 그 달동네 골목길에서 저는 세상이 단순하다고 믿었습니다. 노력하면 되고, 정직하면 인정받고, 사랑하면 사랑이 돌아온다고 믿었습니다. 그런데 노력보다 아부가, 정직보다 돈이 더 강했습니다. 우정이 배신으로 돌아오기도 했습니다. 노력해도 문은 열리지 않았습니다. 저는 그럴 때마다 '아버지라면 어떻게 하셨을까' 하고 생각했습니다.

아버지는 늘 묵묵히 하실 일을 하셨습니다. 길게 설명하지 않고, 변명도 없이, 매일 같은 길을 걸으셨죠. 어린 저는 아무 생각 없이 살았습니다. 지금은 압니다. 그것이 버티는 힘이었고, 삶에 대한 예의였다는 것을.

저는 아버지처럼 살려고 애썼습니다. 아버지는 인내 노력 결단하셨습니다. 공부하다 졸리면 눈 속에 얼굴을 묻곤 하셔서 겨울이 끝날 때쯤이면 얼굴이 다 텄다고 어머니가 말씀하셨습니다. 일제에 대항해 고초를 겪으셨습니다. 저는 아버지의 반의반도 못 되는 삶을 살았고, 지금도 아버지가 가셨던 길에서 너무나 멀리 벗어나 있습니다.

저는 아버지가 써주신 휘호 〈일편빙심(一片氷心) 일척도건곤(一擲睹乾坤)〉을 오랫동안 간직했습니다. '맑은 마음으로 큰 꿈을 갖고 살라'는 말씀이었는데 용의 꼬리도, 뱀의 머리도 못 됐습니다.

아버지는 황무지 위에서 가난과 결핍을 견디셨습니다. 결단과 노력, 용기와 치열함으로 저희 8남매를 키우셨습니다. 지금은 예전보다 훨씬 빠르고, 훨씬 시끄럽습니다. 가끔은 제가 바보 같아 보일 때도 있고, 느리게 가는 것이 뒤처지는 것처럼 느껴지기도 합니다. 그럴 때면 제 선택이 틀린 건 아닌지 흔들립니다.

그럴 때마다 아버지가 생각납니다. "결단을 내리고 치열하게 노력해라. 손해를 보더라도 남을 믿고 그 마음을 헤아려라. 너 자신을 잃지 마라." 그러나 저는 결단을 내리지도 못했고, 치열하지도 못했습니다. 제 삶의 중심에는 언제나 아버지가 계셨습니다. 그래서 더 죄송하고 부끄럽습니다. 단 하나, 포기하지는 않았습니다. 열심히 살려고 노력은 했고 지금도 하고 있습니다. 힘든 날에도 최소한의 자존심은 지키며 버텼습니다. 그 정도는 누구나 할 수 있는 삶의 방식이겠지요.

이제 저도 늦은 나이가 됐습니다. 저는 부모님의 영전에 절을 할 때마다 "죄송합니다"는 말씀밖에 드릴 말씀이 없습니다. 제가 아버지를 존경하듯, 저의 두 딸도 저를 존경할 수 있을까요? 그 대답을 자신할 수 없습니다. "아버지, 저는 부족했지만 진심으로는 살았습니다." 남은 생, 충실히 살다 부모님 곁으로 가겠습니다. 존경하고 사랑하는 아버지.

저녁 무렵, 작은 아파트 창가에서 할머니가 뜨개질을 하고 있다. 바늘 끝에서 천천히 커지는 목도리를 바라보며 그녀는 문득, 세월이 길게 이어진 실 같다는 생각을 했다. 한 코 한 코는 때론 튼튼했고, 때론 허술했지만, 결국은 하나의 무늬를 이루며 여기까지 왔다.

그녀의 얼굴과 손에는 주름이 깊다. 그 주름 속에 젊은 날의 고된 노동, 아이들 밥상을 차리던 한숨, 남편과의 다툼, 가족의 웃음이 모두 새겨져 있다. 돌아보니 후회스러운 순간도 많았다. 더 크게 웃지 못했고, 더 따뜻하게 말하지 못했다. 그러나 지금 이 순간, 창밖에 걸린 노을빛이 방 안을 붉게 물들이는 걸 바라보며 생각했다. "어떻게든 살아왔구나. 완벽하진 않았지만 버텼고, 사랑했고, 여기까지 왔구나."

손에 쥔 목도리를 무릎 위에 내려놓으며 미소를 지었다. 멀리 있는 자식들이 곧 찾아와 이 목도리를 두르고 웃는 모습이 떠올랐다. 마음이 차분해졌다. 이제 남은 길은 길지 않을지라도, 오늘 하루를 온전히 사랑했다는 사실이 위안이 되었다.

"뒤를 돌아보니, 걸어온 길 위에 부모님과 저의 발자국이 나란히 찍혔습니다." 그녀는 천천히 눈을 감으며 속삭였다. "그리운 아버지 어머니, 그리고 나의 인생아… 모두 고맙습니다. 내 몫만큼 살았습니다."

"인간의 무의식 속에는 조상으로부터 이어받은 기억과 상징이 존재한다. 자신을 이해하려면 그 뿌리를 이해해야 한다."
- 칼 융

"아버지는 늘 말씀하셨다. '하고 싶은 일이라면 언제든 늦지 않다. 시도하기 전에는 자신이 어디까지 해낼 수 있을지 모른다.'고 하셨다."
- 마이클 조던

나이 들수록 부모님이 더 그립습니다 ○●●

백범 김구 선생은 평생을 조국 독립을 위해 헌신했지만, 마음속 깊이 간직한 슬픔이 있었다. 그것은 나라를 잃은 비통함은 물론이지만, 부모님을 충분히 모시지 못한 회한이었다.

젊은 시절, 선생은 의병 활동과 독립운동을 위해 고향을 떠났다. 그때 어머니 곽낙원 여사는 아들을 붙잡지 않았다. 오히려 싸움터에 나서는 아들에게 낡은 옷가지를 챙겨 주고, 품에 주먹밥을 넣어 주며 말씀하셨다. "네가 하는 일이 옳다면, 어미는 너를 말리지 않는다. 다만 끝까지 꿋꿋이 서라." 훗날 김구 선생은 고백했다. "나는 나라에는 충성을 다했으나, 어머니께는 효를 다하지 못했다."

실제로 김구 선생은 옥고를 치르고, 망명지에서 싸우는 동안 부모님의 임종조차 지키지 못했다. 아버지 김순영 공이 세상을 떠났을 때 감옥에 있었다. 어머니 곽낙원 여사가 중국으로 망명해 아들을 돌보며 늙어갈 때도 독립운동으로 늘 자리를 비웠다. 곽낙원 여사는 아들의 길을 이해하며 중국에서 삶을 마감했다. 김구 선생은 "자식으로서 도리를 다하지 못했다."는 마음을 품고 돌아가셨다.

독립운동의 영웅으로 존경받던 선생도 부모님을 떠올리면 평범한 아들로 돌아갔다. 어머니가 생전에 지어주신 따뜻한 밥 한 그릇, 떠나는 아들에게 "어서

가라"며 떨리던 손길, 헌 옷을 꿰매어 건네주던 그 마음…. 그 순간들이 그의 기억 속에서 가장 깊게 가장 아프게 남았다.

김구 선생의 회한이 알려준다. "부모님은 영원히 기다려 주시지 않는다. '다음에'가 아니라 바로 지금, 그 사랑에 답해야 한다."

어릴 때는 몰랐다. 부모님은 언제나 그 자리에 계실 거라고 믿었다. 그 존재가 내 삶에서 얼마나 큰 의미인지 생각조차 못 했다. 세상살이에 쫓겨 하루하루를 보내면서 부모님을 떠올리는 시간이 점점 줄어들었다.

그러나 세월이 흐르고, 내 얼굴에도 부모님의 주름이 생기면서 깨우쳤다. 부모님은 오래 기다려 주시지 않는다. 그걸 알면서도 불효했구나. 노년의 시간은 청춘의 시간보다 훨씬 빠르구나.

나이가 들수록 부모님이 더 보고 싶어지는 건, 그리움의 무게가 달라져서다. 예전에는 그저 뵙고 싶었지만 이제는 절실히 간절하게 너무나 보고 싶다. 이 세상에 안 계시니 더 그렇다. 부모님에 대한 그리움에는 후회, 죄송함이 함께 들어 있다. 더 자주 찾아뵙지 않았고, 더 많은 대화를 나누지 못했음을 이제 와 절감하지만, 이 세상에 안 계시니 다 소용없는 일이다.

부모님은 나에게 전부를 주셨다. 365일 허름한 옷을 입으셨고, 제대로 잡수지도 못하셨고, 많이 배우지도 못하셨다. 노심초사 우리를 키우셨다. 그때 나는 그 사랑이 얼마나 위대한지 몰랐다. 당연하게 받고, 당연하게 지나쳤다. 지금에야 안다. 그 모든 것이 얼마나 귀하고, 다시는 되돌릴 수 없는 시간이었다는 것을.

이제 부모님을 찾아뵙고 싶어도 뵐 수가 없다. 문을 열고 들어가면 언제나 환하게 웃어주시는 얼굴 뒤에, 세월이 남긴 그림자가 있었다는 걸 뒤늦게 알게 됐다. 손힘이 예전보다 약해지고, 발걸음도 점점 더 느려지는 걸 지켜만 봤다. 부모님의 눈빛은 내게 가장 따뜻한 고향이다.

이제 그 절절한 사랑을 되새긴들 무엇하랴? 하늘을 보고 울어본들 무엇하랴? 부모님이 살아계실 때 조금이라도 더 애썼어야 했을 것을.

부모님이 살아계신다면 "다음에"가 아니라 "지금" 전화하고, "언젠가"가 아니라 "오늘" 찾아뵙겠다. 부모님과 함께하는 하루하루가 선물이고, 그 선물은 유통기한이 짧다는 것을 너무 늦게 알게 됐다.

나는 부모님을 확실하게 기억하고 있다. 그 목소리와 표정이 기억난다. "아버지 어머니, 제가 그 세상에 가면 두 분을 뵐 수 있을까요? 부디 만나서 같이 살고 싶습니다. 어머니 아버지."

"지금에서야 부모님과 같이 한 시간이 정말로 짧았다는 걸 알게 됐습니다. 죄송합니다. 아버지 어머니. 부족한 자식을 용서하세요."

시골집 마당에 늦은 봄빛이 내려앉았다. 오랜 세월을 보내고 찾아온 딸은 빈 집 앞에 한참을 서 있었다. 마당 가의 장독대, 벽에 걸린 낡은 우산, 울타리를 넘어오는 고요한 바람…. 모두 부모님이 계시던 때와 다르지 않았으나 지금은 유난히 공허하고 쓸쓸하다.

그녀는 젊은 날을 떠올렸다. 학업과 일에 쫓겨, 여기저기 직장과 세상을 떠돌며, "다음에 갈게요"라는 말만 남겼던 수많은 순간들. 전화 한 통이면 될 안부 인사를 미루고, 한번 찾아뵈면 될 마음을 잊고 살았다. 그런데 그 "다음"은 끝내 오지 않았다.

마당 한쪽에 핀 작약꽃을 바라보다가 울고 말았다. 부모님이 생전에 즐겨 보시던 꽃이었다. 바람에 흔들리는 분홍 꽃잎들이 두 분의 웃음을 닮았다. 그 앞에서 그녀는 두 손을 모아 조용히 속삭였다.

"엄마, 아빠… 제가 너무 늦었습니다. 죄송하고 죄송합니다. 저의 불효를 용서하세요."

마당에 떨어진 꽃가지 하나 들고 그녀는 천천히 발길을 돌렸다. 부모님은 이제 안 계시고 그리움과 사랑은 너무나 절절하다. 그녀가 통곡한들, 고향 집에 다시 온들 그건 그녀 자신을 위한 위로일 뿐….

> "나무는 고요하고자 하나 바람은 그치지 않고, 자식은 봉양하고자 하나 부모는 기다려 주시지 않는다."
>
> - 중국

스탠포드대 심리학자 로라 칼스텐센의 사회정서선택이론에 따르면 시간이 줄어들수록 사람들은 돈, 야망보다 가족, 친구에게 에너지를 더 쓴다. 부모님을 자주 찾아뵈면 실제로 부모님과 자식의 건강이 좋아진다.

그리움의 온도

문을 열면 익숙한 냄새가 나를 감싼다.

"힘든데 뭣 하러 왔어?" 그 한마디 속에, 오랜 기다림이 녹아 있다.

나는 손을 잡는다, 따뜻하지만 조금 약해진 온기. 그 온기를 놓치지 않으리.

나는 부모님에게서 무엇을 배워야 할까? ○ ● ○

(unsplash/Galt Museum&Archives)

나의 부모님은 북풍한설 속에서, 칼날 위에서, 지옥 같은 삶을 사셨다. 가난은 부모님의 어린 날을 앗아갔고, 6·25전쟁은 삶의 터전을 무참히 파괴했다. 뒤이은 삶 또한 궁핍 절망 인내 절약 노력으로 이어졌다.

당시는 보리쌀 한 줌이 전부였었고, 사시사철 옷 한 벌로 버텨야 했다. 굶어 죽지 않는 것이 인생 최고의 목표였던 시절이었다. 그런 환경에서 부모님은 여덟 남매를 키워내셨고, 한 명도 잃지 않으셨다. 생각해 보면 그건 기적이었다. 요즘은 한두 명도 키우기 힘들다고 야단이다.

눈앞의 어둠만 보고 주저앉았다면 불가능했을 일이었다. 그러나 부모님은 도망치지 않으셨다. 고통, 절망, 현실과 맞섰다. 부모님의 삶은, 말이 아니라 몸으로 써 내려간, 극한의 서사였다.

나는 가끔 묻는다. "나는 부모님에게서 무엇을 배워야 하는가?" 그 답은 언제나 같은 자리에서 나를 기다린다. 바로, '인생에서 도망치지 않는

힘.'이다. 가난은 날마다 부모님의 어깨를

짓눌렀다. 하루 벌어 하루를 먹여 살려야 했고, 때로는 그것마저 힘들었다. 그러나 당신들은 굶으시더라도 자식들의 입에 밥을 넣으셨다. 삶이 그토록 혹독했음에도, 부모님의 눈빛에는 꺼지지 않는 불꽃이 있었다.

그 불꽃은 분노나 원망이 아니었다. 그것은 "자식들을 살려야 한다."는 강인한 의지였다. 그 의지는 나에게 전해졌으나 난 절반도 따라가지 못했다. 부모님의 굽은 등은 늘 말씀하셨다. "인생은 도망쳐서 해결되는 것이 아니다. 맞서야 비로소 길이 열린다."

전쟁은 모든 것을 앗아갔다. 집도, 땅도, 이웃의 생명도. 그러나 부모님은 끝내 자식들만은 지키셨다. 죽음의 그림자 속에서도 우리의 손을 놓지 않으셨고, 굶주림 속에서도 서로 손을 잡도록 하셨다. 나는 그 모습에서 배운다. 인생에서 도망치지 않는다는 것은, 단지 나 홀로 버티는 것이 아님을. 함께 붙들고, 함께 견디는 것임을.

나는 부모님의 인생을 떠올릴 때마다 부끄러움과 감사를 느낀다. 부모님은 굶주림이 밥상이 되고 눈물이 강물이 되어도 도망치지 않으셨다. 온몸으로 지켜낸 자식들의 품에 희망을 심으셨으나, 나는 그 희망을 숲으로 키워내지 못했다.

지금 내 삶에 찾아오는 고통과 시련이 아무리 크다 해도, 부모님이 뚫고 오신 폭풍과 비바람에 비하면 작은 물방울일 뿐이다. 그런데도 나는 쉽게 두려워하고, 쉽게 도망치고 싶어 했다. 그럴 때마다 나는 부모님의 삶을 떠올린다. 도망치지 않고, 버티고, 이겨낸 그 발자국들. 그 발자국이 있었기에 내가 지금 여기에 서 있다. 그 사실 하나만으로도, 나는 인생의 무게 앞에서 다시 일어서야 한다.

가난 속에서도 인자함을 잃지 않았던 부모님의 얼굴, 절망 속에서도 내일을 준비했던 부모님의 손길, 그 속에서 나는 삶의 진짜 의미를 배운다. 나는 다짐한다. 부모님이 지켜주신 나의 인생을 헛되이 하지 않을 것이다. 나는 부모님의 자식이다. 부모님의 피와 땀이 내 안에 흐른다. 나는 부모님에게서 배웠다. 오직 맞서는 자만이, 끝내 이겨내는 자만이, 삶의 진짜 주인이 된다. 나는 오늘도 묵묵히 걸어간다. 부모님의 걸음을 따라, 내 아이들이 보게 될 발자국을 새기며.

엘리 위젤은 루마니아 시게트의 유대인 가정에서 태어났다. 어린 시절, 아버지와 함께 매일 저녁 토라를 읽으며 믿음과 배움의 소중함을 익혔다. 15세 되던 해, 나치의 손에 온 가족이 아우슈비츠 수용소로 끌려갔다.

그곳에서 그는 인간이 견딜 수 없는 절망을 직접 보았다. 어머니와 여동생은 도착 직후 가스실로 보내졌고, 아버지와 함께 남았다. 끝없는 굶주림과 혹독한 강제노역 속에서, 위젤은 여러 번 포기하고 싶었지만, 아버지를 지켜야 한다는 마음으로 버텼다. 눈보라 속에서 죽음의 행군을 강요당하던 날, 아버지는 아들의 손을 꼭 붙잡고 속삭였다. "끝까지 살아남아야 한다. 설사 내가 쓰러지더라도, 너는 살아야 한다."

아버지는 결국 수용소에서 세상을 떠났지만, 그 가르침은 위젤을 살게 했다. 전쟁 후 살아남은 그는 자신의 고통스러운 기억을 기록했다. 책 〈Night(밤)〉에서 "내가 본 어둠은 인간의 끝이었지만, 아버지의 목소리는 그 속에서도 빛을 남겼다."고 했다.

위젤은 훗날 노벨평화상을 수상하며 "침묵은 가해자의 편에 선다. 나는 아버지에게서 배운 인간의 존엄을, 끝까지 증언할 것이다."고 말했다. 부모님에게서 배운 가장 큰 유산은 재산도, 지식도 아니다. 절망 속에서도 희망을 붙드는 의지다.

"환난은 인내를, 인내는 단련(鍛鍊)을, 단련은 소망을 이룬다."   - 성경

"위대함은 넘어지지 않는 것이 아니다. 넘어질 때마다 다시 일어서는 것이다."

- 랄프 왈도 에머슨

　노스캐롤라이나대 심리학교수 리차드 테데스키와 로렌스 칼훈은 '외상후 성장'이라는 연구에서 극심한 고통을 겪은 사람들은 오히려 더 강한 의미감, 공감능력, 인생의 우선순위를 발견한다고 밝혔다.

자식들에게 보내는 편지

○ ● ○

사랑하는 우리 미·리야.

퇴색한 나뭇잎이 하나둘 흩날리며 발끝에 쌓인다. 그 위로 가을 햇살
이 내리니, 마음속에 오래 쌓였던 말들을 하고 싶구나. 젊은 날 아빠는 애
쓰며 살았다. 먹여야 했고, 지켜야 했다. 가난했기에 생존이 먼저였고, 꿈
보다 의무가 컸다. 너희가 잠든 얼굴을 보며, 내일은 조금 더 나은 아침이
오기를 빌었다.

너희를 키우며 무뚝뚝한 말투와 차가운 얼굴로 상처를 주기도 했을 것
이다. 그건 아빠의 어려운 현실과 좌절이 터져 나온 것이었다. 너희들에
게 많은 기회를 주지 못했고, 너희 엄마를 고생시킨 게 너무나 마음이 아
프다. 특히 우리 둘째가 하고 싶어했던 피아노를 시키지 못해 마음이 아
팠다. 그 일로 너는 오래 방황했고 엄마 아빠도 너무나 힘들었다. 마음
을 잡고 유종의 미를 거두어 잘살고 있으니 참으로 고맙다.

미·리야. 사랑이란 따뜻하기만 한 것이 아니라 버티는 일이었었다. 이제 너희는 너희의 삶을 살고 나는 늙었다. 요즘은 자주 외롭다는 생각이 든다. 그 외로움은 아마도 제대로 살지 못한, 인생에 대한 회한일 것이다. 너희가 잘사는 모습, 웃는 모습을 볼 때면 건강하게 오래 살고 싶은 마음이 밀려들기도 한다.

우리 집은 굴곡이 많았다. 원룸에서 네 식구가 살던 때도 있었다. 아빠는 엄마 가게를 돕다 관절이 상해서 좋아하던 달리기도 못하게 됐다. 엄마가 아파서 우리 모두 힘들 때도 있었지. 가족은 서로의 숨결이 닿는 거리 안에 있어야 한다는 걸 엄마의 병이 알려주었다. 사랑은 나중으로 미루면 결국 사라진다. 사랑을 표현하지 못한 것도 많이 아쉽다.

삶은 고단하고 세상은 매정하지만, 다시 일어나야 하는 게 아빠의 몫이었다. 그러나 살아보니, 인생은 모든 짐을 어깨에 짊어진다고 완성되는 게 아니라는 생각이 든다. 가정을 지킨다는 건 무게를 견디는 게 아니라, 서로의 마음을 가볍게 하는 일이었다. 그 점도 아빠에겐 아쉽다.

너희들은 가끔 멈춰서 쉬어라. 자신에게 "괜찮아. 잘하고 있어."라고 말해 줘라. 너희들은 우리에게 봄이었다. 엄마 아빠는 아무리 힘들어도 너희들을 보면 힘이 솟았다. 살다 보면 인생에는 겨울이 오기 마련이다. 삶이 힘들더라도, 행복은 거창한 게 아니라는 걸 알고 살아가길 바란다.

행복은 가족의 미소, 햇살이 스며드는 창가, 따뜻한 커피 한잔에도 숨어 있다. 그걸 알아보는 눈을 잃지 마라. 노력하고 견디며 너희의 인생을 누리길 바란다. 너희의 마음 안에 큰 강이 흐르길 바란다. 사람이 산다는 건, 정말 소중한 것이다. 한 번뿐인 인생이니 지혜롭게 잘 살기를 간절히 바란다.

가끔 너희들의 어린 시절이 떠오른다. 내 품에 안겨있던 따뜻한 온기와 맑은 웃음소리. 그 온기와 웃음이 오래갈 줄 알았는데 이리도 빨리 지나가다니 참 허전하구나.

나는 이제 걷는 것, 말하는 것, 모든 게 느려지고 있다. 나는 늦게나마 마음의 안정을 찾았나 싶었는데, 그것도 아닌 것 같다. 이 나이가 돼서도 하고 싶은 게 많고 누리고 싶은 것들도 있다. 젊을 때 좀 더 열심히, 치열하게 살지 못한 것을 많이 후회한다. 그러나 너희들은 치열하게 살지 말고, 삶을 누리며 살기를 바란다.

새로운 일을 시작할 때는 부디 심사숙고해라. 판단을 잘못해 엉뚱한 길에서 아무리 달린들 소용없다. 지혜는 경험에서 오는 것인데, 모든 걸 다 경험할 수 없으니 독서 사색 여행해야 한다. 먼저 그 길을 가본 사람의 말을 경청해라. 성공한 사람을 그대로 따라 하면 그 반은 성공할 수 있을 거다. 창조는 모방에서 시작하니까.

너희가 어디에 있든, 어떤 선택을 하든 "왜 이 길을 걷는가?"를 잊지 말아라. 너희 자신을 지키는 건 세상이 아니라 너희 자신이다. 가족이 생기면 홀로 할 수 있는 것은 없다. 가족들과 상의해야 하고 자식들의 장래를 반드시 생각하게 된다.

미·리야, 너희 엄마를 부탁한다. 나는 먼저 떠나겠지만, 늙고 홀로된 엄마가 의지할 사람은 너희뿐이라는 걸 잊지 말거라. 엄마는 평생 일하며 가족을 위해 살아오신 분이다. 이제는 엄마가 너희에게 기댈 차례다. 작은 말 한마디, 짧은 전화 한 통, 그런 관심이 엄마의 남은 생에 가장 큰 위로가 될 것이다. 효도란 거창한 것이 아니다. "엄마, 요즘 어때요? 필요하거나 불편한 데는 없어요"라는 한마디면 엄마의 하루는 따뜻해진다. 세상은 차가워도 효도는 언제나 사람을 다시 사람답게 만든다.

그리고 부부는 서로에게 이 세상의 마지막 친구라는 걸 잊지 말아라. 사랑은 불꽃처럼 타오르기보다 꺼지지 않고 계속 가는 것이다. 미워도 잡은 손을 놓지 말거라. 말없이 서로의 곁을 지켜라. 행복한 가정은 화려한 말보다는 이해와 기다림으로 조금씩 만들어 가는 것이다.

자식은 내 소유가 아니다. 많은 것을 바라지 말고 따뜻하게 지켜봐라. 혼내기보다 기다려 주고, 이끌기보다 함께 걸어라. 자식은 부모의 말보다 삶의 뒷모습을 닮는다. 부부가 서로 사랑하며 사는 모습을 보여주는 것, 그게 가장 큰 교육이고 진짜 유산이다. 아빠는 그 점도 부족했으니 아쉬울 뿐이다. 미·리야. 이 세상에 형제자매라고는 너희 둘뿐이다. 꼭 서로 사랑하고 아껴주며, 자주 만나고, 도와주며 살거라. 서로 조금씩 손해 보며 사는 게 자매다.

머지않아 아빠는 자연으로 돌아가겠지. 아빠의 유해는 너희가 마음 가는 곳에 뿌리고, 제사는 지내지 말거라. 봄날의 훈풍이 너희의 어깨를 스칠 때, 아빠의 손길이라 생각해라. 겨울밤 눈이 내리면, 너희의 고단함을 덮어주는 아빠 마음이라고 생각해라. 나무에 새싹이 돋고 그 잎들이 바람에 흔들릴 때, 그 속에 아빠 목소리가 섞여 있을 것이다. 봄, 눈, 새싹에 감사하며 살아라.

사랑하는 우리 미·리야. 이 세상에 너희같은 보석을 남겼으니 나는 그걸로 됐다. 엄마를 지키고, 서로 사랑하며, 우리 손주들을 따뜻하게 키워라. 사랑하는 우리 미·리야.

바닷가 마을, 여든을 훌쩍 넘긴 영덕씨는 매일 아침 낡은 의자에 앉아 편지를 쓴다.

손끝은 떨리고 글씨는 삐뚤빼뚤하다. 펜을 오래 쥐기 힘들지만 멈추지 않는다. 창가로 스며드는 햇살이 노인의 손등 위로 내려앉는다. 마치 오래전 자식들이 잡아주던 손길처럼 따스하다.

"사랑하는 우리 애들아…" 편지는 언제나 그렇게 시작한다.

그는 평생을 바다에서 살았다. 젊은 날, 풍랑이 몰아치는 바다에서 생과 사의 경계를 수도 없이 넘나들었다. 한겨울, 거센 파도에 배가 뒤집혀 친구를 잃었을 때 그는 바다를 원망했다. 그러나 다시 그 바다로 나갔다. 살아야 했고, 가족을 지켜야 했기 때문에.

"내 아이들만큼은 이 고생 안 하게 해달라." 그의 기도는 늘 같았다.

세월이 흘러, 그의 염원대로 자식들은 도시로 떠나 그런대로 살고 있다. 집은 적막에 빠졌고 찻주전자는 1인분 물만 끓인다. 아내가 세상을 떠난 뒤 그는 말 대신 편지를 썼다. 그 편지를 누구에게도 보내지 않았다. 창가 서랍 속에 차곡차곡 쌓였다. 그게 영덕씨가 여생을 보내는 방편이었다.

어느 가을, 감잎이 바람에 흩날리던 오후였다. 영덕씨는 낙엽 하나를 주워 편지들 속에 끼워 넣으며 중얼거렸다. "이게 내 마지막 편지가 될지도 모르겠구나…" 그는 펜을 들고, 천천히 글을 이어갔다. 그날 저녁, 노을이 강 위로 길게 내려앉았다. 바람 한 줄기가 스며들어 편지 위에 감잎 한 장을 보탰다. 그는 그 잎을 가만히 바라보다가 미소 지었다. "그래, 다 지나가는 거지…"

다음 날 아침, 신문을 가져다주던 마을 아이가 창가에 앉은 영덕씨를 발견했다. 그는 잠이 든 듯 평온한 얼굴로 떠났다. 책상 위에는 미처 다 쓰지 못한 편지가 놓여 있었다. "사랑하는 내 딸 미연아, 우리 아들 영민아. 인생은 참 짧구나. 너희가 있어 나는 외롭지 않았다. 그걸로 됐다. 여보, 고생만 시켜서 미안해. 곧 그곳에서 만납시다~."

장례식을 치른 몇 개월 뒤, 고향 집을 찾은 미연씨는 서랍 속에서 수십 통의 편지를 발견했다. 낡은 종이에는 세월의 얼룩이 배어 있었지만, 글자마다 따뜻한 체온이 남아 있었다. 편지는 아버지의 인생이 깊은 사랑과 그리움, 그리고 후회로 이어져 왔음을 조용히 말하고 있었다. 그날 저녁, 미연씨는 감나무 아래에 앉았다. "아빠, 이제 편지는 제가 쓸게요. 아빠가 남기신 사랑을 이어서요. 고맙고 사랑하는 우리 아빠"

노을빛이 감나무 가지 사이로 스며들었다. 햇살이 그녀의 어깨를 감싸며 마치 아버지의 손길처럼 부드럽게 머물렀다. "삶은 이렇게 흘러가고 사랑은 이렇게 남는건가~~"

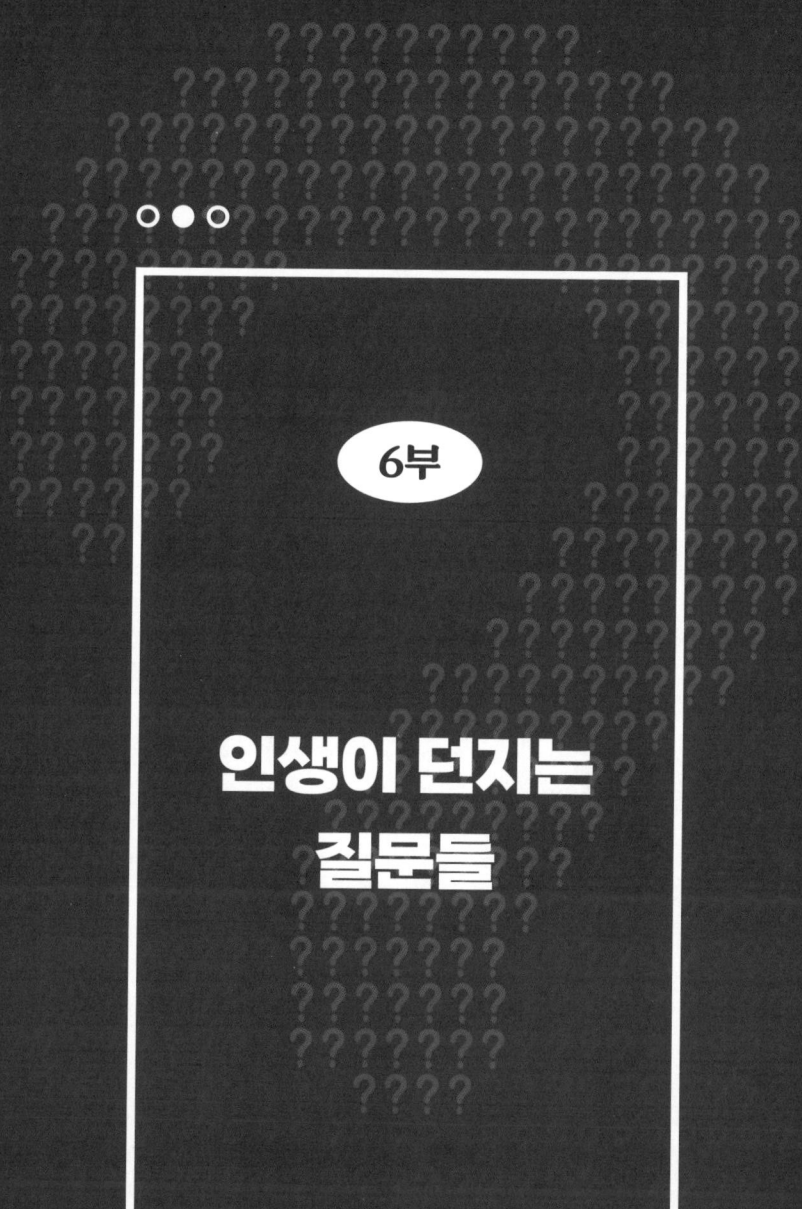

6부

인생이 던지는 질문들

　　욕심 사랑 후회 절망 희망~~. 인생은 끝없는 질문의 연속이다. 혼돈 속에서 정답을 찾지만 대부분은 정답을 알지 못한 채 살다 간다. 찾지 않는 것이 좋을까? 그러나 그건 인생이 아니고, 축생(畜生)도 아니다. 인간이라면 피할 수 없는 질문, 그 질문에서 도망가지 않으리라. 정답 없는 질문 속에서 우리는 조금씩 인간이 되어간다.

　　"길을 찾는 가장 좋은 방법은 스스로 질문하는 것이다."(소크라테스)

인생이란 무엇인가? 1

런던의 안개 자욱한 뒷골목. 싸늘한 바람이 무대 뒤의 커튼을 흔들었다. 소년은 두 손을 꼭 움켜쥔 채 서 있었다. 어머니의 병이 악화되어 집안은 점점 가난해졌고, 오늘 공연의 수입은 저녁 식탁을 지켜줄 마지막 희망이었다.

소년의 어머니는 가수이자 배우였지만, 정신질환과 건강악화로 무대에 서지 못했다. 소년은 어머니를 대신해 거리에서 노래를 부르거나 작은 무대에 서야 했다. 커튼 틈으로 관객들의 얼굴이 스쳤다. 기대와 호기심, 무심한 시선이 얽혀 있었다. 무대에 오르기 전, 소년의 눈가에 이슬이 맺혔다. 그는 다짐했다. "내가 울면 엄마는 더 아파질 거야. 오늘 나는 꼭 웃어야만해."

막이 오르자 소년은 기적처럼 달라졌다. 떨리던 손은 과장된 몸짓으로 바뀌었고, 서러움은 익살스러운 말로 바뀌었다. 객석에서 폭소가 터졌다. 소년의 얼굴은 환하게 빛났다.

그날 밤, 박수 소리는 소년의 가슴에 깊이 새겨졌다. 소년의 웃음은 단순한 재주가 아니라, 고통을 이겨내는 무기이자 삶을 버티게 하는 힘이었다. 어린 나이지만 찰리 채플린(사진)은 삶이 얼마나 가혹한지를 체험했다. 인생은 원하는 대로만 흘러가지 않았다.

채플린은 가난과 상실, 끝없는 불안 속에서 살아야 했다. 세월이 흐르면서 그는 인생은 눈부신 결승선이나 완벽한 대본을 따라가는 연극이 아니라는 걸 확인했다. 때로는 실수투성이의 즉흥극이었고, 때로는 웃음과 눈물이 뒤섞인 어설픈 무대를 이어가는 여정이었다.

"이것이 인생인가요?" 채플린 역시 수없이 물었을 것이다. 그러나 그의 대답은 아마도 이렇게 흘러나왔을지 모른다. "인생은 한 편의 영화처럼 극적인 결말을 기다리는 것이 아니다. 카메라가 돌아가는 순간마다 담아내는 작고 소중한 장면들의 연속이다."

인생을 가장 먼저 감싸는 것은 시간의 흐름이다. 우리는 태어나 빛을 보고, 자라면서 계절을 느끼다가, 자연스럽게 저물어 간다. 젊은 날에는 시간이 끝없이 주어진 듯하지만, 하루하루가 더 소중하고 짧게 느껴질 때가 오고 만다.

시간은 누구에게나 공평하게 흐르지만, 그 안에서 무엇을 바라보고 어떻게 살아가느냐에 따라 전혀 다른 이야기가 펼쳐진다. 어떤 이는 짧은 생애에도 깊은 흔적을 남기고, 또 어떤 이는 긴 세월을 살아도 허무만 말하고 만다.

인생이란 결국 시간이라는 강 위를 떠다니는 작은 배와 같다. 되돌릴 수 없는 물길 위에서 흘러가는 순간들을 붙잡으려 애쓰지만, 잡을 수 없어서 더 값지고 아름답다. 유한하기에 소중한 것, 바로 그것이 시간 속에서 빚어지는 인생이다.

인생은 고통과 기쁨이 교차하는 무대다. 슬픔이 있어 기쁨이 빛나고, 기쁨으로 슬픔의 그림자가 더 선명해진다. 쓰라린 실패 속에서 배움을 얻고, 작은 성공 속에서 위로를 얻는다.

인생은 결코 혼자 가는 길이 아니다. 우리는 부모님의 아이로 태어나고, 친구와 이웃으로 살아가며, 사랑과 갈등 속에서 관계를 만들어 간다.

가족과 친구, 스승과 제자, 동료와 낯선 이들까지 모두가 나의 삶을 규정한다. 관계는 때로 상처를 남기지만 삶을 지탱하는 가장 큰 버팀목이 된다.

인생은 끝없는 욕망을 조율하려는 싸움이다. 더 많은 재산, 더 높은 지위, 더 큰 성취를 바라는 마음은 인간을 움직이는 동력이기도 하지만, 동시에 가장 큰 굴레이기도 하다. 만족을 아는 순간, 인생은 단순하고 평화로워진다. 만족을 잃으면, 많은 것을 가져도 허기진 채로 살아가야 한다.

인생은 의미를 찾는 여정이다. 누구는 예술에서, 누구는 종교에서, 누구는 가족에서 의미를 찾는다. 인간은 의미를 부여하는 능력을 통해 삶을 지탱한다. "왜 살아야 하는가"라는 질문에 답을 찾는 것, 그것이 인생이다.

죽음은 인생을 규정하는 마지막 경계다. 죽음이 없다면 인생은 무의미해질지도 모른다. 유한하기 때문에 순간이 귀하고, 끝이 있기 때문에 시작이 소중하다. 인생이란 죽음을 향해 가는 길이지만, 그 길 위에서 수많은 의미와 사랑을 발견한다.

인생은 완전하게 정의를 내릴 수 없는 미완의 질문이자, 날마다 다시 쓰는 한 편의 이야기다. 때로는 시련에 무너지고, 때로는 작은 기쁨에 감사하며 살아간다. 인생은 강물처럼 흘러가고, 바람처럼 흔들리며, 불씨처럼 꺼질 듯 타오른다. 인생은 불완전하고, 미완성이다. 실수와 후회가 있기에 배움이 있고, 상실이 있기에 사랑의 소중함을 안다.

작은 순간 속에서 미소 짓고, 사랑을 나누고, 의미를 발견하는 것. 그렇게 하루하루가 쌓여 어느 날 뒤돌아보았을 때, "아, 이것이 내 인생이었구나" 하고 고개를 끄덕이는 것, 그것이 인생이 아닐까.

인생이란 무엇인가? 2

○●○

　가끔은 문득, 나의 삶이 멀리 있는 듯하다. 아침마다 일어나 밥을 먹고, 일을 하고, 사람을 만나고, 하루를 마감하는 반복 속에서 "이것이 인생인가?"라는 회의가 든다.

　젊을 때는 인생이 특별하고, 빛날 거라 믿었다. 그러나 살아보니, 인생은 거대한 장면보다 작은 날들의 연속이었다. 처음 사회에 나왔을 때, 나는 인생을 한 번뿐인 경주(競走)라고 생각했다. 더 빨리 달려야 하고, 더 많이 가져야 하고, 더 높은 곳에 서야 한다고 믿었다. 그렇게 살려고 노력했다. 사회와 국가에 기여하고 싶었다.

　하지만 시간이 흐르면서 깨달았다. 인생은 결승선이 있는 경주가 아니라, 방향을 정하고 걸어가는 긴 여정이었다. 그 방향조차도 수시로 흔들리지만. 그 여정에 웃음과 기쁨이 있는가 하면, 상실과 후회도 찾아온다. 그리고 그 모든 감정이 모여 나의 얼굴과 눈빛을 만들어 간다.

　인생은 뜻대로 되지 않는 경우가 많다. 계획은 쉽게 무너지고, 기대는 어긋나기 일쑤다. 나는 내 마음대로 할 수 없는 것들 앞에서 겸손해졌다. 작은 행복에 감사하는 법을 익히게 됐다. 그래야만 삶에서 의미를 찾고, 살아갈 수 있다. 큰 것만 꿈꾸고, 그걸 이루기에는 나의 능력은 부족하고, 세월은 너무나 빠르다.

　돌아보니, 가장 힘든 순간들이 나를 가장 많이 키웠다. 실패와 상처는 견디기 힘들었지만, 시간이 흐르며 내 마음에 깊이를 더해 주었다. 인생은 결국 불완전함을 받아들이는 과정이다.

　인생은 대단한 해답을 찾아내는 것이 아니다. 힘들 때 듣는 짧은 안부,

노을이 물든 하늘을 바라본 순간들…. 그것들이 쌓여 "인생"이라고 말하게 만든다.

바람이 스친다. 햇살과 그늘이 얼굴을 비춘다. 인생은 한순간의 불꽃이 아니다. 조용히 쌓이는 하루의 숨결이다. 때로는 빛으로 때로는 그늘로, 흘러가는 강물처럼 속삭인다.

그렇게 오늘도 살아간다. 완벽한 날을 기다리기보다, 불완전한 하루에서 의미를 찾으려 한다. 아마 인생은, 거창한 결론이 아니라 이렇게 조용히 흐르는 시간 속에서 완성되는 것이리라.

늦은 밤, 준식씨는 좁은 골목길을 걸어 집으로 향했다. 구두 밑창이 닳아 발이 조금 불편했지만, 묵묵히 걸음을 옮겼다. 손에 든 봉지에는 아침에 가족과 함께 할 빵과 우유가 들었다.

하늘을 봤다. 구름 사이로 달빛이 엷게 새어 나왔다. 젊을 땐 저 달을 쫓아 더 멀리, 더 높이 가야 한다고 생각했었다. 하지만 지금은 그저 달빛이 골목길을 은은히 비춰 주는 것만으로도 마음이 편안하다.

집에 도착했다. 불이 꺼진 거실의 작은 탁자 위에 메모 한 장이 희미하게 보였다. "아빠, 늦게까지 고생 많으세요. 사랑하는 아들이." 순간 눈물이 핑 돌았다. 젊은 날 그토록 갈망하던 부와 명예 대신, 이 짧은 한마디가 자신을 살게 한다는 사실이 믿기지 않았다.

미소를 지었다. 불을 끄고 천천히 방으로 향했다. 오늘 하루도 완벽하지는 않았지만, 충분히 의미가 있었다. 물방울 같은 순간들이 모여 어느새 강을 이루듯, 그의 삶도 그렇게 흘러가고 있었다.

그는 속으로 중얼거렸다. "이제 알겠다. 인생은 큰 대답을 찾는 게 아니라, 이렇게 작은 순간들이 내 안에 스며드는 거구나."

"인생의 가장 큰 행복은 우리가 사랑받고 있다는 확신이다." ‑ 빅토르 위고

> "바쁘게 사는 것만으로는 충분하지 않다. 개미도 늘 바쁘다. 중요한 것은 무엇으로 바쁘냐이다."
>
> — 헨리 데이비드 소로

뉴욕대 스턴경영대학 조너선 하이트 교수의 연구에 따르며 인생에서 쾌락보다는 의미가 더 깊고 지속적인 행복을 준다. 즐거움보다 목적의식이 삶을 지탱한다.

난 언제쯤이면 욕심에서 벗어날까?　○●○

　　1845년 여름, 헨리 데이비드 소로는 도시의 소음을 뒤로하고 매사추세츠의 월든 호숫가로 들어갔다. 작은 오두막을 짓고 땅을 갈아 콩을 심으며 살았다. 호수 위로 번지는 햇살과 숲속의 새소리에 귀 기울이며 다른 삶을 시험했다.

　　사람들은 의아했다. 하버드를 졸업한 부잣집 청년이 왜 편리를 버리고 숲속으로 갔는가? 그는 "나는 삶의 본질을 마주하고 싶었다. 꼭 필요한 최소한의 것으로 살며, 그것이 나를 얼마나 자유롭게 하는지 알고 싶었다."고 말했다. 호숫가의 날들은 단순했지만, 그 단순함이 마음을 가볍게 했다. 여름 저녁 불어오는 바람, 고요히 번지는 노을…. 그것들이야말로 진짜 풍요였다. 그의 실험은 단순한 은둔이 아니었다. 사회에 새로운 관점을 갖게 됐다. 1846년 노예제와 멕시코전쟁에 반대하며 세금 납부를 거부해, 투옥됐다. 많은 이들이 가볍게 넘긴 사건이었지만, 그는 거기서 깊은 성찰을 얻었다.

　　이 체험은 훗날 그의 명저 〈시민의 불복종〉을 낳았고, 그 사상은 간디와 마틴 루터 킹으로 이어진다. 숲은 도망의 공간이 아니라 실험의 무대였다. 오두막 생활은 단순히 고요를 즐기기 위한 것이 아니라, 인간이 어떻게 자유롭게 살 수 있는가를 증명하기 위한 것이었다. 자연 속에서 소로는 죽음과 삶을, 고통과 기쁨을, 결핍과 충만을 동시에 응시했다. 그는 "나는 숲속의 하루에서 문명의 천일보다 더 많은 것을 배운다."고 썼다.

더 많은 것을 움켜쥐려는 손을 내려놓을 때, 비로소 인생과 세상을 바꿀 손이 생긴다.

평범한 사람들에게나, 한 자리 차지한 사람들에게나 인생을 진정 살찌게 하는 건 따로 있지 않다. 아기의 웃음소리, 무더위를 날려주는 청량한 바람, 산을 물들이며 넘어가는 저녁노을, 갓 구운 빵 냄새 등이다.

대부분 더 좋은 것, 더 많은 것, 더 높은 자리를 잡으려 한다. 그것이 나를 발전시키기 위한 동력이고 살아가는 이유였다. 그러나 살아보면 그것이 나를 옥죄는 족쇄가 될 수도 있다는 것도 알게 된다.

욕심은 달콤하다. 무언가를 향해 달려가는 동안에는 힘이 나고, 더 나은 내일이 기다리는 듯하다. 하지만 나는 목표, 꿈에 도달하지 못했기에 공허 허탈 좌절을 씹어야 했다. 어쩌다 작은 것이라도 잡으면 잠시 웃다가 곧 다른 것을 찾아 헤맸다. 마치 목마른 사람이 바닷물을 마시면 더 목이 마르듯 갈증은 해소되지 않고 커져만 갔다.

"아~. 난 언제쯤이면 욕심에서 벗어날 수 있을까? 이 갈증을 어찌해야 하나?" 어쩌면 욕심에서 완전히 벗어날 수는 없을 것이다. 그것은 나의 생존본능 속에 녹아 있기 때문이다. 하지만 욕심을 덜어내는 법, 다스리는 법은 배울 수 있지 않을까? 욕심을 덜어내기 위해서는 먼저 내가 진짜 원하는 것이 무엇인지 알아야 한다. 남들이 가진 것을 부러워하는 마음인지, 아니면 내 안에서 우러나는 필생의 소망인지. 어느 것이든 버리기는 어렵지만, 남의 시선과 기준에 맞춘 욕심이라면 버릴 수 있다.

"이만하면 됐다."고 자꾸만 되뇌면 버려진다. 수양(修養)이라면 수양이다. 따뜻한 밥, 잠들기 전 느끼는 평안. 이런 것들에 만족할 수 있을 때, 욕심의 발톱은 조금씩 무뎌진다.

욕심에서 벗어난다는 건 모든 걸 내려놓는다는 게 아니다. 나를 진짜로 성장시키는 소망과 나를 소모시키는 욕심을 구분하는 일이 아닐까? 전자는 나를 앞으로 이끌고, 후자는 나를 제자리로 끌어내린다. 욕심에서 완전히 벗어나는 날이 올까? 잘 모르겠다. 하지만 그날이 오지 않아도 괜찮다. 오늘 하루, 욕심보다 감사가 조금 더 많았다면, 나는 이미 그 방향으로 가고 있는 것이니까.

막차가 지나간 뒤, 골목의 불빛이 하나둘 꺼졌다. 그는 빨래방 의자에 앉아 둥글게 돌아가는 드럼통을 바라봤다. 옷에 묻은 먼지와 땀이 씻긴다고 생각하니 기분이 좋았다. 손에 든 커피도 오늘 더 따뜻하게 느껴졌다.

아침까지만 해도 그는 휴대폰 '위시리스트'를 훑고 있었다. 더 좋은 차, 더 넓은 집, 승진, 더 많은 돈…. 그는 커피를 마시며 목록에서 하나씩 지웠다. 남은 것은 '주말에 어머니에게 전화하기'와 '사진 인화하기' 두 개뿐이었다. 삭제 버튼을 누를 때 의외로 숨이 가벼워졌다.

건조기 완료음이 울리고 문이 열리자, 상큼한 비누향이 그를 감쌌다. 옷을 품에 안았다. 막 건져 올린 햇빛처럼 포근했다. 골목 끝 집에서 풍경소리가 잠깐 울리고, 길고양이가 살며시 지나갔다. 옷 바구니를 들고 천천히 걸었다.

집에 왔다. 신발 속에서 조그만 자갈 하나가 떨어졌다. 하루 내내 발바닥을 콕콕 찌르던 것이었다. 자갈을 손바닥에 올려놓고 잠시 생각했다. 내 욕심이 바로 이것이었군! 웃음이 났다.

옷을 식탁 위에 내려놓고 불을 켰다. 달라진 것은 없었지만, 오늘 밤 그의 손에는 온기가 오래 남아 있었다. 천천히 숨을 들이쉬었다. "그래~. 이 정도면 잘 건너고 있는 거야."

"아담의 자손에게 금으로 가득한 골짜기를 주면, 그는 두 번째 골짜기를 원할 것이다."
- 이슬람

미국 스와스모어대학 심리학자 배리 슈워츠는 〈선택의 역설〉에서 선택지가 많아질수록 만족감은 줄고, 욕심이 커질수록 공허감과 후회가 커진다고 했다.

일리노이주 녹스대 팀 캐서 교수는 〈물질주의의 높은 비용〉에서 물질적 욕망이 강한 사람일수록 불안, 우울, 관계 갈등이 심하며 삶의 만족도는 낮아진다고 했다.

우정의 시간은 얼마나 갈까

한때 세상을 뒤흔든 밴드, 비틀즈의 무대에는 음악 이상의 무언가가 있었다.

존 레논과 폴 매카트니, 두 청년의 우정은 단순한 동료애가 아니라 영혼을 나누는 동행이었다. 가난한 리버풀 거리에서 시작해 세계의 주목을 받기까지, 그들은 서로의 손을 잡고 달려갔다.

밤새 곡을 쓰며 웃던 순간, 무대 뒤에서 두려움을 나눌 때, 그 모든 시간 속에서 우정은 빛났다. 그러나 시간이 흘러 명성과 돈, 갈등이 얽히며 멀어졌다. 세상은 그 우정이 끝났다고 말했지만, 진실은 달랐다. 서로 다른 자리에서 살아가면서도, 마음속 깊은 곳에는 여전히 친구의 자리가 남아 있었다. 존이 세상을 떠난 후 폴은 무대에서 노래를 부르며 이렇게 말했다. "나는 언제나 존과 함께였습니다. 멀리 있어도, 그는 늘 내 친구였어요."

우정이란 그런 것일지 모른다. 늘 함께하지 않아도, 세월이 멀리 갈라놓아도, 마음의 한 자리를 끝내 비워두는 것. 그리고 언젠가 다시 마주 앉아 웃을 수 있으리라는 믿음.

어린 시절, 나는 '영원한 우정'을 믿었다. 매일 놀이터에서 같이 뛰놀던 친구와 "우리 평생 친구 하자"던 약속. 그때의 우리는 그것이 당연히 지켜질 것으로 믿었다.

시간이 흐르고 각자의 길로 향했다. 학교를 졸업하고, 직장을 다니고, 가정을 꾸리며 연락은 뜸해졌다. 서로의 기쁨과 슬픔을 실시간으로 나눌 수 없게 되었고, 그 사이에 서서히 거리가 생겼다. 그래서 묻게 된다. "우정은 정말 영원할까?"

우정이 변하는 건 어쩌면 자연스럽고 당연하다. 사람은 환경에 따라, 삶의 속도에 따라 변한다. 함께하는 시간이 줄어들고, 살아가는 환경이 다르면 서로의 일상에 대한 이해도 조금씩 옅어진다. 그렇다고 해서 우정이 완전히 사라지는 건 아니다. 형태가 변할 뿐, 마음 깊은 곳에는 여전히 친구의 자리가 남아 있다.

오랜만에 만난 친구와 어색한 웃음을 주고받다가도, 문득 예전 이야기가 나오면 그 시절로 바로 돌아간다. 같이 웃던 기억, 힘든 날 잡아주던 손길, 말하지 않아도 알았던 눈빛. 그것이 우정의 힘이다. 시간과 거리, 사회적 지위와 빈부를 넘어 다시 연결될 수 있는 힘.

영원한 우정은 매일 연락하는 사이가 아니라, 오랜 공백 뒤에도 변함없이 마음이 이어지는 관계일 것이다. 그 마음은 함께한 추억과 서로에 대한 신뢰로 만들어진다. 때로는 서운함이 생기고, 오해가 쌓일 수도 있다. 그러나 다시 손을 내밀 수 있다면, 그 우정은 살아 있다.

우정이 영원할까? 아마 마음이 변하지 않는 한, 가능할 것이다. 다만 그것을 지키기 위해서는 노력하고 마음을 써야 한다. 작은 안부 인사, 가끔의 만남, 그리고 이해와 용서. 이런 것들이 모여 우정을 오래도록 숨 쉬게 만든다.

나는 믿고 싶다. 비록 더 이상 같은 길을 걷지 않더라도 우정은 변하지 않을 거라는 것을. 언젠가 먼 훗날, 하얀 머리로 마주 앉아 웃으며 이야기할 수 있기를. 그때도 서로를 '오래된 친구'라고 부를 수 있기를.

동네 분식집 구석, 중년 여인 둘이 오래된 나무 의자에 마주 앉았다.

한 명은 교사로, 다른 한 명은 작은 가게를 운영하며 살았다. 서로의 삶은 오래전 갈라졌다. 오랜만에 만난 자리라 한동안 말이 없었다. 어색한 침묵을 깬 건, 불쑥 튀어나온 한마디였다.

"기억나? 중학교 때 비 오는 날, 찢어진 우산 하나로 집까지 같이 뛰어가던 거."

순간 두 사람은 동시에 웃음을 터뜨렸다. 주름진 얼굴 위로 번진 웃음은 세월의 무게를 지우고 단숨에 그 시절로 데려갔다. 잠시 후, 삶의 무게와 고단한 현실 이야기가 이어졌지만 그 속에서도 서로의 눈빛은 따뜻했다. 우정은 매일 곁에 있지 않아도, 곁에 있을 수도 없지만, 어쩌다 먼 길을 돌아와 마주 앉았을 때 여전히 서로를 알아보게 하는 것이다.

분식집을 나서며 한 여인이 속말을 했다. "그래, 우정은 사라지지 않아. 그냥 모양만 조금 바뀌는 거지." 늦은 오후의 바람이 두 사람의 어깨를 느리게 감쌌다. 그래 우정은 그런거야!

"우정은 불필요한 것 같지만 예술이나 철학처럼 가치와 의미를 준다."

- C.S. 루이스

"친구는 또 다른 나의 거울이다."

- 아리스토텔레스

카네기멜론대 셸던 코헨 심리학교수의 연구에 따르면 우정은 스트레스를 완화하고 면역력을 높여준다. 정서적 위안과 건강에도 좋다.

다 포기하고 편해지고 싶어요

프리다 칼로는 열여덟 살에 버스 사고로 온몸이 상했다. 움직일 수 없는 시간 속에서 그녀는 수없이 말했다. "이젠 다 포기하고 싶다." 프리다는 침대에서 붓을 들었다. 거울을 천장에 매달고, 고통 가득한 자신의 얼굴을 그려 나갔다. 그 그림 속에는 피와 눈물, 상처와 외침이 그대로 담겼다. 세상은 그녀의 고통을 그림으로 보았고, 절망은 예술이 되어 새 생명으로 피어났다.

프리다의 인생은 사랑으로 또 한 번 흔들렸다. 멕시코 최고의 화가이자 혁명가적 기질을 가진 디에고 리베라와의 결혼은 불꽃 같았다. 그러나 그 사랑은 끝없는 배신과 갈등의 연속이었다. 디에고의 잦은 외도는 그녀의 가슴에 깊은 상처를 남겼고, 그녀 역시 고통 속에서 다른 이들과의 관계로 외로움을 달랬다. 사랑은 뜨겁지만 동시에 피 흘리는 불꽃이었다.

아이를 간절히 원했지만, 부서진 골반은 그녀에게 출산을 허락하지 않았다. 유산을 반복할 때마다 그녀는 눈물 속에서 또 하나의 자화상을 그렸다. 피 흘리는 여성, 갈라진 몸, 안아보지 못한 아기의 형상은 그녀의 그림 속에서 살아났다.

육체의 고통, 사랑의 상처, 그리고 사회적 억압까지. 프리다는 무너질 이유가 너무 많았다. 그러나 붓을 놓지 않았다. 그림은 그녀에게 호흡이자 세상에 던지는 절규였다. "나는 병든 여자가 아니다. 나는 깨진 몸에 갇혔지만 영혼은 자유다."

그녀의 그림에는 고통의 진실과 삶의 의지가 동시에 새겨져 있다. 절망 속에서도 꺾이지 않는 눈빛, 그것이 프리다 칼로를 시대의 아이콘으로 만든 힘이었다.

"편해진다는 건 단순히 짐을 내려놓는 것이 아니다. 고통 속에서도 빛을 그려내는 용기다."

살다 보면, 모든 걸 내려놓고 싶을 때가 있다. 아침에 눈을 뜨는 것조차 버겁다. 해야 할 일, 갚아야 할 빚 등이 한꺼번에 달려들어 숨이 막힐 때 '다 포기하고 편해지고 싶다.'

이 말은 패배의 선언이거나 깊은 피로와 좌절의 고백이다. 끝까지 붙들고 있던 힘이 다 빠져나가 멈추고 싶은 거다. 달려야만 살아남는 세상 속에서, 멈춤은 죄처럼 느껴진다. 더 이상 버티지 않아도 된다는 생각은 해방감이다. 그 안도는 오래가지 않는다. 걸어야 하기 때문이다.

'편해진다'는 건 무엇일까? 모든 걸 놓아버리는 것이 아니라, 꼭 붙들어야 할 것과 그렇지 않은 것을 구분하는 일일지도 모른다. 너무 무겁고 나를 짓누르는 짐이라면, 그것이 내 삶에서 정말 필요한 것인지 다시 물어야 한다.

포기하고 싶은 순간은 사실 나를 돌아보라는 신호다. 달리느라 보지 못했던 나의 상처, 외면했던 마음의 갈증, 오랫동안 묻어둔 슬픔. 그것들을 들여다보고, 인정하고, 가볍게 내려놓는 일이야말로 진짜 편해짐이다.

나는 여러 번 포기하고 싶었었다. 그때마다 한 가지 깨달은 건, 완전히 포기하지 않아도 괜찮다는 것이다. 잠시 숨을 고르고, 손에 쥐려한 것을 조금 덜어내는 것만으로도 나아갈 힘이 생긴다. 달리든, 걷든 나의 속도를 인정하는 것이 나를 지키는 방법이다. 다 포기하고 싶을 때, 조금 내려놓자. 완전히 놓지는 말자. 아직 걸을 힘이 남아 있으니까.

"세상은 고통으로 가득하지만, 그것을 극복하는 일로도 가득하다" - 헬렌 켈러

펜실베니아대 안젤라 더크워스 심리학교수는 책 〈그릿〉에서 "삶에서 중요한 것은 포기하지 않는 끈기(grit)라고 강조했다. 포기하지 않는 것은 무조건 버티는 게 아니라, 필요 없는 것을 과감히 내려놓는 것까지 포함한다.

심리학자 칼 로저스는 자기 자신을 있는 그대로 받아들이는 것이 회복의 출발점이라고 강조했다. 포기하고 싶은 순간은 자기 이해와 자기 수용의 기회라는 것이다.

삶은 견디는 건가요?

○ ● ●

겨울밤, 그는 지하철역 출구에 홀로 앉아 있었다. 전철은 한참 전에 끊겼다. 텅 빈 계단 위로 찬 바람이 몰아쳐 쪼그라든 어깨가 더 작아졌다. 주머니 속에는 영수증 몇 장과 시린 동전 몇 개뿐. 세상은 여전히 달리고 있는데 자신만 시간이 멈춘 듯했다.

며칠 전까지 평범한 가장이었다. 잘살아 보겠다는 희망으로 달리고 있었다. 그러나 구조조정으로 하루아침에 모든 게 무너졌다. 직장도, 신뢰도, 자신에 대한 믿음까지. 텅 빈 가슴 속에서 한 문장이 계속 맴돌았다. "앞으로 어떻게 살아야 하나?"

그는 대답하지 못했다. 무너지지 않으려는 듯 발로 바닥을 긁으며, 희미한 세상에서 방향을 찾으려 애썼다. 누군가 곁에 있어 주길 바랐지만 아무도 없었다. 뿌연 가로등 불빛조차 등을 돌린 듯, 그림자마저 차갑게 그를 밀어냈다.

그 순간 깨달았다. 삶은 타인의 위로나 환희로 지탱되는 것이 아니다. 오히려 깊은 고독 속에서, 차가운 절망의 한가운데서, 비로소 '견딘다'는 의미를 마주하게 된다.

사람들이 묻는다. "삶은 즐기는 건가요? 견디는 건가요?" 나는 대답하지 못했다. 즐긴 날도 있었고, 견딘 날도 있었다. 좀 살아보니, '삶은 즐기기 위해 견디고, 견디기 위해 즐기는 것이 아닐까.'라는 생각이 들었다. 견딘다는 건, 가만히 버티는 것 같지만 사실은 움직임이다. 폭풍이 몰아칠 때 나무는 넘어지지 않기 위해 뿌리를 더 깊이 내린다. 온 힘을 다해 발버둥친다. 사람도 그렇다. 끊임없이 무너짐을 막고, 무게를 이겨내고, 부서진 조각들을 꿰맨다.

견디는 걸 좋아하는 사람은 없다. 기다림도, 고통도, 지루함도 싫다. 하지만 세월이 흐르면 알게 된다. 견디는 시간은 무게를 지탱할 근육과 마음을 함께 키운다.

나의 삶에는 햇볕이 비치는 날보다 그림자가 드리운 날이 더 많았던 것 같다. 그늘은 숨을 고르게 해주는 자리이자, 아무도 모르게 땀과 눈물을 흘릴 수 있는 은신처였다. 그늘이 있었기에, 나는 다시 햇볕을 마주할 힘을 얻었다.

견딘다는 건, 이겨내겠다는 약속이 아니라, 무너지지 않겠다는 다짐이다. 견딤의 진짜 의미는 그 끝에 서 있는 '나'와 마주하는 것이다. 모든 것을 지나온 나, 포기하지 않은 나, 상처투성이지만 여전히 살아가는 나. 그런 나를 만나기 위해 하루하루를 견디는 것이다.

그 견딤 속에는 숨구멍이 필요하다. 숨구멍은 웃음일 수도, 음악일 수도, 누군가의 온기일 수도 있다. 밤은 나를 삼키려 하지만 어둠 속에서 별 하나를 찾는다. 무너진 돌 사이로 새싹은 고개를 내밀고, 빛이 스며든다. 밤이 지나면 새벽이 온다. 그래서 나는 오늘도 견딘다. 그 견딤 속에서 삶은 작은 선물을 건넨다.

사마천은 평탄한 길을 걸었다. 아버지 사마담의 뒤를 이어 태사령(太史令 궁중 역법과 기록담당)이 되었고 천문과 역법, 고대 전적에 정통한 학자로 존중받았다. 그러나 운명은 그를 치욕 속으로 몰아넣었다.

기원전 99년, 이릉(李陵)이 흉노와 싸우다 패해 포로가 되었다. 대부분의 신하들이 이릉을 배신자로 몰아붙일 때, 사마천 홀로 그를 감쌌다. "그는 병력과 보급이 턱없이 부족했으나 마지막까지 용맹히 싸웠습니다. 그를 탓하기 전에 그의 충성심을 보아야 합니다." 이 말은 황제의 노여움을 샀고, 궁형(거세)의 벌을 받았다.

사마천은 절망했다. 당시 궁형은 수치여서 다들 죽음을 택했다. 그는 죽음을 거부했다. 그는 "

죽음은 태산보다 무겁기도 하고 깃털보다 가볍기도 하다. 나는 치욕을 무릅쓰고 살아남았다. 오직 〈사기〉를 완성하기 위해서."라고 고백했다.

그는 치욕과 고통 속에서 붓을 들었다. 황제, 장군, 장사꾼, 시인, 유랑객, 범죄자까지 인간 군상의 희로애락을 기록했다. 오랜 세월 취재하고 원고를 다듬어, 마침내 130권에 이르는 〈사기(史記)〉를 완성했다. 사기는 불멸의 역사서로 극찬받고 그는 영원한 영웅이 되었다. 사기는 단순한 역사책이 아니다. 사마천이 인생 전부를 던져 완성한, 고통과 인내의 금자탑이었고, 인간에 대한 깊은 연민이 스며든 대서사시다.

"살아야 할 이유를 아는 사람은 어떤 고통도 견딜 수 있다." - 니체

평생 희망을 연구한 저명한 임상심리학자 찰스 스나이더는 인간의 회복력에서 중요한 요소로 희망을 강조했다. 고통 속에서도 '앞으로 나아갈 길이 있다'는 믿음을 가진 사람은 적극적으로 살아갈 이유를 만들어 낸다.

어떻게 살아야 잘 사는 건가요?

캘리포니아 팔로앨토의 자택, 스티브 잡스는 창가에 앉아 있었다. 창문 너머로 오후의 햇살이 잔잔히 스며들었고, 가족들의 목소리가 멀리서 들려왔다. 그는 세상을 가장 크게 흔든 사람이었다. 애플을 창업해 세상을 바꾸었고 아이폰으로 인류의 일상을 다시 썼다.

젊은 날의 잡스는 세상이 말하는 성공의 모든 것을 거머쥐었다. 부 명예 권력 영향력. 세월이 흐르고, 병이 찾아왔을 때 그의 시선은 완전히 달라졌다. 췌장암으로 긴 투병을 하던 그는 삶과 죽음의 의미를 곱씹었다. 말년에 자주 말했다. "죽음은 인생의 좋은 스승입니다. 당신의 시간은 한정되어 있으니, 다른 사람의 삶을 살며 낭비하지 마십시오."

젊은 잡스는 혁신을 믿었고, 말년의 잡스는 사랑을 믿었다. 그에게 '잘 산다'는 것은 더 많이 가지는 일이 아니라 진심으로 하고 싶은 일에 몰두하고, 사랑하는 사람들과 함께하는 것이었다.

그가 세상을 떠나던 날, 곁에는 아내와 네 아이, 여동생이 있었다. 여동생은 추도사에서 이렇게 말했다. "그의 마지막 말은 세 단어였습니다. 'Oh wow. Oh wow. Oh wow.' 그는 경이로움 속에서 세상을 떠났습니다."

> 잡스의 눈에 마지막으로 비친 것은 차가운 병실의 불빛이 아니라 가족의 얼굴이었다. 그의 삶은 화려한 성공으로 기억되지만, 진정으로 남긴 유산은 '무엇을 만들었는가'보다 '어떻게 사랑했는가'에 대한 질문이었다.
>
> 잘 산다는 건 거대한 무대에서 박수를 받는 일이 아니라, 사랑하는 이들의 손을 꼭 잡고 미소 지을 수 있느냐다.

나는 나 자신에게 수시로 묻는다. "어떻게 살아야 잘 사는 걸까?" 나는 그 질문에 제대로 대답하지 못한다. 잘 산다는 건 무엇일까? 많은 재산? 높은 자리? 아니면 후회 없이 웃으며 눈을 감는 것? 사람마다 답은 다를 것이다.

나는 오래도록 '잘 산다'는 건, 하루하루를 가능한 기쁘게 보내는 것이라고 생각했다. 하지만

기쁨만 있는 삶은 없고, 고통 없는 기쁨도 없다. 잘 산다는 건 결국 그 모든 것을 함께 품어내는 용기가 아닐까. 살아 있는 한 시끄러움과 고요를 동시에 만나야 한다.

사람은 혼자 살아갈 수 없기에, 잘 사는 건 결국 잘 사랑하는 법이다. 남에게 상처를 주지 않으면서, 나를 잃지 않는 방법. 나를 아끼면서도, 누군가의 삶에 온기를 남기는 것. 그 길 위에서 잘 사는 것의 실마리를 조금씩 찾을 수 있다.

잘 산다는 건, 멈출 줄 아는 것이다. 달리기만 하면 숨이 가빠지고, 서 있기만 하면 길을 잃는다. 때로는 잠시 멈추어, 내 그림자가 어디에 서 있는지 바라보는 일. 그 멈춤 속에서 나의 방향을 다시 잡는 일. 그것이 잘 사는 삶의 또 다른 얼굴이 아닐까.

잘 산다는 건 겨울을 나는 나무와 비슷하다. 겉으로 화려하지 않아도, 속에서 단단해지는 순간들이 있는 것. 잘 산다는 건 매일 웃는 것만이 아

니라, 울고 난 뒤에도 다시 웃을 수 있는 힘을 갖는 것이다. 그리고 누군
가 일어설 때 그의 손을 잡아주는 것. 그 모든 것들이 모여, 언젠가 '아,
나 그런대로 살았구나' 하는 날을 만든다고 생각한다.

작은 시골 마을. 오래된 기와집 마당에 나란히 앉은 노부부. 젊은 날부터 가
난을 함께 견디어왔다. 밭일을 마치고 허기만 때우고 쓰러져 자던 날들, 아이
들 학비를 벌기 위해 새벽 장터로 나가 떡을 팔던 기억이 아직도 손바닥의 굳
은살처럼 선명하다.

부인은 많이 울었다. 남편은 아무 말 없이 옆에 앉아 등을 토닥였었다. 그렇
게 서로 의지하며 세월을 건넜다. 번번이 무너질 듯했지만, 그 어려움 속에서
다시 일어나는 힘을 함께 길러왔다.

이제 아이들은 모두 제 길을 찾아 떠났고, 두 사람만 남았다. 여름 저녁, 붉게
물든 하늘 아래 마당에 나란히 앉아 매미 소리를 듣던 부인이 문득 말했다. "여
보, 우리 참 고생 많이 했지요. 가진 건 없는데, 그래도 잘 산 걸까요?" 남편은
깊게 웃으며 고개를 끄덕였다. "잘 살았지. 지금 이렇게 같이 앉아, 이 바람을
느끼고 있잖아. 아이들 다 자리 잡고, 우리 둘 서로 의지하고. 그거면 됐지."

그 말에 부인의 눈가가 젖었다. 젊은 시절에는 남과 비교하며 부러워했고, 세
상 앞에서 작아지기도 했다. 지금은 알 것 같다. 잘 산다는 건 큰 재산도, 대단
한 명예도 아니었다. 서로의 손을 잡고, 넘어지면 다시 일어나고, 함께 늙어가
는 것. 그 평범한 날들이 쌓여 결국 "잘 산 것 같다"는 고백이 되었다.

그날 저녁, 두 사람은 별빛이 켜진 하늘을 올려다보며 오래도록 앉아 있었다.
아무 말도 하지 않았다. 그 침묵 속에 '잘 산다'의 답이 고요히 피어나고 있었
다.

"잘 사는 인생은 길이가 아니라 깊이에 있다."　　　　　　　- 랄프 왈도 에머슨

캘리포니아 주립대학 소냐 류보머스키 심리학교수에 따르면 행복의

50%는 유전적 성향, 10%는 환경, 나머지 40%는 개인의 선택과 습관에서 비롯된다.

미국 심리학자 로버트 에몬스와 마이클 맥컬러프의 '감사일기연구'에 따르면 매일 감사를 기록한 그룹은 그렇지 않은 그룹보다 삶의 만족도, 수면의 질, 대인관계 만족도가 모두 높았다.

잘 산다는 건

나뭇잎 흔들리듯, 기쁨과 슬픔은 함께 흔들린다.
잘 산다는 건, 언덕을 넘는 해를, 잠시 멈춰 바라보는 것.
내 그릇의 빛을 나누어 주고, 다른 빛을 받아들인다.
"잘 살았구나."

마음을 비우라고요?

○ ● ○

은주는 늘 더 원했다. 더 넓은 집, 더 좋은 차. 빠른 승진. 그게 성공이고 자존심이었다. 욕심은 매일 그녀를 몰아붙였다. 늘 목이 말랐다. 비교는 갈증이니까.

어느 날 밤, 회사에서 돌아온 은주는 거실에 앉았다. 택배 상자가 쌓여 있고, 통장은 비었다. 전화기 화면에는 "미납"이라는 붉은 글씨가 깜빡였다. 순간, 그녀의 가슴이 쿵 하고 내려앉았다. 아무리 채워도 끝이 없던 욕심이, 드디어 삶을 무너뜨리는 게 아닌가 하는 생각이 천둥처럼 내리쳤다.

절망감에 창문을 열었다. 겨울바람이 세차게 밀려들었다. 순간 자신이 벼랑 끝에 서 있는 듯한 두려움이 몰려왔다. "내가 왜 이렇게 살지? 왜 나 자신을 이렇게 몰아세우지?"

그때, 구석에 있는 화분이 눈에 들어왔다. 물을 주지 않아 잎이 축 늘어졌다. 은주는 화분에 물을 부으며 깨달았다. '욕심이란 바로 이런 것이구나. 필요한 만큼의 물은 꽃을 살리지만, 너무 많은 물은 뿌리를 썩게 만든다.'

택배 상자를 하나씩 뜯었다. 꼭 필요하지 않은 옷, 쓰임새가 많지도 않은 가방, 장식품…. 쥐고 있으면 행복할 줄 알았던 것들이 오히려 가슴을 짓누르고 있었다. 은주는 눈을 감고 조용히 말했다. "이제 내려놓자. 지금 타고 있는 차로도 충분해. 지금 살고 있는 집도 과분해."

그리고 물건을 하나씩 상자에 담아 기부할 준비를 했다. 지갑 속 영수증을 찢어 쓰레기통에 버리니 눈물이 났다. 그날 밤, 은주는 깊이 잠들었다. 한동안 느껴본 적 없는 적요였다. 욕심을 털어내니 마음이 가벼워졌다. 비워진 자리에 새벽 햇살 같은, 전혀 다른 희망이 들어왔다.

흔히들 말한다. "마음을 비우세요." 마치 마음이라는 그릇 속에 가득 찬 물을 한 번에 쏟아낼 수 있는 것처럼 말한다. 마음을 비운다는 건 너무나 어려워 오랜 세월 갈고닦아야 한다. 그래도 다 비우기 어렵다. 욕심은 모래사장에 어지럽게 찍힌 발자국 같다. 파도가 밀려와 발자국을 지우면 어느새 또 다른 발자국이 생긴다. 욕심도 그렇다. 지우면 생긴다. 욕망 꿈 희망은 어쩌면 살아있다는 증거다. 죽은 다음에야 발자국을 남길 수 없다.

나는 한때 마음을 비운다는 말을 오해했다. 모든 걸 버리고, 아무것도 바라지 않는 것이라 여겼다. 그러나 삶은 빈자리에 다른 것을 채워 넣는다. 꽃을 심기도 하고, 소음을 채우기도 한다.

비우는 일에는 순서가 없다. 어떤 사람은 사랑을 먼저 비우고, 어떤 사람은 미움을 먼저 놓는다. 누군가는 오랜 꿈을, 누군가는 돈과 권력을 내려놓는다. 공통점이 있다면, 비우는 순간 삶이 조금은 가벼워진다는 것이다.

마음을 비우는 일은 강에 배를 띄우는 것과 비슷하다. 묶여 있던 밧줄을 풀고, 물살에 몸을 맡긴 채, 서서히 강물 속으로 스며드는 일. 처음엔 두렵다. 저 멀리 떠나면 돌아올 수 있을까? 하지만 비움은 떠남이 아니라, 흘러감이다. 흘러간 강물은 다시 돌아오지 않지만, 그 물은 구름이 되어 비로 내리고, 또 다른 강, 바다로 스며든다. 마음도 그렇다. 비우면 다른 빛으로 돌아온다.

어떤 날은 마음이 너무 무거워서, 그 무게 때문에 숨조차 쉬기 힘들 때가 있다. 그럴 땐 나 자신에게 묻는다. '이걸 내가 꼭 들고 있어야 할까?' 그리고 아주 작게라도 '아니오'라는 대답이 들리면, 그 부분만큼만 내려놓는다.

나는 완전히 다 비우지 못했다. 오늘은 한 줌, 내일은 두 줌. 그렇게 하다 보면, 언젠가 내 마음속 강물 위로 햇빛이 번져 올 것이다. 마음을 비우면 보이지 않던 게 보이고, 없던 길이 보이리라 믿는다.

가득 차 있던 시절에는 내딛기 힘들었으나, 비운만큼 가볍게 앞으로 나갈 수 있지 않을까? 그 길 위에서 나는 바람을 느끼고, 지나가는 사람들의 웃음을 듣고, 나무 그림자에 머물 수 있다. 비움은 세상을 외면하는 것이 아니라, 세상의 빛을 다시 받아들이는 일이다.

1959년, 중국의 무력 진압이 시작되었을 때, 스물네 살의 달라이 라마는 목숨을 걸고 티베트의 설산을 넘어 인도로 망명했다. 까마득히 높은 산, 폭설, 총성 속에서 그와 함께한 사람들은 공포와 절망에 휩싸였지만, 그는 분노를 택하지 않았다. 그 길에서 깨달았다. "증오는 나를 무너뜨린다. 자비만이 나와 우리 국민을 살린다."

망명지 다람살라의 삶 또한 편할 리 없었다. 조국은 여전히 억압받고, 돌아갈 수 없는 현실은 마음을 무겁게 했다. 달라이 라마는 어린 시절부터 배운 수행을 통해 마음속의 분노와 집착을 하나씩 비우며, 자비와 평화를 채웠다.

세계 곳곳을 다니며 평화를 이야기했고, 사람들 앞에서 늘 미소 지었다. 고통의 역사 속에서도 희망을 전했다. 그는 "나는 가난한 수도승일 뿐이다. 그러나 내 마음이 평화롭기에, 나는 세상에서 가장 부자다."라고 말했다.

마음을 비운다는 건 모든 걸 버리는 것이 아니다. 분노와 집착을 내려놓고 그 자리에 사랑과 평화를 심는 일이다. 그 비움이 한 사람의 마음을 넘어 세상을 바꾸는 씨앗이 될 수 있다.

> "때로는 계획한 삶을 내려놓아야 당신을 기다리는 진짜 삶이 들어온다."
>
> — 조셉 캠벨

리처드 데이비슨 위스콘신대 교수 등 뇌과학자들에 따르면 '마음을 비우다'는 것은 불필요한 생각, 집착을 버리는 것으로 불안과 스트레스를 줄이고 안정감 및 회복탄력성을 향상시킨다.

희망과 절망, 자기충족적 예언이다 ○ ● ○

아르헨티나에서 태어난 체 게바라(사진)는 어릴 때부터 천식을 앓았다. 숨조차 제대로 쉬기 어려웠으나 강인한 정신을 길렀다. 의과대학에 다니던 20대 초반, 친구와 함께 낡은 오토바이를 타고 남미 대륙을 여행하며 삶이 바뀌었다. 광부들이 혹사당하는 현장, 나병 환자들이 격리된 채 죽음을 기다리는 마을…. 그는 일기장에 적었다. "나는 더 이상 방관자가 아니다. 타인의 고통은 나의 고통이다."

이 결심은 그를 혁명의 길로 이끌었다. 멕시코에서 피델 카스트로를 만나 쿠바혁명군에 합류했다. 밀림을 돌아다니며 굶주림과 병, 수없이 쏟아지는 총탄 속에서 의사이자 전사가 되었다. 혁명군이 패배 직전까지 몰렸을 때도 희망을 놓지 않았다. 혁명군은 1959년 바티스타 독재정권을 무너뜨렸다. 쿠바의 깃발은 새롭게 휘날렸다.

그는 장관, 중앙은행장 등의 직책을 버리고 혁명의 확장을 위해 아프리카 콩고, 남미 볼리비아로 떠났다. 그곳에서 고립과 배신에 포위됐고, 1967년 볼리비아의 산골에서 체포됐다. 마지막 순간, 총구 앞에서도 그는 두려움 대신 당당히 말했다. "나를 죽일 수는 있어도 나의 사상을 죽일 수는 없다."

체 게바라의 삶이 증언한다. 희망과 절망은 언제나 나란히 서 있지만, 어떤 목소리를 붙드는가에 따라 한 사람의 인생, 나아가 역사의 흐름까지 달라질 수 있다.

희망과 절망은 서로 다른 옷을 입었지만, 같은 집에서 태어난 쌍둥이다. 희망은 아침햇살처럼 나를 깨우고, 절망은 한밤의 그림자처럼 나를 붙든다. 두 얼굴 모두 내 안에서 자라난다. 어떤 얼굴을 잡느냐에 따라 나의 하루와 내일이 달라진다.

나는 내성적이고 우울한 성격이어서 희망보다는 절망의 언어에 귀 기울이며 살았다. 사람이 희망보다 절망에 치우치는 건, 위험 가득한 원시 야생의 생존전략이 유전된 것이기도 하다.

"내가 해낼 수 있을까?" "안되면 어떻게 하지?" 나는 여러 번 포기했었다. 그런 부정적인 말들이 나의 마음에서 흘러나와 발목을 묶었다. 결국 절망은 예언자가 되었고, 나는 그 예언이 시킨 대로 주저앉았다. 아무도 강요하지 않았는데도 스스로 절망을 현실로 만들었다.

그러나 인생은 균형을 찾아간다. 어느 날 문득, 절망이 내 발목을 잡듯 희망 또한 내 손을 잡는다. "너는 할 수 있어. 포기하지 마. 끝까지 가보자." 그 목소리를 따라 발걸음을 떼었을 때, 놀랍게도 길은 스스로 열렸다. 뒤돌아보면 그런 결정을 내릴 때는 생각 없이 내달렸다. 무모했었다.

아무리 좁고 어두운 터널이라도, 희망의 언어를 붙잡으면 끝에는 반드시 빛이 있다. 희망 또한 예언자다. 나는 희망의 말을 믿었고, 믿음은 나를 행동하게 했으며, 실행은 결국 현실을 바꿨다.

희망과 절망은 둘 다 허공에서 시작한다. 아직 오지 않은 미래, 아직 보이지 않는 내일. 그것이 입술에 닿고, 마음에 닿을 때, 허공은 무게를 얻는다. 그리고 그 무게는 발걸음을 이끌고, 결국 삶의 풍경을 바꿔놓는다.

그렇다면 분명하다. 어느 예언자의 목소리를 들을 것인가. 내가 만약 인생에서 도망친다면, 그것은 절망의 예언을 따른 결과다. "그만해. 의미 없어. 결국 실패할 거야." 그 말에 무릎 꿇고 등을 돌린 순간, 나는 절망이 예언한 결말 속에 들어가 버린다.

그러나 나는 도망가지 않을 것이다. 나는 내 귀에 속삭이는 희망의 언어를 더 크게 들을 것이다. 비록 그것이 근거 없는 환상처럼 보일지라도, 나는 그 환상에 힘입어 내일을 향해 걸어갈 것이다. 왜냐하면 희망의 환상은 결국 현실로 자라나는 씨앗이기 때문이다.

삶은 늘 나를 시험한다. 가장 힘든 순간, 어떤 목소리를 택할지를 묻는다. 때로 포기가 더 그럴듯하고, 더 논리적이며, 더 현실적으로 보인다. 그러나 현실이란 본래 희망과 절망이 만들어낸 결과다. 내가 무엇을 택하느냐에 따라, 같은 길도 천국이 되거나 지옥이 된다.

희망을 붙든 자는 고통 속에서도 의미를 찾고, 절망을 붙든 자는 기쁨 속에서도 허무를 찾는다. 희망이건 절망이건, 그것은 선택의 문제이며, 선택이 운명을 만든다.

운명은 하늘이 내리는 족쇄나 이정표가 아니다. 내가 스스로 지은 말과 생각이 모여서 굳어진 길이다. 어둠이 깊을수록, 작은 불씨가 예언처럼 속삭였다. "너는 끝나지 않았어." 절망이 예언하는 종말도, 희망이 예언하는 새벽도, 나의 선택에서 완성된다. 내가 걷는 이 길 끝에, 내가 만든 내일이 기다리고 있으리라. "나는 인생에서 도망가지 않았다. 나는 희망이라는 예언을 믿었고, 그 믿음이 나를 지켜 주었다."

이른 아침, 공기가 차가웠다. 첫차를 기다리며 플랫폼에 서 있던 현수는 두 손을 주머니 깊숙이 찔러 넣은 채 한숨을 내쉬었다. 가방끈은 해졌고 구두는 닳았다. 오늘도 면접이었다. 벌써 몇 번째인지 세기도 싫었다. 그의 귀에 속삭임이 들려왔다. "안 될 거야. 또 떨어질 거야. 괜히 가봤자 뭐하나~."

누구에게나 희망보다 절망이 크게 들린다. 현수는 잠시 눈을 감고 생각했다. 차라리 발길을 돌릴까. 바로 그때였다. 플랫폼 반대편에서 어린아이의 웃음소리가 들려왔다. 졸린 눈을 비비며 엄마 손을 꼭 잡은 아이가 현수를 바라보며 웃었다. 그 해맑은 웃음이 따뜻하게 다가왔다. 순간 현수의 가슴 안에서 또 다른 목소리가 일어났다. "그래 가자. 이번엔 다를 거야. 아직 끝난 게 아니야. 나도 가정을 갖고 싶다."

그건 희망이었다. 언제나 절망에 가려져 있었지만, 늘 그 자리에 있었던 또 하나의 목소리. 현수는 가방을 꼭 쥐었다. 여명을 지나온 열차의 불빛이 가까워졌다. 차창에 비친 현수의 얼굴이 어딘가 단단해져 보였다. "그래. 잘했다. 이번만큼은 틀림없이 될거야."

현수는 느꼈다. "포기하지 않으면 문이 열릴거야. 한 걸음이 오늘을 바꾸고 내일을 여는 열쇠가 될 거야." 느낌은 정직하다.

> "희망은 깃털이 달렸다. 영혼에 내려앉아 노래하는 새다."
> — 에밀리 디킨슨

> "희망은 모든 것이 절망적일 때조차, 빛을 바라볼 수 있게 해준다."
> — 데즈먼드 투투

하버드대 등 여러 연구 결과에 따르면 희망을 품을 때 뇌의 전전두엽과 보상중추가 활성화되며 실제로 행동과 동기가 강화된다. 절망은 편도체를 자극해 불안과 포기를 유도한다. 즉, 희망과 절망은 실제 뇌 속에서 서로 다른 예언자로 작동한다.

7부

평범한 날들의
빛-행복

평범한 날은 눈길을 끌지 않지만 그 속에는 은은한 빛이 숨어 있다. 아침 햇살이 스며든 커피 향, 아이의 맑은 웃음, 길가에 피어난 들꽃 한 송이. 특별한 일이 없어도 마음에 오래 남는 순간들이 있다. 이런 순간들이 모여 삶을 부드럽게 이어주고, 평범함을 가장 값진 선물로 만들어 준다.

"나의 진정한 수확은 아침저녁의 빛깔처럼 손에 잡히지 않고 형언할 수 없는 것이다. 그것은 내가 붙잡은 작은 별가루이며, 무지개의 한 조각이다."(헨리 데이비드 소로)

너와 나 사이의 다리 위에서

○ ● ○

　　1960년대 후반, 세상은 전쟁과 혼란의 도가니였다. 베트남전의 총성이 울리고, 젊은이들은 거리에서 평화와 자유를 외쳤다. 그 시기, 영국 리버풀 출신의 음악가 존 레논은 세계의 슈퍼스타였다. 그는 명성과 부를 누렸지만 마음은 고독의 섬으로 비어갔다.

　　런던의 한 전시회에서 오노 요코를 만났다. 실험적이고 도발적인 예술가였던 그녀는 사람들에게 이해받지 못했지만, 레논의 눈에는 낯선 빛을 지닌 오지처럼 보였다. 그는 오노의 작품에 적힌 한마디 〈YES〉를 보고 말했다. "부정이 아닌 긍정을 만났다." 그것이 다리의 시작이었다. 오노는 전후 미국에서 실험적인 그림을 그렸다.

　　사랑은 쉽지 않았다. 두 사람은 서로 다른 문화와 배경에서 왔고 세상의 비난은 거셌다. 레논은 오노와 함께하기 위해 과거를 정리했다. 팬들은 오노를 '비틀즈를 해체시킨 여자'라 손가락질했다. 그들의 사랑은 흔들리지 않았다. 레논은 오노와 함께 노래했고, 불후의 명곡 'Imagine'은 두 사람의 꿈이자 세상을 향한 사랑의 선언이었다.

　　레논은 1980년12월 뉴욕에서 총탄에 쓰러져 오노의 품에서 세상을 떠났다. 그 순간, 두 사람의 사랑은 끝난 듯 보였지만, 아니었다. 오노(2026년 현재 93

세상은 서로 다른 섬들로 이루어져 있다. 사람들은 각자의 섬에서 태어나, 고독 속에 살아간다. 그 외로운 섬들은 다리로 이어진다. 그 다리 위에서 웃고, 울고, 서로를 알아가며 행복도 배워간다.

처음 다가가는 발걸음은 언제나 떨린다. 거절이 두려워 주저하다가도, "용기"를 외치며 걸음을 뗀다. 첫 발자국은 어색하지만 거리는 조금씩 좁혀진다. 다리 위를 걷다 보면 상대의 밝음만이 아니라 어둠도 보인다. 웃음 뒤에 감춰진 눈물, 말 속에 숨어 있는 불안, 아무렇지 않은 듯한 얼굴에 새겨진 상처. 그러나 바로 그 그림자와 함께할 때, 우리는 서로에게 닿는다. '아~ 행복은 부족함을 함께 끌어안는 노력이구나!'

다리 위에선 말이 없어도 된다. 손을 잡거나, 같은 풍경을 바라보면 된다. 다리는 두 사람 사이에 놓인 긴 침묵조차 따뜻하게 만든다. 행복은 수많은 언어보다 함께 머무는 시간에서 피어난다. 다리 아래 바닷물은 흔들린다. 멈추지 않고 요동치며 늘 새로운 물결을 일으킨다. 사랑, 행복, 인생도 그렇다. 아무리 꽉 붙잡으려 해도 세월 따라 물결치며 흘러간다. 그러나 다리 위에 함께 서 있는 한은, 시간마저 멈춘 듯하다. 행복은 요동치는 파도 위에 함께 서 있어야 더 진해진다.

그러나 인간은 결국 홀로 서서 파도를 바라봐야 한다. 그게 운명이다. 외로움과 고독이 차갑게 몰아칠 때, 멀리서 발걸음 소리가 들린다. 나를 향해 다가오는 발걸음. 행복은 바로 그 발걸음 소리에서 시작한다.

때로 다리가 무너진다. 신뢰가 흔들리고, 오해가 깊어지며, 상처가 다리를 갈라놓는다. 그러나 무너짐이 끝은 아니다. 돌을 하나씩 다시 쌓고 두 손이 다시 맞잡을 때 다리는 더 튼튼해진다. 다리 위에서 아이가 웃으며 달려온다. 그 작은 손을 잡는 순간, 삶은 다르게 전개된다. 너와 나 사이의 다리 위에서 아이의 웃음은 세상에서 가장 순수한 행복이 된다.

해가 서쪽으로 기울어 바다를 붉게 물들인다. 긴 하루가 끝날 때, 옆에서 누군가 함께 걷는다. 행복은 찬란한 한낮이 아니라, 노을 속을 함께 건너는 발걸음 속에 있다. 우리가 걸어온 다리는 언젠가 사라진다. 그러나 그 위에서 나눈 웃음, 눈물, 침묵, 약속은 오래 남아 마음의 풍경이 된다.

정옥씨는 70을 넘긴 지금 작은 동네에서 조용히 살고 있다. 그녀는 늘 하늘을 보며 꿈을 꿨다. 가난한 산동네였지만 소녀는 "나는 언젠가 나만의 길을 만들겠다."는 마음을 간직했다.

20대 초반, 공장에서 일하며 밤에는 시를 썼다. 아무도 알아주지 않았지만, 글을 쓰는 순간만은 외로운 섬에서 벗어나 세상과 이어진 듯했다. 그렇게 살아가던 어느 날, 도서관에서 우연히 한 남자를 만났다. 말수가 적고, 눈빛이 따뜻한 사람이었다. 서로 다른 길을 걸어온 두 사람이었지만, 책을 사이에 두고 나눈 대화가 다리가 되었다.

두 사람은 함께 세월을 건넜다. 살림은 빠듯했고, 때로는 병마와 싸워야 했다. 이제 자식들도 떠나고 적막만 쌓였다. 그러나 깨달음이 남았으니 됐다. "나는 평범한 사람이다. 행복은 함께 나눈 국 한 그릇 속에서, 서로의 침묵조차 편안하게 느껴지는 시간 속에서 자라난다."

그녀는 작은 뜰에 핀 꽃을 보며 지난날을 떠올린다. 젊은 날의 고단함도, 사랑의 기쁨도, 이별의 눈물도 모두 다리처럼 이어져 지금의 자신에게 닿아 있다. 저녁의 긴 그림자 속에서, 낡은 의자에 나란히 앉아, 차를 마신다. 낯선 길을 함께 걸으며, 묵묵히 내 어깨가 돼준, 따뜻한 기척이었다. "사랑"이란 속삭임 없이도, 함께 쌓아 올린 날들이, '우리의 집'이 되었다.

정옥씨가 속삭인다. "거창한 삶은 아니었지만 혼자가 아니었으니 됐어요."

"우리는 혼자 사는 법을 배울 때까지 사물을 있는 그대로 볼 수 없다. 그러나 혼자만 너무 오래 살면 아무것도 보지 못한다."

- 토마스 머튼

"사랑은 겉으로 보는 것이 아니라 마음으로 본다. 그래서 큐피드는 눈을 가리고 있다."

- 셰익스피어

    브레네 브라운은 〈불완전함의 선물〉에서 진정한 행복은 완벽함에서가 아니라 불완전한 자신을 드러내고 연결될 때 생긴다고 했다.

기다림이 빚어내는 깊이

○ ● ○

미국 컨트리 음악의 전설, 조니 캐시는 깊고 낮은 목소리로 세상의 고통과 사랑을 노래했다. 가난한 농가에서 태어나 전쟁을 겪은 그는 무대 위에서는 빛났으나 무대 밖에서는 술과 약물로 무너져 갔다. 그의 삶은 늘 고독, 기다림, 허무의 그림자 속에 있었다.

준 카터는 유명한 음악가문 카터패밀리 출신으로, 어린 시절부터 무대에서 노래하며 대중의 사랑을 받았다. 활달하고 밝아 보였지만, 두 번 이혼하는 고통을 겪었다. 그녀는 인간적인 따뜻함을 지닌 사람이었다.

두 사람은 무대에서 처음 만났고, 곧 서로의 삶 속에서 없어서는 안 될 존재가 되었다. 그러나 준은 곧바로 조니의 손을 잡지 않았다. 그는 여전히 마약에 젖어 방황했고, 그녀는 멀리서 그가 일어나기를 기다렸다. 준의 기다림은 사랑의 또 다른 얼굴이었다.

수년간의 기다림 끝에, 조니는 마침내 새 삶을 선택했다. 준과 함께 노래하며 남은 생을 보냈다. 무대 위에서 듀엣은 관객을 감동시켰고, 무대 밖에서는 서로를 지탱하는 기도가 되었다.

조니는 아내를 먼저 떠나보내며 고백했다. "내 모든 노래는 당신을 향한 기다림, 사랑이었소."

두 사람의 삶이 전한다. '사랑은 불꽃처럼 타오르는 순간의 열정만이 아니라, 긴 기다림 속에서 더욱 따뜻해진다. 기다림이 빚어낸 깊이만큼, 행복은 지속된다.'

행복은 반짝이는 빛처럼 다가오곤 한다. 그러나 그 빛은 준비되지 않은 마음 앞에서는 금세 사라진다. 행복은 기다림의 시간을 통과하며 무르익는다. 기다림은 행복이 다다를 자리를 넓히는 과정이다.

기다림 속에서만 피어나는 특별한 감정이 있다. 가을 들녘에서 벼가 황금빛으로 물드는 것도 기다림의 힘이고, 겨울 끝에서 움트는 꽃봉오리의 환희도 기다림이 있었기에 가능하다. 기다림은 숙성과 발효의 과정이다.

사랑도 기다림 속에서 자란다. 다툼도 기다림 끝에 화해로 이어지고, 멀리 떨어진 가족의 얼굴도 기다림 끝에 마주할 때 더욱 소중하다. 기다림이 없었다면 관계의 깊이를 알기 어렵다.

"보고싶다"는 기다림이 만든, 가장 아름다운 말이다. 그 기다림이 지나간 자리에 남는 눈물과 웃음은 행복의 결을 더욱 짙게 한다.

삶은 끝없는 기다림의 연속이다. 새 아침을 기다리고, 다른 계절을 기다리고, 행복한 소식을 기다리고, 떨리는 성공을 기다린다. 어떤 기다림은 끝내 오지 않기도 한다. 그러나 그조차도 의미가 있다. 기다림은 우리를 겸손하게 하고, 현재를 귀하게 만든다.

행복은 원하는 순간에 오지 않는다. 행복은 속도가 아니라 깊이다. 빨리 얻은 것은 쉽게 사라지고, 오래 기다린 것은 삶의 일부가 된다. 기다림은 나를 지치게도 하지만, 결국은 넉넉한 마음을 길러 주는 선물이다. 행복은 기다리는 과정 속에 이미 깃들어 있다.

노부부는 젊은 날 자주 다투었다. 가난과 피곤으로 대화가 날카로웠고, 사소한 말 한마디가 폭풍으로 번지곤 했다. 남편은 뛰쳐나가도 골목 어귀를 벗어나지 않았고, 이내 돌아와 밥상 앞에 앉았다. 말없이 밥을 뜨는 아내의 손끝에서 그는 다시 살아갈 힘을 얻었다. 싸움은 그렇게 삶 속에 묻혔다.

아이들이 태어나면서 기쁨은 커졌지만, 곧 빚과 병치레가 겹쳤다. 어느 해 겨울, 남편은 직장을 잃고 한 달여 소식을 끊었다. 그 한 달이 아내에게는 몇 년이었다. 아내는 시장 좌판에서 찬바람을 맞으며 물건을 팔면서도, 안방에 불을 켜고 따뜻하게 해두었다. 그건 남편이 빨리 돌아오기만을 기다리는 절절한 기도였다.

깊은 밤, 현관에서 발소리가 들려 오자 아내는 울면서 달려 나갔다. 남편은 초라한 월급봉투를 내밀었다. 두 사람은 '기다림은 서로를 잃지 않게 붙드는 끈'이라는 걸 알고 있었다.

몇 해 뒤 아내가 병으로 쓰러졌다. 남편은 꼼짝도 안 하고 병상을 지켰다. 의사가 "힘들다"고 고개를 저을 때, 남편은 떨리는 맘으로 아내의 손을 잡고 말했다. "나는 절대 포기하지 않을거야. 당신은 반드시 돌아올 거야." 수많은 불안의 밤 끝에, 아내가 천천히 눈을 떴을 때 남편은 아이처럼 울었다. 간절한 소원, 애타는 기도가 기적처럼 아내를 다시 집으로 데려왔다. 정말 간절하고 간절하면 하늘이 감동한다. 정성껏 살다 보면 이런 기적이 찾아올 때가 반드시 있다.

이제 두 사람은 창가에 나란히 앉아 저녁 햇살을 바라본다. 아내가 주름투성이 손을 잡으며 어색하게 말했다. "젊은 날엔 사랑이 뭔 줄 몰랐어요. 사랑은 기다림인 거 같아요. 끝없이 참고 버틴 그 시간이 바로 사랑이었던 것 같아요."

그들의 삶은 다툼과 불안, 기다림과 인내로 채워졌다. 인내가 두 사람을 단단하게 묶어 주었고, 지금의 평안을 빚어냈다. 그것이 기다림이 남긴 행복의 무늬다.

"가장 강한 전사들은 인내와 시간이다."
- 톨스토이

로버트 왈딩거의 '하버드 성인발달 연구'에 따르면 인간의 행복을 가장 크게 좌우하는 요인은 돈이나 명예가 아니라, 관계와 그 관계를 지켜내는 인내다.

나만 들을 수 있는 노래

○ ● ○

프란츠 카프카는 1883년 프라하에서 유대인 상인의 아들로 태어났다. 권위적인 아버지와 섬세한 성격의 아들은 자주 충돌했다. 카프카는 어린 시절부터 외로움과 불안에 시달렸고, 이 감정은 훗날 그의 작품에 고스란히 스며들었다.

그는 프라하대학에서 법학을 공부했고 졸업 후 보험회사에 취직했다. 퇴근하고 집에 오면 원고지 위에 불안과 고독을 쏟아냈다. 일상은 지극히 평범했으나, 내면은 언제나 치열하게 흔들리고 있었다. 인간의 불안, 소외, 권력의 부조리에 대한 감각은 그의 그런 삶에서 비롯됐다.

사랑도 쉽지 않았다. 몇 차례 약혼했으나 결혼으로 이어지지 못했다. 관계를 지속할 용기를 내지 못했다. 몸은 약했고, 폐결핵이 그의 건강을 끊임없이 위협해 41세에 세상을 떠났다.

생전에 출판된 책은 몇 권에 불과했고, 카프카 스스로 자신의 글이 세상에 남길 원하지 않았다. 죽기 전, 친구에게 원고를 불태워 달라고 부탁했다. 친구는 그의 유언을 거부했다. 덕분에 〈변신〉〈심판〉〈성〉 같은 걸작들이 세상에 남아 감동을 주고 있다.

카프카의 삶은 외로움의 기록이었다. 그의 글은 고독 속에서 성숙했기에 지금도 살아 있다. 세상과 섞이지 못했던 한 인간의 고립이 현대인들의 마음을 울리는 보편적 진실이 되었다. 카프카의 작품은 고독의 순간에만 들을 수 있는 절실하고 조용한 노래다.

인간은 평생 고독하다. 고독에서 탈출할 수 없다. 어울리며 살아가지만, 결국 혼자 남게 된다. 고독이 불편하고 힘드신가? 그러나 조용히 받아들이면, 그 속에서만 들을 수 있는 울림이 있다.

젊은 시절에는 고독이 더 견디기 어렵다. 도서관에서 혼자 밥을 먹을 때, 주말에 친구를 만나지 못할 때, 괜히 쓸쓸하고 초라하게 느껴진다. 주변에서 웃음소리가 들리면 혼자인 자신이 쑥스럽다. 그러나 세월이 흐르면 혼자인 시간이 결핍이 아니라는 사실을 조금씩 알게 된다. 고독 속에서만 비로소 내 마음의 노래를 또렷이 들을 수 있다.

고독한 시간은 느리게 흐른다. 시계의 바늘 소리가 크게 들리고, 창밖의 바람소리와 새소리마저 세밀하게 다가온다. 대수롭지 않던 것들이, 혼자 있으면 또렷해진다. 마음속에 남아 있던 후회, 그리움이 하나씩 떠오른다.

고독은 새로운 생각과 좌표를 찾아내는 가이드다. 고독은 관계를 새롭게 바라보게 한다. 늘 곁에 있던 가족도 떨어져 있을 때 비로소 그 존재의 소중함이 드러난다. 기다림과 그리움은 고독을 통해 깊어진다. 한동안 만나지 못한 사람을 다시 마주했을 때, 눈물이 맺히는 이유다. 고독은 피할 수 없는 인간 조건이다. 고독은 청춘에게는 미래에 대한 불안으로, 중년에게는 책임과 압박으로, 노년에게는 상실과 고요로 다가온다. 고독을 두려워하면 인생의 노래를 놓치게 된다. 고독을 통과하면 혼자 산책하다가 마주친 노을, 책 속의 한 문장이 던지는 위로, 차 한 잔의 따뜻함이 이전보다 더 크게 다가온다.

노부부의 삶에도 고독은 스며 있다. 오랜 세월을 함께했어도, 각자의 방 안에서 보내는 고요한 시간이 있다. 남편은 묵묵히 텃밭을 가꾸며 지난날을 돌아보고, 아내는 창가에서 바늘을 움직이며 조용히 마음을 정리한다. 그 시간이 쌓여, 두 사람은 서로의 존재를 더 깊이 이해하게 된다. 함께 있지만 홀로 있는 시간, 홀로 있지만 함께하는 마음. 그것이 사랑의 또 다른 모습이다.

고독을 잃으면 삶의 중심을 잃는다. 고독의 시간은 비우는 시간이자 채우는 시간이다. 그 속에 나만이 들을 수 있는 조용한 노래가 있다.

정희씨는 예순을 넘긴 나이에 갑작스러운 사고로 남편을 보냈다. 그날 이후 집 안은 깊은 침묵에 잠겼다. 아침에 마주 앉아 웃으며 나누던 밥상은 사라졌고, 저녁마다 들리던 텔레비전 뉴스 소리도 더 이상 없다. 아이들은 모두 떠났고, 작은 아파트에 홀로 남은 그녀는 말 한마디 나눌 사람이 없다. 고독은 날마다 그녀의 가슴을 헤집었다.

어느 겨울밤, 정희씨는 차가운 방바닥에 주저앉아 울음을 터뜨렸다. "이렇게 살아서 무슨 의미가 있을까." 그때 창밖에서 소리 없이 눈이 내렸다. 불현듯 남편이 남겼던 마지막 말이 떠올랐다. "힘들어도, 당신은 끝까지 잘 살아야 해요."

그 말을 떠올리자, 눈물 속에서 이상하게도 마음이 조금은 따뜻해졌다. 그날 이후 그녀는 고독을 다르게 보았다. 새벽에 일어나 남편이 좋아하던 찻잔에 따뜻한 차를 우려내고, 공원 벤치에 앉아 눈을 감으면 바람과 새소리가 위로처럼 들렸다. 고독은 더 이상 그녀를 집어삼키는 괴물이 아니라, 잃어버린 자신을 다시 만나게 하는 목소리였다.

"여보, 당신 말대로 잘 살다 당신 옆으로 갈게요. 내 안에는 여전히 당신의 사랑과 격려가 살아 있어요. 그래도 당신이 너무 그립네요."

"고독 속에서 마음은 힘을 얻고 스스로에게 의지하는 법을 배운다."   - 폴 브런턴

로버트 코플란 캐나다 칼턴대 심리학자는 스스로 선택한 고독은 창의성, 자기조절, 정서적 안정에 도움이 된다고 밝혔다. 미국의 심리학자 클라크 머스타카스는 책 〈고독〉에서 외로움은 결핍이지만 고독은 자기 발견과 성숙을 가능하게 하는 내적 공간이라고 했다.

고독의 자리

고독은 내가 앉는 조용한 의자, 소음이 멀어지고 내 안의 목소리가 들린다.

고독은 새 숨을 고르는 시간, 흐릿했던 길이 한 줄기 빛처럼 선명해진다.

아무도 없는 자리에, 나는 나와 마주 앉는다.

행복이란 무엇일까?

오드리 헵번은 세상이 기억하는 가장 우아한 배우였지만, 그녀의 삶은 우아함과 거리가 멀었다. 1929년 벨기에에서 태어나 2차 세계대전의 굶주림 속에서 자랐다. 독일군 점령하에서 가족은 숨어 지냈고 소녀는 빵 한 조각으로 하루를 버텼다. 그 시절의 결핍은 소녀에게 지워지지 않는 그림자를 남겼다. 그림 같은 얼굴 뒤에는 늘 "배고픔의 기억"이 있었다.

전쟁이 끝난 뒤, 그녀는 발레리나를 꿈꿨으나 병약한 몸은 그녀의 몸짓을 버텨주지 못했다. 그녀는 스크린 속에서 새 삶을 찾았다. 1953년, 〈로마의 휴일〉로 단숨에 세계적인 배우로 떠올랐다. 세상은 그녀의 미소를 사랑했지만, 헵번은 자신을 '배우'보다 '삶을 연습하는 인간'으로 여겼다.

그녀가 진정으로 소중히 여긴 행복은 명성이 아니라 사람, 가족과의 관계였다. 조용한 식탁, 가족의 웃음, 아이의 손을 잡고 걷는 오후의 햇살. 그것이 그녀에게 진짜 보석이었다.

그러나 행복은 언제나 온전하지 않았다. 첫 번째 남편 멜 퍼러는 배우이자 감독이었지만, 예술적 열정만큼이나 완고했다. 두 사람은 〈전쟁과 평화〉 촬영 중 사랑에 빠졌지만 시간이 흐르면서 헵번은 점점 "남편의 세계 속에서 자신이 사라지는" 외로움을 느꼈다.

그녀는 아들 숀을 품으며 가족을 지키려 애썼으나, 불안정한 결혼은 14년 만에 끝났다. 그녀는 나중에 이렇게 회상했다. "나는 그를 사랑했지만 우리가 서로에게 필요한 방식이 달랐다."

이혼 후, 그녀는 다시 사랑을 믿었다. 1969년, 이탈리아의 정신과 의사 안드레아 도티를 만나 결혼했고, 2년 뒤 둘째 아들 루카가 태어났다. 그녀는 스위스의 시골에 정착해 평범한 어머니로 살기를 원했다. 아침이면 아이들과 함께 빵을 굽고, 저녁이면 정원을 거닐며 별을 세었다.

그러나 남편의 잦은 외도는 그녀를 다시 고독 속으로 밀어 넣었다. 두 번째 결혼도 파국으로 끝났다. 그녀는 "사랑이란 함께 웃을 수 있을 때보다, 함께 고통을 견딜 수 있을 때 진짜가 된다."고 말했다.

나이가 들수록 헵번은 스포트라이트보다 아이들을 택했다. 그녀는 "내 인생의 진짜 상은 아들들이다. 두 아들은 내 인생 최고의 작품."이라고 했다. 첫째 숀은 어머니의 인도주의 정신을 이어받아 어머니 사후 유니세프 재단 활동을 계속 이끌었다. 말년의 오드리는 배우보다 인도주의자로 살았다. 유니세프 친선대사로 아프리카, 방글라데시, 에티오피아를 돌며 굶주린 아이들을 품에 안았다. 그녀는 "나는 이 아이들에게서 어린 시절의 나를 본다. 누군가의 손길이 그때의 나를 살렸듯, 지금은 내가 그 손이 되어야 한다."고 말했다.

그녀는 오랜 투병 끝에 64세에 세상을 떠났다. 그녀의 집에는 두 아들의 사진과 아프리카 아이들이 그린 그림들이 걸려 있었다. 세상은 그녀를 '우아함의 아이콘'으로 기억하지만, 그녀의 진짜 아름다움은 먼 나라 아이들의 눈빛 속에서, 조용히 그러나 깊게 빛났다.

행복은 희귀한 보물이 아니다. 때로는 따뜻한 차 한 잔에 숨어 있다. 행복은 그래서 찾아내야만 하는 것이다. 크고 화려한 무언가를 찾아 헤매지만, 행복은 숨결 가까이에 있다. 어린아이가 엄마 품에 파고들며 잠드는 순간, 그것이야말로 세상에서 가장 진실한 행복이다.

웃어야 행복할 것 같지만, 행복은 때때로 눈물 속에서 태어난다. 고통 속에 마주한 작은 위로, 잃어버린 줄 알았던 희망이 다시 깜박일 때, 눈물은 곧 행복의 징표가 된다. 상처와 슬픔은 행복을 더 깊게 한다.

행복은 함께일 때 빛난다. 누군가의 손을 잡고 길을 걸을 때, 혹은 낯선 이에게서 뜻밖의 친절을 받을 때, 행복은 조용히 내 안에서 퍼진다. 행복은 결국 나와 너 사이를 잇는, 보이지 않는 다리 위에서 자라난다.

행복은 즉각적인 충족이 아니다. 농부가 씨앗을 뿌리고 몇 달을 기다려 추수할 때, 그 기다림의 시간은 행복의 무게를 더해 준다. 기다림 없는 행복은 가볍고, 기다림을 품은 행복은 오래 남는다. 가장 깊은 행복은 때로 고독 속에서 태어난다. 혼자 걷는 숲길에서, 말없이 흐르는 강물 앞에서 비로소 나 자신과 마주한다. 행복은 타인의 환호가 아니라, 나의 고요한 합의에서 비롯된다.

행복은 특별한 날에만 오는 손님이 아니다. 장을 보고 돌아오는 길에 들려오는 아이들의 웃음소리, 피곤한 하루 끝에 마주치는 따뜻한 샤워, 밥 냄새 가득한 저녁 식탁. 이런 순간들이 쌓여 삶을 환히 밝힌다.

사랑하는 이를 잃었을 때, 행복이 끝났다고 느낀다. 그러나 시간이 흐른 뒤, 문득 떠오르는 미소와 추억 속에서 알게 된다. 행복은 사라지지 않고 다른 형태로 내 안에 남아 있다. 행복은 지나간 시간이 남긴 흔적 속에서 다시 빛을 발한다.

행복은 "언젠가"가 아니라 "지금" 속에 있다. "내일은 더 나아질 거야, 그때 행복해질 거야"라고들 말한다. 그러나 행복은 내일을 기다리지 않는다. 오늘 아침의 빛, 지금 이 순간의 대화, 손끝에 닿는 공기에 숨어 있다.

완벽해야만 행복할 수 있다고 생각하면 행복할 수 없다. 행복은 불완전함을 인정해야 찾아온다. 부족한 나를 받아들이고, 흠이 있는 세상과 화해할 때, 행복은 비로소 내 안에서 숨을 쉰다. 행복은 흠 없는 완성이 아니라, 모자람 속의 따뜻한 수용이다.

행복은 주어지는 것이 아니다. 찾아야만 하고 선택해야만 한다. 같은 상황에서도 어떤 이는 원망 속에 살고, 어떤 이는 감사하며 산다. 행복은 조건이 아니라 태도다. 그것은 매 순간 "이 순간을 사랑하기로" 결정하는 의지 속에 있다. 행복은 멀리 있는 별이 아니다. 행복은 어깨 위에 내려앉은 햇살 속에 있다. 삶은 흐르고, 행복은 늘 작고 은밀하게 내 곁을 지나치고 있다. 놓치지 말자.

혁진씨 부부는 30년 넘게 작은 가게를 운영해 왔다. 하루하루가 전쟁 같았고, 늘 돈 걱정, 자식 걱정이 먼저였다. 아이들 교육비에, 가게 임대료에, 몸은 지치고 마음은 늘 무거웠다. 어느 날 문득 아내가 남편에게 물었다. "여보, 우리 행복한 걸까?"

남편은 대답하지 못했다. 늘 '조금만 더 나아지면' 행복해질 거라 믿었기 때문이다. 하지만 시간이 흘러 아이들이 떠나고, 가게 문을 닫고 난 뒤에서야 알았다. 퇴근길에 아내와 나눠 먹던 국밥 한 그릇, 새벽시장에 같이 다니며 장바구니를 들던 그 순간들이 이미 행복이었다.

지금, 오래된 아파트 베란다에서 함께 차를 마신다. 낡은 하루를 감싸 안는 남편의 따뜻한 침묵과 아내의 온유한 눈빛, 그 온기가 서로를 지켜준다. 여전히 돈은 없지만, 서로의 얼굴을 바라보며 안심하니 됐다. 아내가 내어준 따뜻한 차 한 잔, 창밖으로 들어오는 햇살, 전화기 너머로 들려오는 자식들의 목소리. 그것이면 충분하다.

행복은 늘 곁에서 조용히 흐르고 있다. 다만 내가 그것을 알아보지 못할 뿐이다.

"인생에서 가장 큰 행복은 우리가 사랑받고 있다는 확신이다. 있는 그대로의 모습으로, 혹은 결점에도 불구하고 사랑받고 있다는 확신이다."
- 빅토르 위고

하버드대 댄 길버트 심리학교수는 〈행복에 걸려 비틀거리다〉에서 일상의 작은 즐거움이 장기적인 행복에 큰 영향을 준다고 했다. 긍정심리학자 마틴 셀리그만은 행복은 긍정적 감정, 몰입, 의미로 이루어졌다고 했다.

나도 행복할 수 있을까?

○ ● ○

　요한 제바스티안 바흐는 1685년 독일의 음악가 집안에서 태어났지만, 아홉 살 무렵 부모를 잃고 고아가 됐다. 형 집에서 자라며 힘든 시절을 견뎌야 했다. 그러나 그 고독과 상실은 그의 음악을 깊게 만들었다. 어린 나이에도 형 몰래 음악책을 베껴가며 밤새워 공부했다. 음악이 삶을 붙드는 유일한 힘이 되었다.

　젊은 시절에는 생계를 위해 작은 교회의 오르가니스트로 일했다. 그의 음악은 늘 지나치게 복잡하고 길다는 이유로 비판받았다. 때로는 상관과 갈등을 빚어 감옥에 갇히기도 했다. 그는 굴하지 않았다. 오히려 더 치열하게 작곡하며, 자신만의 음악 세계를 확립해 나갔다.

　그의 첫 번째 아내는 젊은 나이에 세상을 떠났다. 재혼했지만 스무 명의 자녀 중 절반을 어린 나이에 잃어야 했다. 사랑하는 자식들을 가슴에 묻으며, 그는 슬픔을 음악으로 승화했다. 그래서 그의 칸타타, 마태수난곡, 요한수난곡 같은 작품들은 단순한 종교음악이 아니라, 고통과 위로가 스며 있는 기도의 선율이었다. 고난 속에서 삶의 의미를 붙잡기 위한 고백이었다.

　노년의 바흐는 시력을 잃고 건강이 악화되었지만, 음악을 멈추지 않았다. 세상을 떠나기 직전까지도 '푸가의 기법' 같은 걸작을 쓰며 인류에게 선물을 남겼다. 그는 '음악의 아버지'로 추앙받는다.

"나도 행복할 수 있을까?" 나는 종종 이 질문 앞에서 멈춰 선다. 이 물음은 단순한 호기심이 아니라, 내 삶을 흔드는 외침이었다. 나는 자주 공허하다. 자려고 누우면 공허함이 밀려온다.

SNS 속 사람들은 다들 만족스러워 보인다. 여행지에서 환하게 웃는 얼굴, 맛있는 음식을 앞에 두고 나누는 웃음소리. 그러나 내 방은 조용하다. 그들의 행복이 내 그림자를 더 짙게 만든다. 행복은 늘 멀리 있는 별 같다. 손을 뻗으면 잡힐 듯 다가왔다가, 이내 먼 허공으로 흩어졌다. "행복은 애초에 내 것이 될 수 없는 걸까?"

나는 좋은 직장, 안정된 관계, 믿을 수 있는 사랑, 영향력과 명예—이 모든 것이 채워지지 않으면 행복할 수 없다고 생각했다. 그 조건은 좀처럼 채워지지 않았고, 일부 채워져도 오래가지 않았다.

결핍은 다시 갈증으로 돌아왔다. 웃으려 애써도 마음 한구석에서는 차가운 돌이 굴러다녔다. 행복은 허기, 허무로 가려졌다. "행복은 마음먹기에 달렸다."고 하지만 마음을 아무리 고쳐먹어도 허기는 채워지지 않았다. 누군가는 "행복은 작은 것에 있다."고 하지만 나는 그걸 찾지 못했다.

나는 왜 행복을 붙잡지 못하는가? 이 질문은 툭하면 내 가슴을 조였다. 내가 생각하는 행복의 조건을 달성하지 못했고, 앞으로도 이룰 가능성이 적다. 그러면 언제까지 불행할 것인가? 한 번뿐인 인생인데. 생각을 바꾸자. 언제까지나 결핍을 느끼며, 불행감 속에 살 수는 없지 않은가? 그래서 나는 '현재의 삶'에서 행복을 찾기로 했다. 어쩌면 내가 찾던 행복은 이미 내 곁에 있었는지 모른다. 더 크고, 더 좋은 것, 더 많은 것을 원하느라 그 행복을 놓치고 있었던 건 아닐까?

아침 햇살이 커튼 사이로 스며드는 순간, 지친 하루 끝에 마신 따뜻한 차 한 잔, 내 이름을 불러주는 누군가의 목소리. 그것들이야말로 내가 갈망하던 행복의 조각들이 아닐까? 생각을 바꾸니 행복은 멀리 있는 별이 아니다.

나는 여전히 완벽하지 않은 삶을 산다. 외롭고, 흔들리고, 허무하다. 그러나 이제는 현재의 조건, 상황 속에서 행복을 찾으려 한다. 지금 내 곁에 머무는 숨결을 붙잡을 때, 행복은 내 안에서 피어나리라.

진석씨는 목수였다. 새벽부터 밤까지 망치와 톱을 잡고, 남의 집을 짓느라 정작 자신의 삶은 돌보지 못했다. 손바닥은 굳은살로 갈라졌고, 허리는 구부정했다. 그는 말했다. "내 손으로 집이 완성되는 걸 보는 것만큼 큰 기쁨도 없어요."

하지만 칠순을 넘기던 해, 쓰러졌다. 중풍이었다. 병원 침대에 누워 창밖을 바라보며 절망에 빠졌다. "이렇게 내 인생도 끝나는구나. 내가 진정 행복한 적이 있었던가?" 슬픔이 가슴을 짓눌렀다.

제자들이 병실을 수시로 찾았다. 그들은 스승에게서 배운 기술과 삶의 태도를 떠올리며 말했다. "우리가 세운 집마다 선생님의 손길이 남아 있어요. 저희가 선생님의 삶을 이어가고 있습니다." 진석씨는 울었다.

행복은 젊음이나 건강, 돈으로만 정의되는 게 아니었다. 자신이 걸어온 길, 남겨 놓은 발자취, 사랑하는 사람들과 나눈 시간 속에 이미 깊게 깃들어 있었다. 그렇게 세상은 이어진다.

생사일여(生死一如)라고 한다. 태어나고 죽음이 하나다. 우주 생태계에서 나 하나 없어지는 건, 바다에서 물방울 하나 없어지는 것보다도 작다. 그래서 생사일여. 그렇게 미미한 존재가 엄청난 행복을 찾는 건 너무나 허황되다. 작은 행복을 찾아 느끼고 감사하며 살자~~~.

행복은 인류가 가장 오래 묻고 답해온 질문 중 하나다. 고대 그리스의 철학자 아리스토텔레스는 행복을 에우다이모니아(eudaimonia), 곧 '잘 사는 것'으로 정의했다. 그것은 단순히 순간의 즐거움이 아니라, 삶 전체를 관통하는 목적과 덕의 실현이었다. 반대로 에피쿠로스는 행복을 '쾌락의 균형' 속에서 찾았다. 그가 말한 쾌락은 흔히 오해되듯 방탕이 아니라, 불필요한 욕망을 줄이고, 마음의 평정을 얻는 절제였다.

행복을 얻으려는 인간의 본능은 대개 욕망으로 드러난다. 더 많이 가지려는 마음, 더 높이 오르려는 열망. 쇼펜하우어는 이를 의지의 무한한 갈증-끝없는 목마름이라고 했다. 충족된 욕망은 바로 새로운 욕망을 낳기에, 인간은 결코 완전히 만족할 수 없다. 그렇다면 행복은 영원히 채울 수 없는 욕망이므로, 비움으로 생각을 바꾸면 어떨까?

불교에서도 고(苦)의 근원은 집착이며, 집착을 내려놓을 때 비로소 평안이 찾아온다고 했다. 따라서 "어떻게 해야 행복할까?"라는 질문에 대한 첫 해법은 욕망을 줄이고 현재를 보는 것이 아닐까?

인간은 사회적 동물이다. 아리스토텔레스가 "인간은 폴리스 밖에서는 신이나 짐승일 뿐"이라 했듯, 우리는 관계 속에서 의미를 발견한다. 스토아 철학자 세네카 역시 행복은 자기 자신에게 충실할 뿐 아니라, 공동체적 삶 속에서 더 깊어진다고 했다.

행복은 물질적 조건보다 관계의 질에 더 크게 좌우된다. 친구와 대화, 가족의 신뢰, 공동체 속의 소속감은 행복의 현실적 토대다. 죽음을 의식하면 삶은 더 절실해진다. 행복은 주어진 것이 아니라 유한한 시간 속에서 찾아내야 한다. 그러므로 행복은 순간을 붙잡는 능력과 연결된다. 내일을 기약하지 못한다는 사실을 안다면, 지금 눈앞의 햇살과 숨결, 작은 미소가 곧 행복의 실체로 다가온다.

플라톤은 이데아를, 종교는 신을, 철학은 자유와 정의를 이야기한다. 서로 다른 이름이지만, 결국 행복은 자기 너머의 어떤 것을 향해 나아갈 때 완성된다. 나의 욕망을 넘어, 더 큰 선(善)을 향한 발걸음이야말로 인간을 진정 행복하게 한다. 그렇지 않겠는가? '뭔가 큰 것, 사회와 국가, 인류에게 조금이라도 기여하겠다'는 나를 스스로도 대견하게 생각하지 않겠는가?

"어떻게 해야 행복할까?"라는 질문에 유일한 답은 없다. 그러나 철학자들의 목소리를 겹쳐 들으면, 행복은 욕망을 비우고, 관계 속에서 나를 열며, 시간의 유한성을 자각하고, 의미를 발견하는 과정 속에 있음을 알 수 있다. 행복은 목적지가 아니라, 우리가 삶을 어떻게 바라보고 살아가는가 하는 태도, 방식, 과정이다.

> "삶의 비밀은 무엇을 좋아하는지 찾는 것이고, 행복의 비밀은 그것을 즐기는 것이다."
> — 제임스 매튜 배리

> "우리가 가진 것 때문에 행복해지는 것이 아니라, 우리가 바라보는 방식 때문에 행복해진다."
> — 마르셀 프루스트

8부

한 번뿐인
길 위에서

도망가지 않고 끝까지 살아가는 길, 그 길 외에 다른 길이 있을까. 도망치지 않는 삶, 그것이 마지막에 남는 유일한 승리다. "우리는 많은 패배를 맛볼 수 있다. 그러나 결코 패배자 되어서는 안 된다."(마야 안젤루)

인생을 낭비하지 않게 해주소서

　러시아의 겨울, 차가운 눈발이 흩날리던 어느 날 새벽. 깊은 고요 속에서 톨스토이(사진)는 작은 등잔불을 켜고 "나는 살아야 할 이유를 찾지 못했다. 인생이란 무엇인가?"라고 적어 내려갔다. 귀족으로 태어나 모든 걸 누렸다. 재산, 명성, 영향력. 그러나 늘 공허했다.

　화려한 궁정의 무도회도, 박수와 환호도 그를 구원하지 못했다. 그런 것은 오히려 삶의 허무를 짙게 할 뿐이었다. 그 절망의 새벽은 끝이 아니라 시작이었다. 크림전쟁에 장교로 참전했던 그는 수많은 죽음을 목격하며 인간 존재의 덧없음을 뼈저리게 느꼈다.

　그 뒤 농민들을 만나면서 진정한 삶의 가치를 발견하려 했다. 농민교육을 위해 영지에 학교를 세우고, 권력과 특권을 내려놓으며 "사람답게 산다"는 질문 앞에 자신을 던졌다. 〈전쟁과 평화〉 〈안나 카레니나〉 같은 대작은 단순한 문학을 넘어 인간존재와 도덕적 진실을 탐구하는 기록이었다.

　말년에는 재산을 포기하고 단순한 삶을 실천하려 애썼다. 부인과 갈등, 내적 고통으로 집을 떠났다가 작은 기차역에서 생을 마감했다. 그 과정마저도 '낭비하지 않는 삶'을 향한 그의 치열한 여정의 일부였다.

그는 평생 사랑과 진리를 향해 글을 썼다. 소설가로, 사상가로, 인생의 길잡이로. 그가 남긴 발자취는 오늘날까지도 가슴을 울린다. 톨스토이의 방황은 결국 인생을 낭비하지 않기 위한, 한 인간의 가장 진지한 탐색이었다.

인생은 길다. 그러나 막상 살아보면 한 줌 모래와 같다. 허무하다. 나는 '내일'을 믿으며 오늘을 낭비했다. 해야 할 일을 내일로 미루고, 품었던 꿈을 덮어두고, 익숙한 일상의 변명으로 나 자신을 안심시켰다. 그렇게 살다 보니 원하는 '내일'이 올 리가 없었다. 나에게는 절실한 후회만 남았다.

프랑스 철학자 파스칼은 "우리는 현재를 살지 못하고, 미래를 위해 준비하거나 과거를 후회하면서 산다."고 했다. 이 말은 냉혹한 진실이다. 가장 큰 어리석음이자 돌이킬 수 없는 낭비는 현재를 생각 없이 흘려보내는 것이다. 오늘을 붙잡지 못하는 사람은 결국 내일 후회 속에 갇힌다.

나는 꿈을 꾸었으나 지금 그 꿈에서 한참 먼 곳에 있다. 그러나 그냥 후회만 할 수 없기에 생각을 바꿨다. 이룰 수 없는 꿈에 매달리기보다는 작은 것들로 내 삶을 의미 있게 해보자고. 아침 햇살에 눈을 뜨며 감사하는 일, 낯선 이를 향해 미소를 건네는 일, 자주 하지 못했던 가족과의 식사.

이 소소한 행동들이 모여 삶의 무늬를 아름답게 만들 수 있다고 생각했다. 하루하루를 채우는 작은 실천이 결국 인생을 후회에서 멀어지게 한다. 인생을 낭비하지 않으려면 어떻게 해야 하나? 오래오래 생각해 봤다. 성찰 없는 삶은 방향을 잃은 배와 같다. 매일 짧은 시간이라도 나 자신을 돌아보며 점검하기로 했다. 하루를 마무리하면서 "나는 오늘 어떻게 살았는가?"를 묻기로 했다. 그런 습관이 내 인생의 나침반이 되리라 생각했다.

용기도 필요하다. 인생을 낭비하게 만드는 가장 큰 적은 두려움이다. 하고 싶지만 두려워 시도하지 않으면 기회는 사라진다. 세월은 기다려

주지 않는다. 인생에도 분명히 때가 있다. 그때를 놓치면 그걸로 끝이다. 낭비하지 않는 삶에는 '지금 바로 시작하는 용기'가 필요하다.

사랑. 결국 인생의 의미는 사람과의 관계 속에서 완성된다. 하버드대 성인발달연구소는 오랜 연구 결과, '인생에서 가장 중요한 것은 관계의 질'이라고 밝혔다. 연구소는 또 '돈도 명예도 행복을 보장하지 못한다. 함께 웃고 울어주는 사람이 있으면 훨씬 건강하고 오래 산다.'고 발표했다. 그러므로 사랑하는 사람과의 시간을 아끼지 않으려 한다. 그것은 낭비가 아니라 인생의 본질이기에. 인생은 단 한 번뿐이다. 짧은 인생을 길게 사는 유일한 길은 매 순간 깨어 있는 것이다. 그러면 짧은 하루도 영원을 품는다.

팔순을 넘긴 석천씨는 어느 날 저녁, 마당에 홀로 앉아 석양을 바라보며 "내 인생, 허투루 보낸 게 너무 많구나."라고 회상했다.

젊었을 땐 돈을 벌겠다고 아이들과 놀아줄 시간을 놓쳤고, 가족들과 함께할 수 있는 날을 일에 묻어버렸다. 아내에게 "고맙다"는 인사도 인색했다. 이제는 아이들도 제 갈 길로 떠났고, 아내는 병든 몸을 의자에 의지하고 있다. 그는 작게 한숨을 내쉬며 손에 쥔 낡은 사진을 바라봤다. 웃고 있는 젊은 시절의 아내와 아이들. 그 사진 속 모습이야말로 자신이 붙잡지 못한 '최고의 시간'이었다.

석천씨는 석양이 지는 하늘을 향해 속삭였다. "제게 남은 날은 길지 않습니다. 부디 더는 인생을 낭비하지 않게 해주소서. 하루를 살아도 의미 있게, 한 사람에게라도 따뜻한 말을 건네며 살게 해주소서." 그는 천천히 자리에서 일어나, 옆에 앉은 아내의 손을 꼭 잡았다. "남은 시간이라도 잘 살아봅시다." ~~~

"사람은 순식간에 지나가는 현재에 살 뿐이다. 인생의 나머지는 과거이거나 불확실한 미래뿐이기에."
- 마르쿠스 아우렐리우스

하버드대 다니엘 길버트 심리학교수는 "인간은 미래의 행복을 정확히 예측하지 못한다. 그러므로 지금 이 순간의 선택과 태도가 중요하다."고 말했다.

이 더러운 세상을 어찌해야 할까요? ○●○

　마하트마 간디는 젊은 시절, 변호사로 남아프리카에 머물던 때를 잊지 못했다. 어느 날, 기차를 탔다. 정당하게 표를 샀지만, 차장은 백인에게 자리를 양보하라고 명령했다. 거부하자 차가운 밤바람 속으로 강제로 끌려갔다. 어둡고 황량한 역 구석에 쓰러진 간디는 몸보다 마음에 더 깊은 상처가 났다.

　"이 더럽고 부당한 세상을 어찌해야 하는가? 칼을 들고 싸울 것인가, 아니면 침묵할 것인가?"

　그는 분노를 품되, 증오의 길로 가지 않았다. 대신 '사티아그라하(진리의 힘)'라는 새로운 길을 찾았다. 폭력 대신 진실을 무기로 삼고, 증오 대신 비폭력으로 맞섰다. 간디는 인도인들이 차별에 맞서 평화적 저항을 이어가도록 이끌었다. 수많은 사람들이 체포되고 죽었지만 폭력을 거부하고 총을 들지 않았다.

　해가 지지 않는 제국, 영국 앞에서 그의 방법은 무모해 보였다. 시간이 흐르면서 비폭력의 힘은 도리어 영국을 흔들었다. 결국 인도는 독립했고, 간디는 전 세계에 새로운 길을 보여주었다. 간디의 물음은 오늘날에도 유효하다. "더럽고 불의한 세상 속에서, 어떤 태도로 살아야 하는가?"

"이 더러운 세상을 어찌해야 할까?" "저 정치인들을 어찌해야 하나?"

세상은 진흙탕이다. 정의보다는 탐욕이, 진실보다는 거짓이 강하다. 돈이 신이 되고, 약자들의 눈물이 조롱거리가 되기도 한다. 인간의 마음은 종종 검게 변해 서로 상처를 내고, 나 역시 그렇게 물들어 간다.

더러운 세상은 마음속 깊은 곳에서 피어나는 욕망과 분노, 거짓과 위선에서 싹을 틔운다. 뉴스에는 권력자들의 부패, 사기와 폭력, 약자들에 대한 갈취가 넘쳐난다. 짜증이 나서 정치 뉴스를 안 본다. 세상은 매일 더 더러워지는 것 같다.

더러움은 세상의 풍경만이 아니다. 나의 내면을 들여다보면 부끄러울 때가 많다. 나는 정의를 지향했으나 침묵으로 비겁했고, 사랑하기를 원했으나 미움에 무너졌다. 세상의 더러움은 결국 내 안의 더러움과 크게 다르지 않다.

때로는 세상에 등을 돌리고 싶다. 아무리 애써도 세상은 변하지 않을 것 같고, 착하게 살려는 사람만 손해를 보는 것 같다. 그러나 포기는 세상을 더 어둡게 만든다. 더러운 세상에 절망만을 더한다면 나는 스스로 어둠의 일부가 되고 만다.

세상을 한꺼번에 바꿀 수는 없지만 작은 촛불 하나를 켤 수는 있다. 누군가에게 따뜻한 말을 건네고, 나보다 약한 이를 돕고, 거짓이 아닌 진실을 선택하는 것. 그 당이 그 당인 상황에서 는 당보다 후보를 보는 것. 그 놈이 그놈이라며 투표를 포기하지 말고 차악이라도 선택하는 것. 이런 실천들이 모여 세상의 얼룩을 조금은 닦아낼 수 있지 않을까.

밤하늘을 보았다. 광막한 어둠 속에서도 별들이 빛난다. 그 작은 별빛은 하늘 전체를 밝히지 못할지라도, 길 잃은 이의 나침반이 된다. 마찬가지로 나의 작은 선행이 누군가의 삶에 도움이 되고, 결국 세상의 색조를 조금은 맑게 바꿀 것이다.

더러운 세상을 바꾸는 방법은 멀리 있지 않다. 그것은 매일의 성찰, 오늘의 용기, 그리고 관계 속의 사랑이다. 세상은 앞으로도 더러울 것이다. 권력은 부패하고, 욕망은 넘치고, 거짓은 여전히 고개를 세울 것이다.

그러나 진흙탕 속에서도 꽃은 피어난다. 그 꽃처럼 살고자 노력하고 싶다. 작은 빛이지만 꺼트리지 않는 것. 그것이 내가 할 수 있는 최선이다. 세상을 바꾸려는 많은 이들의 꿈이 거기서부터 날개를 펼치지 않을까?

> 정식씨는 새벽 두 시, 인적 드문 도로를 달리고 있었다. 술에 취한 승객이 갑자기 차 문을 차며 소리쳤다. "야, 네가 베스트드라이버야? 빨리 안 가!"
>
> 욕설이 비수처럼 가슴에 꽂혔지만, 그는 입술을 깨물며 운전대를 꽉 잡았다. 요금을 떼먹고 달아나는 손님도 있었고, 억울하게 사고에 휘말려 경찰서에서 밤을 새운 적도 있다.
>
> "이 더럽고 불공평한 세상… 나는 왜 이렇게 살아야 하나."
>
> 그러나 시간이 흐르면서 정식씨는 조금씩 답을 찾아갔다. 어느 겨울 새벽, 어린이가 얇은 옷차림으로 떨고 있는 것을 보고 집까지 데려다주었다. 낯선 외국인이 길을 헤매자 번거로운 길을 돌아서 공항까지 안내해 주었다.
>
> 세상은 여전히 더럽고 불공평하지만, 내가 더럽지 않게 사는 것, 그것이 답이다. "세상이 변하지 않는다고 절망하지 않습니다. 내가 바꿀 수 있는 건 내 태도고, 내 하루입니다. 내가 태운 한 사람이라도 웃고 내린다면, 그게 곧 세상을 조금 닦아내는 일이니까요."

"자신의 안위보다 더 소중히 여기는 가치가 없고, 높은 가치를 위해 싸울 의지도 없는 사람은 비참한 존재다."
- 존 스튜어트 밀

"모두가 세상을 바꾸려 하지만 정작 자기 자신을 바꾸려 하지 않는다." - 톨스토이

하버드대 션 에이커 심리학교수의 연구결과에 따르면 작은 친절과 긍정적 행동이 개인의 행복뿐 아니라 공동체의 신뢰를 증가시킨다.

나답게 산다는 건 어떤걸까?

○ ● ○

미국의 흑인 여성 마야 안젤루는 이렇게 말했다. "만약 당신이 평생 누구처럼 살려고 애쓴다면, 세상은 당신만이 줄 수 있는 특별한 선물을 잃게 된다."

그녀의 어린 시절은 상처투성이였다. 가난한 집에서 태어나 부모의 이혼을 겪었고, 어릴 때 성폭행 당했다. 그 충격으로 무려 5년 동안 말을 잃고 침묵 속에 갇혀 살았다. 그러나 그 침묵의 시간 동안 그녀는 책과 시에 몰두하며 언어의 힘을 배워갔다. 도서관의 책들을 탐독하면서, 내면의 목소리를 키워 나갔다. 무용가, 가수, 배우, 기자로 활동했다.

1960년대에는 아프리카로 건너가 흑인해방과 인권운동에 몸을 던졌다. 무엇보다 그녀를 세상에 알린 것은 시와 글이었다. 〈나는 왜 새장에 갇힌 새가 노래하는지 안다〉는 그녀의 어린 시절과 흑인 여성으로서의 고통, 그것을 넘어선 자유를 향한 꿈을 담아냈다. 이 책은 전 세계 독자들에게 커다란 울림을 주며 흑인여성문학의 새로운 장을 열었다.

그녀는 행동하는 지성이었다. 마틴 루터 킹 주니어, 말콤 X 등과 함께 인권운동에 참여하며, 목소리를 잃은 이들의 대변인이 되었다. 그녀의 시와 노래, 연설은 억눌린 사람들에게 희망과 용기를 주는 등불이었다.

"나답게 산다는 것은 세상의 기대를 따라가는 것이 아니라, 나만의 목소리와 빛을 세상에 내는 것이다. 비록 작은 속삭임일지라도, 진실한 소리는 누군가의 어둠을 밝히는 등불이 된다."

"나답게 산다." 짧은 말이지만 평생 풀기 어려운 과제다. 학생 때는 성적표로, 직장에서는 성과와 직위로 남과 비교돼 나의 가치가 정해졌다. 사회가 만들어 놓은 잣대로 나를 재고, 평가받으며 산다. 그래서일까, 가끔은 나답게 살고 있는 것인지, 아니면 타인의 시선에 맞추어 살고 있는 것인지 혼란스럽다.

어릴 적 나는 모범생이어서 부모님과 선생님들이 칭찬하셨다. 친구들과도 괜찮았던 것 같다. 그렇게 살아온 세월이 쌓였으나 의문이 들곤했다. "이게 정말 내가 원하는 삶일까? 아니면 남들이 원하는 삶을 따라가는 것일까?"

프랑스 철학자 사르트르는 말했다. "타인의 시선은 나를 대상화한다." 내가 혼자 있을 때는 자유로운 주체로 판단, 행동하지만 누군가의 시선을 의식하는 순간 나는 그 사람의 종속변수가 된다. 이는 수치심, 부끄러움 같은 감정으로 드러나기도 한다. 남의 기준 속에서 길을 잃고 나답지 않게 살아가는 것이다.

그렇다면 나답게 산다는 것은 무엇일까. 그것은 내 안의 목소리에 귀 기울이는 것이다. 남들이 정해준 기준에서 벗어나, 나의 욕망과 두려움, 기쁨과 슬픔을 솔직하게 바라보는 것이다. 자기성찰이야말로 나다운 삶의 첫걸음이다.

심리학자 칼 로저스는 '인간은 자기실현을 향해 끊임없이 나아가는 존재'라 했다. 그는 사람들이 타인의 기대에 맞추려 할 때 고통이 커지며, 자기 자신을 수용하고 인정해야 심리적 성장이 이루어진다고 했다. 비교하는 순간 나를 잃는다. 세상에는 나보다 잘나가는 사람이 너무나 많다.

"나는 왜 저 사람만큼 못 살지?" 비교하는 순간 목이 마르다. 비교는 고민, 갈증을 낳는다. 나답게 사는 길도 멀어진다.

나답게 살려면 내 안의 상처와 실패도 함께 끌어안아야 한다. 흔히 성공만을 찬양하고 실패는 감추려 한다. 넘어지고, 흔들리고, 눈물 흘리는 모습도 나다. 나답게 산다는 것은 불완전한 나를 용기 있게 받아들이는 것이다.

경기도 과천의 오래된 아파트. 윤 여사는 늘 새벽 다섯 시에 일어나 밥을 지었다. 남편과 아이들을 위해 수십 년간 똑같이 반복했다. 남편이 퇴근하면 웃으며 맞았고, 아이들이 밤늦게 돌아오지만 잠을 참고 기다렸다. 그렇게 살다 보니, 그녀 자신은 언제나 뒤로 밀려 있었다.

남편이 은퇴하고 아이들이 모두 집을 떠난 어느 날, 빈집에 홀로 앉아 있던 그녀는 거울 속 얼굴을 마주했다. 깊은 주름, 메마른 눈빛. 그 순간 가슴이 먹먹해졌다. "나는 누구였을까? 평생 아내로, 엄마로만 살다가 내 이름을 잊어버린 건 아닐까."

그날 밤, 그녀는 결심했다. "이제는 내 목소리를 찾아보자." 그 후 그녀는 동네 화실에 등록했다. 처음에는 서툴고 부끄러웠지만, 물감이 종이를 적시는 순간, 가슴속에서 오래된 숨결이 깨어났다. 젊은 시절 꿈꾸던 미술교사가 되지는 못했지만, 붓을 쥔 손끝에서 다시 살아 있는 자신을 느꼈다.

어느 날, 그녀가 그린 작은 풍경화가 주민전시회에 걸렸다. 그 앞에서 발걸음을 멈춘 초등학생이 말했다. "할머니, 이 그림을 보면 마음이 따뜻해져요." 그 말에 그녀의 눈가가 젖었다. 평생 가족만을 위해 살았던 그녀가, 드디어 자신만의 이름으로 누군가의 하루를 밝힌 것이다.

그렇다. '인생에 늦은 건 없다. 내가 좋아하는 걸 하면서 살면 된다. 내 이름을 걸고 나를 찾아 사는 것.'

"삶의 목적은 자기발전이다. 자신의 본성을 완벽히 실현하는 것, 그것이 우리가 이곳에 존재하는 이유다."
- 오스카 와일드

사회심리학자인 에리히 프롬은 〈자유로부터의 도피〉에서 많은 사람이 타인의 기준에 의존하며 순응적 자아로 살아간다고 지적했다. 자유롭고 창조적으로 자신을 실현할 때만 인간은 진정한 행복을 누릴 수 있다.

내가 변하면 온 세상이 변한다

　북마케도니아의 소도시 스코페에서 알바니아계 가정의 딸로 태어난 아녜스 곤자 보야지우. 소녀는 열여덟 살이 되던 해, 세상의 어둠 속에 작은 빛이 되고자 인도로 향했다. 수도원에서 아이들에게 글을 가르쳤지만, 창문 너머로 보이는 거리의 현실은 차마 외면할 수 없는 절규였다. 쓰레기 더미에서 먹을 걸 찾는 아이들, 병원에서 쫓겨나는 가난한 환자들, 삶의 끝자락에 내던져진 노인들….

　그녀는 결단했다. "가장 낮은 곳으로 내려가자." 수도원을 나서 병자들을 씻기고, 굶주린 이들에게 음식을 나눠주고, 버려진 아이들을 품에 안았다. 그 작은 시작은 〈사랑의 선교회〉라는 거대한 울림이 되었다. 전 세계에 수천 개의 공동체가 생겨났고, 수많은 이들의 생명을 살렸다. 마더 테레사(사진)는 1979년 노벨평화상을 받으며 "나는 위대한 일을 한 적이 없다. 단지 작은 사랑을 실천했을 뿐."이라고 겸손해했다.

　마더 테레사의 일생은 '세상을 바꾸는 힘은 거창한 구호가 아니라 내가 먼저 변하겠다는 결심에서 비롯된다.'는 걸 보여준다.

삶에서 도망치고 싶지만 '어떻게든 살아보겠다'고 다짐한다. 그러나 씩

씩함으로도, 정직함으로도, 무엇보다 치열한 노력으로도 잘 살 수 없을 때는 어떻게 해야 할까? 삶을 포기하거나, 도망쳐야 하나? 도망가도 아픈 건 아프다. 나는 세상을 바꿀 수 없다고 생각한다. 내가 어떻게 이 거대한 세상을 바꾸겠는가? 그런데 간단한 방법이 있다고 한다. 내가 변하는 거다. 그러면 내 삶도 바뀌고 온 세상이 다 변한단다.

내가 변하면 내일의 삶이 달라지지 않을까? 승리는 남을 이기는 것이 아니라 오늘의 나보다 내일의 내가 좀 더 나아지는 것이라고 한다. 전쟁에서 승리하는 것보다 나를 극복하는 것이 더 어렵다.

그러나 무엇보다도 먼저 할 일은 내가 나를 사랑하는 거라고 생각한다. 내가 나를 사랑하지 않는데 누가 나를 존중하고 사랑해 줄까? 우리 집 강아지를 내가 아끼지 않으면 남들은 걷어찬다. 내가 나를 사랑하지 못하면 남도 존중할 수 없다.

실수, 실패하지 않는 삶은 없다. 그런 나를 인정하자. 남들도 나처럼 실수하고 부족하고 실패하니까. 실패는 통찰을 낳고, 부족함은 반성과 발전을 선물한다. 그래서 부족한 나로부터 다시 시작하려 한다. 난 아직도 살날이 많이 남았으니, 노력하며 살아보려 한다. 그러면 적어도 죽을 때 후회는 덜 할 수 있지 않을까?

인생은 성공의 비밀을 잘 내주지 않는다. 성공에 비밀이 있기는 할까? 한 가지 분명한 건, 나의 생각과 나의 삶이 일치하지 않는다는 거다. 누구나 자신의 생각대로 살 수 없다. 그래서 자책하고 작아진다. 그래도 살아보자! 그 끝에서 무엇을 얻고 무엇을 남길 지 생각하지 말고 그냥 살자! 그게 내가 태어난 첫 번째 이유다. 생존, 사는 것 말이다. 그게 생명계의 지휘자 DNA(유전자)의 명령이다. 거기서 한 걸음씩 내딛는 거다! 그래 가보자. 때로는 뛰고, 때로는 쉬면서.

나의 적은 나 자신이다. 나를 이기면 온 세상을 이기는 것이다. 나를 극복하기는 태양이 서쪽에서 뜨는 것만큼이나 어려우니 조금씩만 개선해보자. 나의 과거가 오늘의 나를 해치지 않도록 하자. 새롭게 출발하면 되니까. 다시는 같은 잘못을 반복하지 않겠다고 노력하자.

오늘의 나보다 내일의 내가 조금만 나아지면 성공이다! 과거의 잘못 때문에 오늘 우울해하지 않으리라! 미래에 대한 불안이 오늘을 망치게 하지 않겠다! 오늘! 딱 오늘을 빡세게 살아가자!

아침 다섯 시에 눈을 떴다. 게으름 두려움 후회-적들은 안에서 먼저 달려든다. 몇 개월째 잠을 설치고 있다. 멍하게 천장을 바라봤다. 휴대전화 알람이 울렸다. "한 시간 운동. 그래 이제는 정말 변하자!"

옷을 대충 걸치고 나왔다. 가로등 불빛이 희미하다. 차가운 바람이 뺨을 스쳤다. "살아 있구나." 오랫동안 잊었던 감각이 되살아났다. 민아씨는 직장을 그만두고, 오랫동안 품어왔던 자기사업을 시작했으나 쓴잔을 마셨다. 모든 걸 털어 넣었기에 충격이 컸다.

그녀는 늪에서 빠져나와야겠다는 생각에 운동을 시작했다. 운동을 하다 옆집 할머니를 만났다. 강아지를 데리고 나오셨다. 인사를 건넸다. 할머니가 환하게 웃었다. 그 미소가 마음에 오래 남았다. "아! 이런거구나~." 자신도 모르게 두 시간 가까이 운동했다.

돌아오는 길, 모퉁이의 작은 카페에 불이 켜졌다. "참 부지런하네. 저런 가게도 있구나" 창가에 앉아 있던 젊은이가 노트북을 두드리다 창밖, 하늘을 바라보고 있었다. "저 사람도 무언가와 싸우고 있겠지. 세상 누구에게나 쉬운 삶은 없을 거야. 조금씩 자신을 이겨내며 버티고 있을 뿐이지."

민아씨는 없던 용기를 내 청년에게 손을 흔들었다. 그는 꾸벅, 미소로 답했다. "그래, 내일은 오늘보다 더 나아지리라."

> "마음에 새겨라. 오늘 하루가 일 년 중 가장 좋은 날이라고." — 랄프 왈도 에머슨

하버드대 연구에 따르면 사람들은 깨어 있는 시간의 47%를 과거를 후회하고 미래에 대해 불안해한다. 현재에 몰입하고 마음을 잘 챙기면 스트레스와 우울이 줄어들고 삶에 대한 만족감이 높아진다.

남을 탓할 수 있을까?

○ ● ○

　엘리자베스 길버트는 겉으로 보기엔 성공한 작가였다. 잡지에 글을 싣고 안정된 가정을 꾸리고 있었다. 그러나 깊은 우울과 방황으로 내면은 무너져 갔다. 사랑은 식었고 결혼생활은 금이 갔다. 결국 이혼으로 삶이 산산조각 나자 매일 밤 울며 스스로에게 물었다. "왜 내 인생이 이렇게 되었을까? 왜 나는 늘 공허한 걸까?"

　술을 탓할 수도, 남편을 원망할 수도 있었다. 길버트는 그 길을 택하지 않았다. 대신 자기 안의 목소리를 듣기로 했다. 모든 걸 내려놓고 여행에 나섰다. 이탈리아에서는 '먹는 즐거움'을 통해 잃어버린 감각을 회복했다. 인도에서는 새벽마다 명상하며 고요 속에서 내면을 들여다보았다. 발리에서는 다시 사랑을 배우며, 삶을 새롭게 시작할 수 있음을 느꼈다.

　이 여정에서 태어난 책 〈먹고 기도하고 사랑하라〉는 전 세계 독자들에게 사랑받았고, 영화로 만들어져 많은 이들에게 울림을 주었다. 사람들은 그녀의 여행으로 자신의 고통을 비추었고, 그녀의 문장에서 자신의 희망을 발견했다.

　길버트는 "나는 더 이상 남을 탓하지 않는다. 내 인생의 문장은 오직 내가 직접 써야 한다."고 말했다.

살다 보면 억울할 수 있다. 부모의 기대에 눌려 내가 선택하지 않은 길을 가기도 한다. 직장에 들어가서도 상사의 부당한 지시나 불공평한 제도 앞에 무릎 꿇는다. 작은 목소리가 터진다. "이건 나의 선택이 아니야."

그렇게 말하면 한순간은 마음이 가벼워 지지만 위안은 오래가지 못한다. 시간이 지나면 남 탓을 한 만큼 내 삶은 공허해진다. 남을 탓하는 동안 나를 상실한다. 세상에 남 탓만큼 멍청한 짓도 없다. 결국 모든 결정과 행동은 내가 한 것이기에 그 결과도 100% 나의 책임이다.

삶은 선택의 연속이다. 모든 선택이 나의 인생을 만들고, 그 선택은 언제나 내가 한다. 물론, 환경이 영향을 끼친다. 누구는 더 좋은 교육을 받았고, 누구는 시작부터 가난했다. 그러나 주어진 조건이 내 인생 전체를 결정짓지는 않는다. 같은 조건에서 누군가는 남과 여건을 탓하며 주저앉고, 누군가는 그것을 딛고 일어나 새로운 길을 만든다. 결국 남 탓은 나의 무력함을 감추는, 엉성한 가면일 뿐이다.

세상은 부조리로 가득하다. 그 부당함을 탓하며 살 수 있다. 실패의 책임을 사회와 남에게 떠넘기며 내 상처를 합리화한다. 그러나 고통에 이름표를 붙여 남에게 떠넘기면, 그 고통은 더 깊어질 뿐이다. 나의 아픔이 남 때문이라 하더라도, 그것을 품고 사는 주체는 나 자신이다. 내 안에 맴도는 상처의 그림자를 치유할 수 있는 힘 역시 나로부터 시작된다. 남 탓을 거두어야 나를 직면할 수 있다. 내 인생은 나의 나라다. 그 나라의 주권자는 나다. 남 탓을 하는 순간, 나는 그 주권을 남에게 넘겨주고 만다. 내 인생의 주인공이 아니라 구경꾼이 돼버린다.

계절처럼 인생도 흘러간다. 어떤 눈으로 그 계절을 바라보느냐는 나의 선택이다. 겨울을 원망하며 움츠릴 수도 있고, 봄을 기다리며 희망을 심을 수도 있다. 남 탓으로는 꽃 한 송이 피워낼 수 없다. 사실 남을 탓하는 마음 깊은 곳에는, 나를 탓하고 싶은 마음이 숨어 있다. 내 선택이 틀렸음을 인정하기 싫어서, 타인의 이름으로 그 책임을 덮어씌운다. 창피한 일이다.

진정한 자유는 남 탓이 아니라, 나를 용서하는 데서 시작된다. "그래 나는 열심히 했다." 남 탓은 허망한 도피일 뿐이다. 실패든 성공이든, 눈물이든 웃음이든, 그것은 내 발자국이 남긴 흔적이다. 내 인생의 주인공으로 당당히 서는 순간, 삶은 나를 배신하지 않는다.

셰릴 스트레이드는 스물두 살에 어머니를 암으로 잃었다. "어머니는 내 인생 전체, 나의 뿌리였다." 그녀에게 어머니의 죽음은 세상의 붕괴였다. 슬픔을 견디지 못한 그녀는 방황에 빠졌고, 결혼은 파탄 났고, 약물에 빠져 자신을 파괴해 갔다. 그녀는 "왜 나에게 이런 일이 닥쳤는가."를 외치며 세상을 원망했다. 그러나 원망은 고통을 줄이지 못했다.

어느 날 서점에서 우연히 집어 든 한 권의 책이 그녀의 운명을 바꾸었다. '퍼시픽 크레스트 트레일(Pacific Crest Trail)' ─ 미국 서부를 따라 이어진 4,000km가 넘는 험난한 길. 아무런 경험도 없었지만, 그녀는 그 길 위에서 자아를 찾기로 결심했다.

몸보다 무거운 배낭을 메고 길을 떠났다. 발에 물집이 잡히고, 발톱이 빠져나갔다. 굶주림과 외로움에 시달렸다. 그러나 매일 조금씩 걷고, 기록하면서 그녀는 남 탓, 세상 탓을 내려놓고 자기 삶을 다시 붙잡았다. 넘어진 흔적은 걸어야 할 지도, 책임의 무게는 삶을 밝히는 등불이 되었다.

몇 달에 걸친 여정 끝에, 셰릴은 절망 속에서도 다시 자신을 믿는 법을 배웠다. 그 기록은 〈와일드(Wild)〉로 세상에 나왔고, 영화로도 만들어져 전 세계 독자와 관객을 울렸다.

스트레이드는 고백했다. "나는 길 위에서 내 자신을 찾았다. 인생은 누구의 잘못도 아닌, 내가 끝까지 걸어야 할 길이다."

"당신의 삶은 우연히 나아지지 않는다. 변화는 오직 당신의 책임에서 시작된다."

- 짐 론

"당신이 남을 탓할 때, 변화할 힘을 잃는다."

- 오프라 윈프리

로체스터대학의 자기책임감과 정신건강 연구결과에 따르면 자신의 삶에 책임을 느낄수록 우울과 불안을 덜 겪고, 삶의 만족도가 높다. 반대로 외부 요인이나 남을 탓할수록 스트레스가 더 크고 회복력이 낮았다.

끝까지 가보는 사람들의 비밀   ○ ● ○

　마윈(JackMa)의 삶은 어린 시절부터 실패와 거절의 연속이었다. 대학 입시에 두 번 떨어졌다. 교사가 되기 전까지 여러 번 시험에 떨어졌다. 그는 "나는 수학 120점 만점에 늘 1점만 받았다"라고 자조했을 만큼 평범 이하의 학생이었다.

　KFC가 중국에 처음 들어왔을 때, 지원자 24명 중 23명이 합격했고 오직 그만 떨어졌다. 경찰시험에서도 "너는 적합하지 않다."는 말과 함께 떨어졌다. 하버드대학교에 열 번 지원했지만 떨어졌다.

　누구라도 부끄러운 자신을 숨기기 위해 세상을 탓할 수 있는 상황이었다. 그는 남을 탓하는 대신 줄기찬 도전을 선택했다. 영어를 배우기 위해 매일 새벽 호텔로 가 외국인 관광객들에게 무료로 가이드했다. 돈은 벌지 못했지만 영어와 국제감각을 익혔다.

　1995년, 미국 여행에서 처음 인터넷을 접한 그는 '맥주(beer)'라는 단어를 검색했다. 미국, 일본의 맥주 정보는 가득했지만 중국 맥주는 검색되지 않았다. 번쩍, 번개가 뇌를 쳤다. "이게 내 기회다. 끝까지 해봐야겠다."

그 후 친구들과 함께 알리바바를 창업했다. 투자자는 없었고, 인터넷도 생소하던 시절이라 수많은 비웃음을 받았다. 포기하지 않았다. "오늘 힘들고, 내일은 더 힘들다. 하지만 모레는 해가 뜬다"라는 좌우명으로 끝까지 버텼다.

그의 집념은 결국 알리바바를 세계 최대 전자상거래 기업으로 성장시켰고, 그는 전 세계가 주목하는 기업가가 되었다.

살다 보면 포기하고 싶을 때가 많다. 눈앞의 길이 막혀 더 이상 발을 뗄 수 없을 때, 수많은 실패와 좌절이 쌓여 나 자신이 무가치하게 느껴질 때, 그 순간 가장 먼저 떠오르는 건 "그만두자"라는 말이다.

좀 살아보면 저절로 안다. 포기하고 도망치는 길 끝에는 아무것도 없다. 공허와 후회만 남아 무참해진다. 그렇기에 단호하게 다짐한다. "끝을 보겠다. 여기서 멈추지 않겠다."

포기의 유혹은 달콤하다. 힘든 일을 놓아버리는 순간, 마음이 가벼워진다. 잠시뿐이다. 포기의 대가는 은밀하고도 무겁다. 끝까지 가보지 못한 것에 대한 후회, 스스로를 배신했다는 쓸쓸함이 오래도록 가슴을 누른다. 포기는 고통을 줄여주는 게 아니라, 고통을 텅 빈 인생으로 바꾼다.

"끝을 보겠다."는 외롭고 고달픈 길이다. 밤새 책장을 넘기는 학생, 수없이 쓰고 찢으며 문장을 다듬는 작가, 피가 나올 때까지 훈련하는 운동선수. 모두 끝을 보기로 결심했다. 아무도 그들의 땀방울을 알아주지 않지만, 그 길만이 자신을 증명하는 유일한 길이다.

쉬울 리 없다. 수없이 넘어지고, 때로는 울부짖어야 한다. 하지만 이번만큼은 도망치지 않으리라. 그 다짐은 남에게 보여주기 위한 약속이 아니다. 나를 위한 맹세다. 내가 견디고 버티는, 한 걸음 한 걸음이 결국 내 삶을 꽃피우는 뿌리다.

'끝을 본다'는 건 결과를 얻는다는 뜻만이 아니다. 과정을 다 밟는다는 것이다. 원하는 결과를 얻지 못한다 해도 후회는 없다. 끝까지 걸어가면 도망치지 않았다는 자부심을 얻는다. 그 자부심은 실패조차 빛나게 한다. 언젠가 뒤돌아보았을 때, 아무도 인정해 주지 않을지라도 "나는 끝까지 버티고 노력했다."라고 말할 수 있으면 된다. 그것조차 없으면 내 삶이 너무 허무하다.

결심은 불꽃이다. 잠시 타올랐다 사라질 수도 있고, 끝내 타올라 길을 밝힐 수도 있다. 나는 나의 불꽃을 꺼트리지 않으리라. '끝을 보겠다'는 다짐은 내 삶을 지탱하는 등불이 되리라.

하워드 슐츠는 뉴욕 브루클린의 가난한 이민자 가정에서 태어났다. 아버지는 트럭 운전사였는데, 어느 날 일을 하다 크게 다쳐 직장을 잃었다. 당시 미국에는 의료보험이나 실업 보호제도가 거의 없어, 가정은 순식간에 무너졌다. 어린 슐츠는 병상에 누워 신음하는 아버지를 보며 깊은 무력감과 분노를 느꼈다. "왜 우리 집만 이렇게 불행하지?"

사회, 제도를 원망할 만한 상황이었다. 그는 그 경험을 다른 길로 바꾸었다. "내가 언젠가 회사를 세운다면, 직원들이 아버지처럼 버려지는 일은 없게 하겠다."

슐츠는 장학금으로 대학에 들어갔고, 졸업 후 커피 원두를 파는 작은 회사에 들어갔다. 거기서 인생의 전환점을 만들었다. 스타벅스는 시애틀의 작은 원두 가게였다. 누구도 세계적인 브랜드로 성장하리라 상상도 못 했다. 슐츠는 이 사업에서 끝을 보겠다고 결심했다.

이탈리아에 출장갔을 때, 길거리 작은 카페에서 사람들이 에스프레소를 마시며 이야기를 나누는 광경을 보았다. 단순한 커피가 아니라, 사람과 사람을 잇는 문화였다. 그 장면에 깊이 감동했고 "이 문화를 미국에 꼭 전해야겠다."고 다짐했다.

투자자들은 고개를 저었다. "미국 사람들은 길에서 커피를 마시지 않는다." 슐츠는 물러서지 않았다. 자금난으로 문을 닫을 위기도 여러 번이었다. 끝까지 버티며 새길을 개척했다. 그의 집념은 스타벅스를 세계 80여 개국, 수만 개 매장으로 성장시켰다. 스타벅스는 단순한 커피 브랜드가 아니라, 사람들의 일상과 문화를 바꿨다.

"나는 가난을 탓할 수도 있었다. 그러나 끝까지 포기하지 않겠다는 다짐이 나를 여기까지 데려왔다. 내 인생을 바꾼 것은 남 탓이 아니라, 끝을 보겠다는 집념이었다."

현대의 영웅, 엘론 머스크는 남아프리카의 외로운 소년이었다. 또래에게 따돌림 당했고, 심하게 맞아 피투성이로 병원에 실려 가기도 했다. 소년은 그 상처를 책으로 달랬다. 독서광인 그에게 책은 인생의 무기가 됐다. 열두 살에 스스로 만든 게임을 팔아 첫 돈을 벌었을 만큼, 일찍부터 꿈을 현실로 옮기려 노력했다.

그는 캐나다를 거쳐 미국으로 건너왔다. 부모의 도움 없이 홀로 유학길에 올라, 햄버거 가게와 청소일을 전전하며 학비를 벌었다. 그는 멈추지 않았다. 실리콘밸리에서 인터넷 기업을 세웠고, 그것이 나중에 페이팔로 발전해 큰 성공을 거뒀다.

새로운 도전에 나섰다. 번 돈을 모두 쏟아붓고 친구 집에 신세를 졌다. "전기차? 로켓? 불가능한 꿈이다." 세상은 그를 조롱했다. 테슬라는 적자에 허덕였고, 스페이스X의 로켓은 세 번 연속 폭발했다. 언론은 그의 몰락을 전망했다.

2008년, 네 번째 발사. 모두가 숨죽인 순간, 로켓은 하늘을 뚫고 궤도에 올랐다. 테슬라는 뒤이어 정부 지원과 투자를 유치하며 회생했다. 그는 절벽 끝에서 끝내 물러서지 않았고 그 다짐이 세상을 바꿨다.

그는 테슬라로 자동차 산업을, 스페이스X로 우주 탐사를, 뉴럴링크와 보링컴퍼니로 미래 산업을 뒤흔들려 한다. 그의 시작은 따돌림당하던 소년이었고, 그의 기반은 끝까지 포기하지 않는 집념뿐이었다.

출발선에 서는 순간은 누구에게나 공평하다.

산을 오르는 이들도, 새 사업을 시작하는 이들도, 사랑을 지키려는 이들도 처음에는 두근거림과 설렘으로 출발한다. 그러나 시간이 흐르면 열정은 마르고, 장벽과 회의가 발목을 잡는다. 사람들은 그때 멈춘다. "이 정도면 됐지"라는 안도와 "나에겐 안 맞아"라는 변명 속에서 길은 중도에서 끊긴다.

끝까지 가는 사람은 다르다. 그들은 멈추는 순간이 오히려 출발점이 된다. "이제 진짜 시작이구나"라고 낮게 말하며, 다시 발걸음을 내딛는다. 끝까지 가는 사람들은 실패를 낯설어하지 않는다. 독일의 의사이자 화학자 파울 에를리히는 '606'이라 불리는 매독치료제 살바르산을 발명했다. 매독은 당시 불치병이었다. 605번을 실패했고 606번째 성공해 붙여진 이름이다. 이 약은 병원균만을 선택적으로 공격하는 최초의 치료제로 '기적의 탄환'이라 불렸다.

사람들은 넘어질 때마다 체념하지만, 끝까지 가는 이들은 넘어짐을 발판으로 삼는다. 그들에게 실패는 걸림돌이 아니라 더 강해지라는 신호다. 끝까지 가는 길은 외롭다. 이해받지 못하고, 홀로 걸어야 하기에 고독하다.

베토벤은 청력을 잃고도 오히려 더 감동적인 음악을 만들어 냈다. 고흐는 세상의 외면 속에서 별을 그려냈다. 고독은 힘이었다. 외로움 속에서 자신을 만나고, 자신 속에서 길을 찾아냈기 때문이다.

끝까지 가는 사람들의 비밀 중 하나는 '자기 탓하기'다. 세상은 남 탓으로 가득하다. "환경이 안 좋아서, 부모가 힘이 없어서, 시대가 나빠서…" 끝까지 가는 사람은 자신을 돌아본다. "내가 더 준비했더라면, 내가 더 용기 냈더라면." 자기 탓은 자책이 아니다. 스스로 변할 수 있다는 믿음이다. 남 탓은 길을 끊지만, 자기 탓은 길을 열어준다.

끝까지 가는 사람들은 처음부터 거대한 것을 끝내지 않는다. 그들은 작은 것을 끝내는 효과를 안다. 한 페이지를 다 쓰고, 하루의 운동을 마치고, 한 곡의 연습을 끝내는 것. 작은 끝맺음을 반복하다 보면 언젠가 큰 완성에 닿는다. 거대한 성공도 작은 완성들이 쌓여 이룬 산이다.

끝까지 가는 사람들은 특별한 재능을 가진 이들이 아니다. 그들은 단 한 가지, 마음의 비밀을 지닌다. '포기하고 싶을 때 잠시 멈추더라도, 다시 일어날 수 있다.'는 믿음이다. 끝까지 가는 사람들은 실패를 두려워하지 않고, 외로움과 화해하며, 남을 탓하지 않고, 작은 끝맺음을 이어간다.

오늘이 나의 마지막 날이라면

안토닌 아르토는 프랑스의 시인이자 배우, 연극이론가였다. 그는 평생을 예술과 광기, 철학적 탐구, 종교적 신비주의의 고통 속에서 살았다. 어릴 적부터 신경질환과 정신적 불안에 시달렸고, 아편중독으로 몸과 마음이 망가졌다. 그 고통은 그를 잠식하는 동시에 그의 예술세계를 끌어올리는 연료가 되었다.

아르토는 기존의 연극을 거부했다. 관객은 단순히 '보는 이'가 아니라 무대 위의 고통과 진실을 함께 체험해야 한다고 주장했다. 그는 이를 "잔혹(殘酷)의 연극"이라 불렀다. 삶의 진실을 직면하자는 것이었다. 그의 연극은 관객의 무의식을 흔들고, 인간의 본질을 드러내려 했다.

그의 삶은 고통에서 벗어나지 못했다. 정신병원에 여러 번 입원했고, 전기치료를 받으면서도 끝까지 글을 쓰고 외쳤다. 그의 글은 난해하고 절규에 가득차 있었지만 "나는 끝까지 나 자신으로 살겠다."는 의지가 담겨있다.

1948년, 51세의 나이로 생을 마쳤다. 곁에는 원고와 신발 한 켤레가 있었다. "삶은 무대이고, 나는 끝까지 그 위에서 발버둥친 배우였다" 애쓰며 살았으나 고통을 피하지 못한 한 인간의 마지막 고백은 무엇이어야 하는가. 오늘이 내 인생의 마지막 날이라면, 나는 어떤 방식으로 나의 불완전함과 미련을 껴안고 떠날 것인가?

오늘이 내 인생의 마지막 날이라면, 나는 먼저 고백할 것이다. 나는 많이 애쓰며 살아왔다. 성실하려 했고, 넘어져도 다시 일어나려 했다. 그러나 그 모든 노력의 끝에 서 있는 지금, 내 마음은 가볍지 않다. 미련이 남고, 후회의 그림자가 길게 드리워져 있다.

나는 지나간 날들을 떠올린다. 그때 더 심사숙고해 판단했더라면, 그때 멈추어 숨을 고르고 나 자신을 돌아보았더라면…. 나는 마지막 날에 '완벽하게 살 수 있는 사람은 없으며, 애쓴다는 것이 언제나 옳은 답도 아니었다'는 걸 알게 되리라.

후회는 나를 아프게 하지만, 동시에 나를 인간답게 만든다. 그 아쉬움이 있었기에 나는 사랑이 얼마나 소중한지, 세월이 얼마나 빠르게 흘러가는지, 도전이 얼마나 소중한지를 배웠다. 미련은 짐이지만 나를 살아 있게 만든 힘이었다.

나는 마지막 날, 창가에 앉아 이렇게 속삭이리라. "후회 많은 삶이었다. 여러 가지로 아쉽다. 그러나 이제 어쩌랴. 아내와 두 딸이 있어 위로가 된다. 노력했으니 됐다."

인생은 원래 흠집투성이의 그릇이다. 흠이 없었다면 빛이 들어올 틈도 없었으리라. 애쓰며 살았으나 부족했고, 열심히 달렸으나 완전하지 않았다. 바로 그 불완전함이 나라는 존재다.

오늘이 내 마지막 날이라면, 나는 후회와 미련까지 끌어안으며 미소 짓고 싶다. 왜냐하면 그 모든 것이 내가 살아왔다는 증거이기 때문이다.

사회심리학자 토머스 길로비치와 빅터 로제 등의 연구에 따르면 사람들은 당장의 실수보다 하지 않았던 선택들, 놓쳐버린 기회와 도전들을 훨씬 오래 후회한다고 한다. "그때 조금 더 용기를 냈더라면, 그때 도전했더라면…" 하는 아쉬움이 평생 가슴에 남는다는 것이다.

완화의료 현장에서 환자들을 돌본 간호사 브로니 웨어는 임종자들의 마지막 고백을 기록했다. 그들은 하나같이 "다른 사람들의 기대에 맞추느라 나답게 살지 못한 것"을 가장 큰 후회로 꼽았다. 또 "너무 일만 한 것, 감정을 표현하지 못한 것, 자기 행복을 선택하지 못한 것"을 아쉬움으로 남겼다.

그러나 후회는 단순히 상처만을 남기지 않는다. 여러 연구들은 후회가 오히려 미래의 행동을 바꾸는 신호가 될 수 있다고 한다. 되돌릴 수 없는 순간들을 곱씹는 과정에서 무엇을 소중히 여기는지 알게 되고, 남은 시간의 우선순위를 다시 세우게 된다.

용서와 화해는 후회의 그림자를 조금 덜어내는 길이 될 수 있다. 용서가 불안과 우울을 낮추고 자아존중감을 높이는 동시에, 신체적 건강에도 긍정적 영향을 미친다. 결국 마지막 순간 우리를 가장 무겁게 짓누르는 건 미움이 아니라, 풀지 못한 마음일지 모른다.

죽으면 정말 그만일까?

○ ● ○

　새벽 네 시, 병실의 공기는 무거웠다. 희미한 형광등 불빛이 창백한 얼굴 위로 쏟아지고, 인공호흡기의 기계음만이 규칙적으로 울렸다. 평생 새벽에 일어나 밭으로 나가던 이종수씨가 침대에 누운 채, 기계에 의지해 마지막 숨을 이어가고 있었다.

　손바닥의 굳은살이 더 딱딱해진 느낌이다. 어둑한 저녁까지 밭을 일구고, 힘든 날에도 자식들의 학비만큼은 늦추지 않으려 애썼던 세월이 손마디마다 새겨져 있었다. 젊은 시절에는 쌀 한 가마니를 지고 언덕을 오를 만큼 억센 체구였지만, 작게 쪼그라들었다. 오랜 투병에도 끝까지 "괜찮다"는 말로 자식들에게 짐이 되지 않으려 애썼다.

　자식들은 병실을 지키며 작은 숨소리에 귀를 기울였다. 그 숨결이 조금이라도 더 이어지길 간절히 바라며, 아버지의 고생에 보답하지 못함을 절통해하며. 종수씨가 힘들게 손을 올렸다. 말은 할 수 없었으나 손끝은 분명히 무언가를 전하려 했다. 막내아들이 얼른 그 손을 잡자, 그의 입가에 미약한 미소가 번졌고, 눈물이 고였다. 오랜 세월 말보다 행동으로만 보여주던 사랑이 그 짧은 순간에 응축되어 있었다.

　그는 가족에게 고맙다는 말도, 사랑한다는 말도 거의 하지 못했다. 새벽마다 장화를 신고 밭으로 향하던 시간, 비 오는 날 우산을 들고 서둘러 학교로 달려 가던 발걸음, 손주들을 한 번이라도 더 보고 싶어 하던 모습이 그의 사랑이었 다. 병마와 싸우면서도 끝내 큰소리 한 번 내지 않았다. 마지막 순간에 남긴 것 은 단지 한 번의 손짓과 눈물이지만, 그것만으로도 충분히 전해졌다.

잠시 후, 기계음이 멈추고 병실은 깊은 오열로 무너졌다. 아버지의 몸은 식어 갔고, 창밖의 새벽빛은 더 차가워졌다. 평생 가족을 위해 묵묵히 살아온 아버 지가 아무 말도 남기지 못한 채 떠난 사실이 믿기지 않았다. 남겨진 것은 차가 운 이불 위의 빈자리와 두고두고 가슴을 저미게 할 사랑과 불효, 그 기억뿐이 었다.

죽음은 누구도 피할 수 없는 마지막 역이다. 그러나 그 문 앞에 선 순 간, 사람은 단순히 끝을 바라보지 않는다. 차가운 문턱 앞에서 묻는다. "정말 모든 것이 사라지는 걸까?" 그 물음은 몸의 정지를 넘어, 내가 남긴 발자국과 손길, 사랑의 흔적을 소환한다.

삶은 단순히 몸의 움직임만이 아니다. 눈빛 속에 담긴 따뜻함, 누군가 의 등을 다독이던 손길, 아침마다 건네던 인사말. 그 평범한 순간들은 생 명이 멈춘 뒤에도 다른 이의 가슴으로 이어진다.

어머니가 차려주시던 밥상은 더 이상 없지만, 그 따스한 밥 냄새는 자 식들의 기억 속에 깊이 남는다. 사랑하는 이와 함께 걷던 길, 함께 웃던 저녁의 공기, 그 순간들은 사라지지 않는다. 고인이 남긴 온기는 자식들 의 일상 속에서 새로운 의미로 계속된다. 죽음은 문을 닫는 동시에 또 다 른 문을 열어준다.

죽음을 앞둔 이들이 남기는 말은 단순하다. "조금 더 사랑할걸." "조금 더 나답게 살 걸." "그때 용기를 내 도전할걸." 그 짧은 고백 속에 삶의 진 실이 숨어 있다. 실패는 크게 후회하지 않는다. 사랑을 미루었던 순간, 마음을 닫았던 날, 도전을 포기했던 우유부단이 뼈아프다.

죽음은 거울이다. 그 거울 앞에 서면 삶의 무게가 다시 정렬된다. 그동안 집착했던 이름표와 재산, 높고 낮음을 가르던 기준들이 거울 속에서는 희미해진다. 남는 것은 함께했던 시간, 눈빛 하나로 건네던 위로, 손끝에서 전해진 온기뿐이다. 죽음은 삶을 비우는 일이 아니라, 삶을 가장 순수한 형태로 드러내는 과정이다.

죽음을 생각한다는 것은 곧 시간을 생각하는 일이다. 끝이 있다는 사실 때문에 오늘이 특별해진다. 언젠가 멈출 것임을 알기에 햇살은 더 따뜻하고 바람은 더 선명하다. 죽음을 외면하는 자는 하루를 흘려보내지만, 죽음을 기억하는 자는 하루를 붙잡는다. 그래서 죽음은 두려움이 아니라 삶을 빛나게 하는 등불이다.

죽음은 끝이자 이어짐이다. 의식은 멈추고 몸은 자연으로 돌아가지만, 남겨진 말과 기억은 다른 이들의 삶 속에서 호흡을 이어간다. 죽음은 단순한 소멸이 아니라 삶이 다른 모습으로 바뀌는 과정이다.

결국 우리가 남기는 것은 사랑이다. 화려한 업적도, 이름을 드높인 기록도 언젠가는 바랜다.

세상을 호령하던 영웅호걸도 죽으면 금방 잊힌다. 누가 기억하던가? 남에게 관심 없다. 그러나 사랑의 말, 용서의 손길, 함께한 시간은 사라지지 않는다. 그것은 누군가의 눈물을 닦아주고, 삶의 어두운 길목을 밝히는 불씨가 된다. 선하게 설립된 장학재단이 그렇다. 죽음은 종착지가 아니라 남은 이들이 삶을 더 깊이 살도록 만드는 출발선이다.

캐나다 출신의 가수이자 시인 레너드 코헨은 평생 사랑과 고독, 신앙과 죽음을 노래했다. 문학소년이었던 그는 30대에 기타를 메고 무대에 섰다. 문학적 감수성과 종교적 사유, 인간의 상처를 꿰뚫는 시선이 그의 노랫말에 스며들었다. 그의 노래는 단순한 대중가요가 아니라 기도이자 시였으며, 삶의 은밀한 고백이었다.

그의 목소리는 깊고 낮았으며, 마치 세상의 끝에서 울려 나오는 기도 같았다. 그는 사랑의 열정과 이별의 고통, 전쟁과 정치의 어두움, 신을 향한 끝없는 질문을 노래했다. 한때는 불교 수도원에서 수도승처럼 살기도 했고, 가난으로 힘들었다. 그러나 그는 늘 돌아와 노래했고, 그 목소리는 세월이 흐를수록 더욱 낮고 깊어졌다.

2016년, 생의 끝을 앞두고 있었으나 침묵하지 않았다. 마지막 앨범 〈You Want It Darker(당신은 더 큰 어둠을 원하시나요?)〉를 세상에 내놓으며, 죽음을 정면으로 마주했다. 그 앨범에서 코헨은 "I'm ready, my Lord(나는 준비되었습니다. 주여)"라고 노래했다. 죽음을 두려움의 그림자로 두지 않고, 오히려 삶의 마지막 문을 두드리는 고백으로 바꿨다. 그는 세상을 떠나기 직전까지 노래했고, 그 노래는 남아 그의 죽음 이후에도 여전히 많은 이들을 위로한다.

"우리는 별 먼지로 돌아간다. 죽음은 끝이 아니라, 우주로 돌아가는 길이다."
- 칼 세이건

"죽음을 두려워하지 않는 자만이 진정으로 자유롭게 산다." - 마하트마 간디

나의 한계를 넘어서고 싶다

넬리 블라이는 1864년 미국 펜실베이니아의 시골에서 태어났다. 어린 시절, 아버지가 일찍 세상을 떠나 먹고살기 힘들어 소녀가장이 됐다. 그 현실은 그녀에게 지워지지 않는 자국을 남겼고, 분발케 했다. "여자는 집에만 있어야 한다고?" "나는 세상에 목소리를 내면 안 되나?"

20대 초반, 신문사의 성차별적 칼럼에 분노해 항의 편지를 썼다. 그 글이 계기가 되어 기자로 발탁됐다. 주어진 일거리는 사교계와 가정에 관한 '여성 관련 기사' 뿐. 넬리는 그런 여성차별의 경계선을 거부했다.

그녀는 환자로 위장해 뉴욕의 정신병원에 잠입했다. 10일간 열악한 환경을 체험했다. 차가운 바닥, 비인간적인 대우, 방치된 환자들. 그녀의 경험은 〈정신병원 안에서(Ten Days in a Mad-House)〉라는 폭로 기사로 세상에 드러났고 수많은 생명을 구했다.

넬리의 도전은 멈추지 않았다. 1889년, 세계를 향해 나섰다. "쥘 베른의 소설처럼, 80일 안에 세계를 일주하겠다." 신문사도, 대중도 믿지 않았지만, 넬리는 단신으로 가방 하나만 들고 떠났다. "가장 작은 짐으로 떠난 세계일주"라 불린다. 폭풍우와 두려움, 목마름과 외로움을 견디며 72일 만에 지구를 돌았다.

넬리 블라이의 삶은 단순한 모험 이상이다. 그것은 "넘을 수 없다"는 말 앞에서 주저하지 않고 앞으로 나간 용기였다. 그녀는 말한다. "한계는 내 바깥에 있는 것이 아니다. 내 안의 두려움 속에 있다."

나는 오늘도 벽 앞에 서 있다. 벽은 내 삶을 막고 있다. 꿈을 향해 가려할 때마다, 두려움과 가난, 우유부단이 쌓여 만들어진 벽이다. 손을 뻗으면 금세 넘어설 수 있을 것 같다가도, 한 발 내딛으려는 순간 천 길 낭떠러지가 펼쳐진 듯 발걸음이 굳는다.

나는 되물었다. "이 길이 맞을까? 지금이 때일까? 실패하면 어쩌지?" 대답은 늘 침묵 속에 갇혀 있었다. 결국 나는 익숙한 자리로 돌아왔다. 안전하지만, 결코 자유롭지 않은 자리. 다른 목소리도 나를 흔든다. "언제까지이 벽 앞에서 머뭇거릴 것인가? 네가 진정 원하는 것은 저 너머에 있다."

가족을 핑계로 도망치기도 했다. 실패하면 가족도 상처받을 것이라고. 그것은 변명이었다. 정작 가족의 눈빛은 묻고 있었다. "당신의 꿈은 어디로 갔나요? 아빠는 왜 아직도 벽 앞에 서 있나요?"

가족이 기댈 수 있는 어깨가 더 넓어지려면, 나는 이 벽을 넘어야 한다. 나는 정말 이렇게 말하고 싶다. "나는 끝내 포기하지 않았다. 나는 벽을 넘었다. 거기서 내 꿈을 이루었다."

벽을 넘는다고 거창한 성공에 이르는 건 아니다. 도전하는 것이 중요하다. 그런데 나는 도전하지 못했다. 벽을 넘고 싶다고 말로만 외쳐왔다. 오늘도 나는 벽 앞에서 숨을 고른다. 마음은 흔들리지만, 이 벽은 반드시 넘고 싶다. 넘어지더라도 다시 일어나고, 울부짖더라도 다시 걸어 나가야 한다. 나는 간절하다. 나는 끝내 내 꿈을 이루고 싶다. 벽은 높고 길은 멀지만, 이 벽을 넘지 못한다면 나는 더 이상 나일 수 없다.

무너져도 좋다. 다시 일어설 테니. 피투성이가 되어도 좋다. 결국 저 너머에 닿을 테니. 언젠가, 이 벽 너머에서 나는 환하게 웃으며 말할 것이다. "나는 포기하지 않았다. 나는 나의 꿈을 끝내 이루었다."

성호씨는 예순을 바라본다. 스무 살 무렵, 그는 음악가가 되고 싶었다. 낡은 기타 하나로 밤새워 곡을 만들고, 작은 무대라도 서는 게 꿈이었다. 그러나 아버지가 갑자기 세상을 떠나면서 그 꿈은 접어야 했다. 집안의 생계는 그의 몫이었고, 성호씨는 공장에 들어갔다. 쇳가루 묻은 손으로 가족을 먹여 살렸지만, 마음 한편에서는 늘 노래가 흘러나왔다.

어느새 30년, 아이들은 직장을 잡고 제 앞가림을 하기 시작했지만, 그는 여전히 공장에서 기계를 돌리며 하루를 넘긴다. 머리카락은 희끗희끗하고, 손가락 관절은 굳어갔지만, 마음속 깊은 곳에는 여전히 작은 불씨가 꺼지지 않았다.

"한 번쯤은, 무대 위에서 내 노래를 불러 보고 싶다." 결국 용기를 냈다. 문화센터의 음악동호회에 가입했다. 처음에는 손가락이 잘 따라주지 않아 연습이 힘들었고, "그 나이에 무슨 공연이냐"는 주위의 말도 들려왔다. 멈추지 않았다. 매일 밤 가족들이 잠든 뒤, 작은 방에서 조용히 기타를 잡았다.

그리고 지난봄, 주민회관에서 열린 작은 공연. 관객은 백여 명 남짓, 주민들이 삼삼오오 앉아 있었다. 그는 낡은 기타를 들고 무대에 올랐다. 심장이 터질 듯 뛰었지만, 아이들과 아내가 맨 앞줄에 앉아 손뼉을 치며 응원했다. 떨리는 목소리로 첫 음을 내뱉자, 세상이 조용해졌다.

노래가 끝나자 잠시 정적이 흐른 뒤, 박수가 터져 나왔다. 아내는 남편의 소원을 알기에 눈물을 흘렸다. 아이들은 환하게 웃으며 "아빠 최고!"를 외쳤다. 그는 깊게 울음을 삼켰다. 그것은 단순히 한 곡을 마친 기쁨이 아니라, 평생을 가로막던 벽을 마침내 넘어섰다는 환희였다.

그는 속으로 말했다. "나는 포기하지 않았다. 나는 내 벽을 넘었다. 꼭 더 큰 무대에 서는 꿈에 도전하리라." 평범한 사람의 작은 무대였지만, 그의 인생에서는 빛나는 도약이고 증거다.

"삶은 과감한 모험이거나, 아니면 아무것도 아니다."   - 헬렌 켈러

"나는 죽을 때 완전히 소모되길 바란다. 열심히 살수록 더 살아 있음을 느낀다."
                                                        - 버나드 쇼

아침마다 다시 시작하는 이유 ○●○

루이스 부르주아는 1911년 프랑스 파리 근교에서 태어났다. 그녀의 부모는 태피스트리 복원 일을 했고, 어린 루이스는 천 조각과 바느질 사이에서 자랐다. 가정은 평온하지 않았다. 아버지의 불륜은 어린 마음에 깊은 상처를 남겼고, 그 상처는 평생 그녀의 작품 속에서 반복되는 주제가 되었다.

젊은 시절에는 수학을 공부했으나, 어머니의 죽음 이후 미술로 바꿨다. 1938년 결혼하고 미국으로 이주했다. 그녀의 작업은 기억과 감정을 기반으로 했다. 거대한 거미 조각 〈마망(Mam an)·사진〉은 어머니의 강인함과 불안정했던 가정사를 상징한다. 그녀에게 예술은 단순한 창작이 아니라, 자기 치유이자 삶을 다시 시작하는 의식이었다.

무엇보다 놀라운 점은, 90세가 넘어서도 매일 새벽 작업실로 향했다. 몸은 늙어갔으나 마음은 멈추지 않았다. 그녀는 "나는 아침마다 내 안의 두려움과 마주한다. 그리고 그것을 작품으로 옮기며 다시 살아간다."고 말했다.

상처는 지워지지 않더라도, 아침마다 다시 일어날 수 있다. 고통은 무게를 더하지만, 동시에 창조의 불씨가 될 수도 있다. 아침은 어제의 그림자와 함께 시작한다. 그러나 그 빛을 붙잡는 순간, 또 한 번 새로워질 수 있다.

밤은 언제나 하루의 끝을 삼킨다. 창밖은 어둠으로 잠기고, 방 안에는 실패와 미련이 그림자처럼 내려앉는다. 어떤 날은 눈물이 베개를 적시고, 어떤 날은 후회의 말들이 귓가에서 메아리가 된다. 그러나 그 모든 것을 삼킨 밤도 결국은 끝난다. 창문으로 스며드는 새벽빛은 어둠이 영원할 수 없음을 알려준다.

아침이 온다는 건 단순히 해가 뜨는 것 이상이다. 그것은 새로운 가능성이 열리고, 다시 한번 숨을 내쉴 수 있는 기회가 주어진다는 뜻이다. 어제의 나와 오늘의 나는 분명 이어져 있지만, 다르다. 오늘의 나는 어제의 실수를 조금은 배운 사람이고, 어제의 눈물을 기억하는 사람이다. 그렇기에 아침은 단순한 반복이 아니라, 변주이고 새 출발이다.

내가 아침마다 다시 시작하는 이유는 무엇일까. 그것은 먼저 삶 자체가 나를 일으켜 세우기 때문이다. 생명은 멈추기를 거부한다. 죽음을 피할 수 없는 운명 속에서도 살아 있는 동안 생명은 끊임없이 "다시 시작하라"고 명령한다. 아침은 불완전한 인간을 위한 은혜의 시간이다. 아침은 나를 탓하지 않는다. 빈 종이를 내어주며 말한다. "어제의 실패는 어제에 두고 오늘은 다시 써보자."

아침마다 다시 시작하는 이유는 사랑 때문이다. 가족을 위해 차리는 아침밥, 학교에 가는 아이의 뒷모습, 직장으로 향하는 남편의 어깨. 사랑하는 이들이 나를 기다리고 있기에 나는 다시 하루를 살아간다. 때로는 그 사랑이 의무처럼 느껴지기도 하지만, 사실은 바로 그 의무가 삶을 지탱하는 힘이다. 사랑은 삶을 다시 시작하게 하는 가장 강력한 알람이다.

마르쿠스 아우렐리우스는 "너는 지금 당장 삶을 떠날 수도 있다. 그러니 지금의 행동에 의미를 새겨라."고 말했다. 어쩌면 아침이 나에게 주는 교훈도 이와 같다. 삶은 유한하다. 그러니 더욱 소중하다. 아침은 그 사실을 다시 일깨운다. 아직 기회가 남아 있음을, 아직 나눌 수 있는 미소와 사랑이 있음을.

아침은 희망의 불씨다. 어제는 실패했을지라도 오늘은 다를 수 있다. 어제는 용기를 내지 못했어도 오늘은 도전할 수 있다. 아이가 수없이 넘어져도 다시 일어나 걷듯, 우리는 아침마다 삶을 새로 배운다. 실패가 있는 한 다시 시작할 이유가 있고, 눈물이 있는 한 웃음을 되찾는다.

나는 오늘도 창문을 열고 새벽빛을 맞이한다. 어제의 그림자는 아직 마음에 남아 있지만, 그럼에도 빛은 들어온다. 그것은 신의 선물이다. 완벽한 삶은 없지만 다시 일어나는 삶은 있다. 넘어졌던 자리에 머물지 않고, 후회의 어둠에 갇히지 않고, 사랑과 희망을 조금 더 품으며 앞으로 나아가는 삶. 그것은 감사해야 할 축복 아닌가?

새벽 다섯 시, 동네 골목 끝 작은 빵집의 불빛이 가장 먼저 켜진다. 순임씨는 밀가루 포대를 열어 반죽을 시작한다. 기계 반죽을 마다하고 손 반죽을 하는 건 정성 때문이다. 손목은 오래전부터 시큰거리고 허리는 끊어질 듯 아프지만, 새벽마다 어김없이 가게 문을 연다. 날마다 반복되는 일상은 때로 지겹고, 때로는 버겁다.

남편이 세상을 떠난 건 10년 전 어느 비 오는 봄날이었다. 그날 이후 두 아이와 함께 살아야 했다. 새벽마다 반죽을 치대며 '오늘은 어떻게 버틸까'라는 생각을 수없이 되뇌었지만, 그래도 손은 멈추지 않았다. 아이들과 먹고살아야 했고, 등록금이 기다리고 있었기 때문이다.

어제는 손님이 적어 빵이 트레이에 쌓였다. 계산서를 정리하던 순간, 한숨이 절로 나왔다. 재료비, 카드대금…. 어디서부터 막아야 할지 막막했다. 그날 밤, 둘째가 빵을 한 입 베어 물더니 환하게 웃었다. "엄마, 빵 너무 맛있어. 우리 엄마 빵 최고예요!"

짧은 한마디였지만, 그 순간 순임씨의 가슴은 다시 따뜻해졌다. 자신이 굽는 빵이 단순한 음식이 아니라 아이들에게 버틸 힘이 되었다. 그녀는 오늘도 새벽 길을 나섰다. 삶이 크게 달라진 건 없다. 여전히 빚은 남아 있고, 몸은 무겁고, 앞날은 불안하다. 그러나 아이들을 끝까지 책임지고 말겠다는 위대한 모정, 작은 빵 한 조각이 아이들의 웃음을 지켜준다는 믿음이 매일 아침 그녀를 다시 시작하게 만든다.

"순임씨, 부디 넘어지지 마세요. 버티고 앞으로 나가세요. 우리 모두 그렇게 살아갑니다. 응원합니다."

"새로운 날이 오면 새로운 힘과 새로운 생각이 찾아온다."　　- 엘리너 루즈벨트

"하루는 작은 인생이다. 아침에 일어남은 작은 탄생이고 젊음이다."　　- 쇼펜하우어

살다 보면 누구나 도망치고 싶은 순간이 찾아온다. 실패가 두렵고, 상처가 나고, 안개가 자욱할 때 발걸음을 멈춘다. 멈추는 것과 도망치는 것은 다르다. 멈춤은 숨 고르기일 뿐, 다시 나아가기 위한 준비다.

나는 작은 훈련으로 전진하려 한다. 매일 아침, "오늘도 도망치지 않겠다"고 다짐한다. 그것은 거창한 선언이 아니라 아주 사소한 선택에서 시작된다. 해야 할 일을 미루지 않는 것, 불안할 때 호흡을 고르는 것, 작은 승리를 자축하며 자신을 칭찬하는 것. 그런 습관이 쌓여 무너지지 않는 힘이 된다.

도망가지 않는 삶은 완벽한 용기를 요구하지 않는다. 그저 조금씩, 포기하지 않고 버티는 연습이면 충분하다. 어제의 실패와 오늘의 후회가 내일의 출발선이 된다. 이제 다시 출발선에 선다. 뒤를 돌아보지 않고, 느리더라도 앞으로 걸어간다. 돈도, 빽도 없지만, 결코 도망가지 않을 것이다. 그것이 내가 이 삶에서 지킬 마지막 존엄이자, 나만의 승리다.

도망가지 않기

1919년 이탈리아 토리노에서 태어난 프리모 레비는 유대인 청년이자 화학도였다. 그는 평범하게 학업과 연구의 길을 걷고 싶었지만, 시대가 그를 내버려 두지 않았다. 2차 세계대전이 휘몰아치자, 그는 반파시스트 저항운동에 가담했고, 체포되어 아우슈비츠 수용소로 끌려갔다.

아우슈비츠는 인간의 존엄이 완전히 무너지는 곳. 배고픔과 추위, 모욕과 폭력이 하루하루를 집어삼켰다. 사람들은 이름 대신 번호로 불렸고, 시체처럼 다뤄졌다. 많은 이들이 절망 속에 죽어갔지만, 레비는 끝내 눈을 돌리지 않았다. 고통을 피하거나 망각 속에 숨어드는 대신, 참혹한 현실을 '기억해야 할 진실'로 붙잡았다.

1945년 기적적으로 살아남아 글을 쓰기 시작했다. 그 결과물이 〈이것이 인간인가〉다. 그는 수용소의 비극을 단순히 고발하는 데 그치지 않았다. 그는 "어떻게 인간이 인간을 이렇게까지 파괴할 수 있는가?"라는 질문의 끝을 보고자 했다. 또한 "그럼에도 인간은 어떻게 존엄을 지킬 수 있는가?"라는 물음도 놓지 않았다. 기록은 또 다른 고통이었지만, 거기서 도망치지 않았다. 글쓰기를 통해 고통을 파고들었고, 그 과정을 통해 인간성의 마지막 흔적을 찾아냈다.

전후에도 그의 삶은 순탄치 않았다. 화학자로 일하며 평범하게 생계를 이어갔지만, 기억의 무게는 언제나 그를 짓눌렀다. 그는 반복적으로 글을 쓰고 강연하며, 세상이 잊지 않도록 계속 증언했다. 도망치고 싶은 순간도 수없이 많았다.

그는 "고통과 절망을 외면하는 것은 쉽다. 도망치지 않고 직면하는 것, 그것이야말로 인간의 마지막 존엄이 아니겠는가?"라고 묻는다. 프리모 레비는 자신의 기억을 통해 살아남았고, 그 기억을 세상에 건넴으로써 인류를 각성케 했다. "도망가지 말라. 고통을 직시하라. 기억하라. 그것이 인간이 인간으로 남는 길이다."

도망치고 싶은 순간은 누구에게나 찾아온다. 인생의 무게를 감당할 수 없을 때 뒷걸음친다. 도망은 잠시의 피난처일 뿐, 문제는 다시 찾아온다. 그래서 마음을 다잡기 위해 훈련이 필요하다. 현실을 직시하자. 고통을 외면하는 순간 고통은 더 커진다. 직면은 고통스럽지만, 도망은 더 큰 고통을 낳는다.

"오늘 하루만 버티자" "이 순간만 견뎌보자"라고 쪼개어 붙들면, 감당 불가능한 것처럼 보이던 무게가 조금은 가벼워진다. 버티는 힘은 한순간의 결단이 아니라, 작은 버팀목을 이어 붙이는 인내에서 나온다.

　나 자신에게 진실해지자. 도망은 나 자신을 속이는 데서 비롯된다. "나는 못 해" "나는 부족해"라는 자기기만이 마음을 갉아먹는다. 솔직하게 인정하면 다르다. "나는 두렵다. 하지만 두려워도 해보겠다." 이런 고백이 도망가지 않기 위한 강한 약속이다. 철학자 키르케고르는 말했다. "절망은 도망치는 것이 아니다. 자신을 외면하는 것이다."

　도망치지 않는 훈련은 나 자신을 마주하는 훈련이다. 내가 나를 정직하게 바라보고, 넘어져도 다시 일어서며, 오늘의 고통을 내 몫으로 받아들일 때 비로소 나는 도망자가 아니라 살아가는 자가 된다. 나는 완벽하지 않다. 그래서 오늘도 연습한다.

> "우리는 현실에서보다 상상 속에서 더 많이 고통받는다."　　　　- 세네카

> "영웅은 자기가 할 수 있는 일을 하는 사람이다."　　　　　　- 로맹 롤랑

반복되는 삶에 감사하자

　아침은 언제나 같은 모습으로 찾아온다. 창문 너머로 스며드는 빛, 새벽공기의 신선함, 익숙하게 들려오는 새의 노래. 반복되는 풍경 속에서 종종 지루함을 느낀다. "어제와 다르지 않은 오늘, 무엇이 새로울까?" 그러나 이렇게 생각해 보자. 만약 이 반복되는 것들이 사라진다면, 어떤 마음으로 그 빈자리를 바라보게 될까.

　철학자 니체는 "삶은 영원히 반복된다"는 영원회귀의 사유를 남겼다.

그것은 단순한 우주의 순환이 아니다. 나에게 던지는 냉혹한 질문이다. "네가 지금 살아가는 이 순간이 앞으로 무한히 되풀이된다고 한다면, 그 삶을 긍정할 수 있겠는가?" 이 질문 앞에서 나는 주저하며 깨닫는다. '반복은 저주가 아니라 은총일 수 있다.' 되풀이되는 삶은 다시 살아갈 기회이기 때문이다. 실수는 반복 속에서 배움이 되고, 눈물은 반복 속에서 더 깊은 이해로 변한다.

나는 늘 같은 길을 걷는 것처럼 보인다. 아침에 일어나 하루를 보내고, 저녁이면 지친 몸을 눕힌다. 하지만 그 안을 찬찬히 들여다보면, 같은 길을 걷는 듯하면서도 조금씩 달라져 있는 나를 발견한다. 똑같은 해가 떠오르지만, 어제의 나는 오늘의 내가 아니다. 똑같은 인사를 하지만 어제와 다르다. 반복되는 순간 속에서도 나는 성장하고, 늙고, 배우고, 다시 사랑한다. 그 변화의 길목마다 감사할 이유가 숨어 있다.

삶은 끊임없는 되풀이로 이루어져 있다. 사계절은 해마다 같은 순서로 돌아오지만, 매년 다른 색과 냄새를 전한다. 일상도 그렇다. 늘 같은 자리의 식탁, 같은 집의 창문, 같은 길의 돌담. 그러나 그 위에 얹힌 나의 마음은 매일 다르다. 그 속에 피어난 감사는 늘 새롭다.

흔히 특별한 날, 특별한 사건에서만 의미를 찾으려 한다. 그러나 진정한 기적은 평범한 반복 속에 숨어 있다. 매일의 밥상에 놓인 한 그릇의 밥, 매일 마주하는 사람들의 얼굴, 매일 발을 디디는 땅. 그것이 늘 같아서 소중함을 잊을 뿐이다. 만약 이 모든 것이 단 한 번으로 끝나 버린다면, 얼마나 두려울까. 반복은 축복이다. 되풀이되는 오늘이 있기에 우리는 안심할 수 있고, 다시 시작할 수 있다.

나는 이제 반복되는 삶을 다르게 바라보려 한다. 다시 오는 아침은 새로운 시작이고, 되풀이되는 일상은 연습의 기회다. 실패조차 반복되기에 언젠가는 그 실패 위에 설 수 있다. 슬픔조차 반복되기에 언젠가는 그 슬픔을 끌어안고 웃을 수 있다. 반복은 나를 질식시키는 굴레가 아니라, 나를 단단히 빚어내는 복음이다.

태양은 매일 새롭게 떠오른다. 삶도 그렇다. 같은 듯 다른, 반복 속의 새로움. 그 반복에 감사하자. 그 반복이 있기에, 다시 살아볼 수 있고, 다시 사랑할 수 있고, 다시 나 자신이 될 수 있다.

삶은 때때로 무겁고, 고통은 나를 무너뜨린다. 그 무게마저 사랑하자. 감사는 고통을 없애지 않는다. 고통을 껴안게 만든다. 감사는 슬픔을 지우지 않는다. 슬픔 속에서 빛나는 의미를 보게 한다. 반복되는 삶은 결코 똑같은 하루의 재생이 아니다. 그것은 더 깊이 살아가라는 요청이자, 더 감사하라는 초대다.

삶이여, 다시 오라. 어제의 그림자를 안고 오늘로, 오늘의 발자국을 품고 내일로. 천 번이고, 만 번이고, 그 반복을 사랑하리라. "나는 나의 삶에 감사한다."

다시, 출발선에 서다

인생은 결코 직선으로만 흐르지 않는다. 흘러가던 삶이 생각지도 못한 순간에 나를 왔던 곳으로 불러세우기도 한다. 달려가던 길의 끝이 아니라, 한참 달리다가 느닷없이 다시 출발선에 서는 순간이 온다. 그때 깨닫는다. '이 자리는 경험이 쌓여 만들어진 새로운 출발선이다.'

다시 출발선에 선다는 것은 공허한 영(零, 0)에 선다는 뜻이 아니다. 그곳은 상처 위에 세워진 용기다. 무너진 자리에서 다시 일어선 끈기의 자리다. 무릎에 흉터가 남았더라도, 눈물이 서류에 얼룩을 남겼더라도, 그곳에 선 나는 한 번 더 살아갈 능력을 쌓았다. 다시 시작하는 순간은 비어 있지 않다. 오히려 무수한 흔적과 기억, 가능성이 응축된 자리다. 더 높이 더 넓게 확장될 수 있는 원점이다.

같은 상황이 반복된다면 그것은 형벌일까? 아니면 축복일까? 똑같은 자리에 다시 서 있는 것처럼 보일지라도, 사실 거기 서 있는 나는 어제의 내가 아니다. 눈빛이 달라졌고, 마음이 달라졌다. 같은 길을 걷는 것 같아도 발걸음은 어제와 다르다. 그래서 다시 출발선에 선다는 건, 단순한 반복이 아니다. 나는 새로운 자유의 공간에서 다른 태도로, 다른 시선으로, 다른 의미를 향해 길을 나선 것이다.

하이데거는 인간을 '던져진 존재'라고 했다. 나는 내 뜻과는 무관하게 세상에 던져져 살아간다. 그러나 출발선 앞에 서 있는 지금 이 순간은 다르다. 이것은 내가 스스로 선택해 다시 선 자리다. 내 존재가 다시 열리는 순간이다.

왜 나는 이 길을 다시 걷는가? 그 물음은 존재를 다시 여는 문이 되고, 나는 더 이상 도망친 자가 아니라 맞부딪히는 자로 선다. 던져짐을 넘어 선택으로 서 있는 이 순간, 삶은 덧없음이 아니라 새로운 가능성의 장으로 펼쳐진다.

동양철학은 모든 것이 순환한다고 말한다. 시작과 끝은 둘이 아니라 하나이며, 오늘의 끝은 내일의 시작이다. 해가 저물면 다시 떠오르고, 겨울이 깊어지면 봄은 더욱 강렬하게 돌아온다.

출발선 또한 그렇다. 그것은 낯선 땅이 아니라 삶이 늘 나에게 열어놓은 자리다. 오늘의 실패가 내일의 씨앗이 되고, 오늘의 상실은 내일의 회복을 준비한다.

다시 시작한다는 것은 두려움을 품는 일이다. 혹시 또다시 무너질까, 또다시 상처받을까, 다시는 일어날 수 없을까? 두려움이 있다는 사실은 살아 있다는 증거다. 두려움은 우리를 움츠리게도 하지만, 우리를 살아 있게 만든다. 출발선 앞에서 두려움 대신 희망을 품을 때, 그 자리는 더 이상 무서운 자리가 아니다. 출발선은 나를 시험하는 곳이 아니라, 나에게 또 한 번의 기회를 허락하는 자리다.

많은 사람들이 나이를 핑계 삼아 늦었다고 말한다. 그러나 늦음은 없다. 어느 계절에도 꽃은 피고 겨울에도 매화는 향기를 내놓는다. 인생에 늦은 순간이란 없다. 노년의 출발선은 더 깊고 단단하다. 세월의 무게가 발걸음을 느리게 할지라도 그 느림은 오히려 더 깊은 울림을 만든다. 삶은 언제든 출발선을 열어놓고 있다.

삶은 끊임없이 묻는다. "당신은 다시 시작할 수 있는가?" "그렇다. 나는 다시 출발선에 서겠다." 그 대답은 새로운 선언이다. 나는 무너졌으나 무너지지 않았으며, 넘어졌으나 다시 일어났으며, 끝났으나 끝나지 않았다. 그 모든 모순 속에서 나는 결연히 다시 걷는다.

출발은 축복이다. 실패와 상처, 좌절을 품고도 다시 살아갈 수 있다는 증거이고, 아직 포기하지 않았음을 천명하는 자리다. 인생은 나를 여러 번 무릎 꿇게 했지만, 나는 다시 일어섰다. "다시, 출발선에 서겠다." 또 한 번 나의 삶을 시작하리라. 두려움 대신 희망으로, 과거의 상처를 발효시켜 다시 걸으리라.

* 책에 나오는 사람들의 이야기 중에는 약간 초를 친 것도 있습니다만, 의역이나 소설적 가미 정도입니다. 사실에서 크게 벗어난 것은 없습니다. 재미를 위한 양념으로 이해해 주시기 바랍니다. 감사합니다.